大鱼

有爱的青春陪伴者

溺光
慢慢书·著
贵州出版集团
贵州人民出版社

图书在版编目（C I P）数据

溺光 / 慢慢书著. -- 贵阳：贵州人民出版社，
2022.12
ISBN 978-7-221-17367-6

Ⅰ. ①溺… Ⅱ. ①慢… Ⅲ. ①长篇小说－中国－当代
Ⅳ. ①I247.5

中国版本图书馆CIP数据核字(2022)第192171号

溺光

NIGUANG

慢慢书 / 著

出版统筹：陈继光
选题策划：大鱼文化
责任编辑：杨雅云
特约编辑：廖 妍 鲁 璐
装帧设计：颜小曼 唐卉婷
封面绘制：Dannylailai
出版发行：贵州人民出版社（贵阳市观山湖区会展东路SOHO办公区A座 邮编：550081）
印 刷：长沙鸿发印务实业有限公司
开 本：880毫米×1230毫米 1/32
字 数：258千字
印 张：9
版 次：2022年12月第1版
印 次：2022年12月第1次印刷
书 号：ISBN 978-7-221-17367-6
定 价：42.80元

贵州人民出版社微信

NI
GUANG

目录

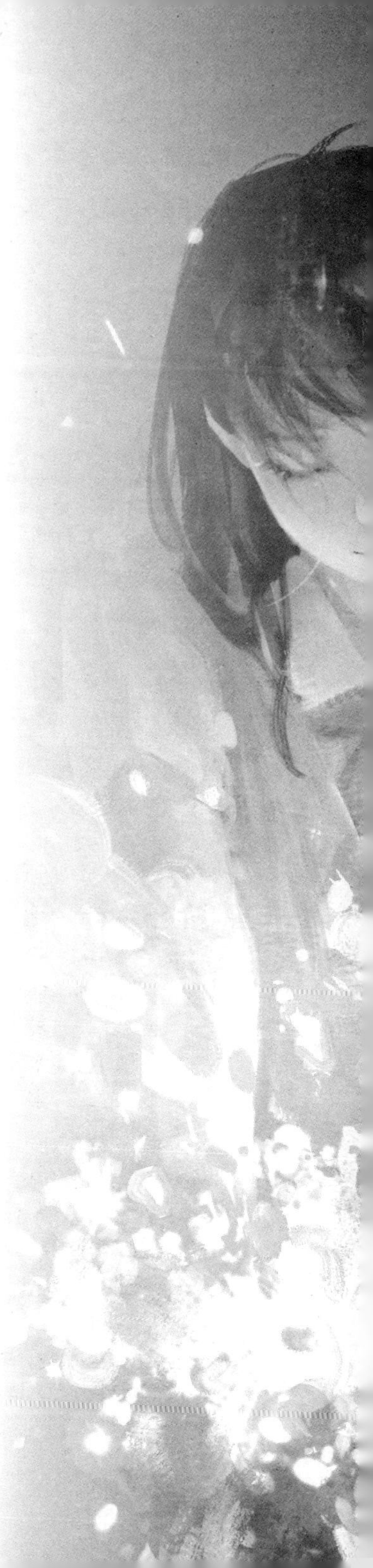

NI
GUANG

目录

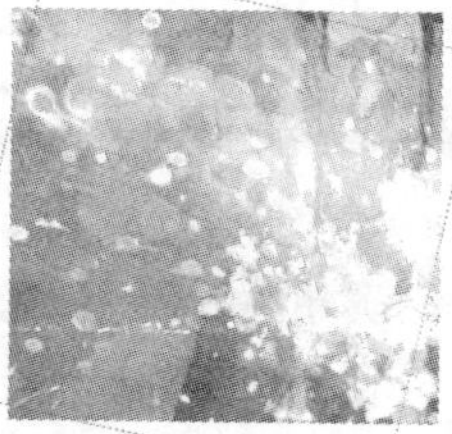

第一章

1998年隆冬・相遇

江四哥哥，你照顾好自己，等我回来

01

明楼有一个破旧砖房。

由于地理位置特殊，砖房外围杂草丛生，内里阴冷潮湿，常年不见天日，靠近就是一股子霉味儿往鼻尖里窜。

今日不知怎的，张泽坤被苏超强行拽到这里拘着，死活不让走。

对外解释是泄露机密，需要调查。

按理说他是给贺霓杉办事的，明楼有什么机密他不能听？可苏超这么说，没人敢置喙。苏超是江肆的心腹，江肆在明楼的地位远在张泽坤之上。江肆没在明楼的时候，苏超就是老大。

木门打开，腐朽的味道和腥臭扑鼻而来。暗房光线不足，顺着那微弱的光依稀可见角落里蜷缩着一个人。

苏超先是一愣，继而止不住地笑："半天不见，张秘书怎么这副惨样？"他还是第一次见张泽坤这么潦倒的模样，觉得新奇，又多瞄了两眼，"啧啧"几声，嘲讽意味十足。

张泽坤浑身虚弱，缓慢抬头，视线瞥向门口。见到苏超，张泽坤警告："我是给小姐做事，你拦住我，小姐不会放过你。"

苏超"呵"了一声，倚在门边，语气悠悠然："害你？那是谁害的你？谁让你不长眼去偷江哥的东西，咱文明人不动手，你只要把东西交出来，我马上放你走。"

张泽坤眼神一虚，脑袋偏向一旁，不再说话。

苏超挑眉："硬气。但我劝你乖一点，等江哥发现有你好果子吃。"

话音刚落，屋外传来一阵忙乱的脚步。

手下人怕苏超"玩"得太狠，悄悄去把江肆请了过来。

张泽坤抬头，略过苏超看向他背后的人。一双黑色军靴从亮光里踏出，抬眼，双腿修长笔挺，宽肩窄腰，黑T恤绷得很紧。就这几秒工夫，江肆已经立在他面前。

张泽坤和苏超对峙的勇气瞬间消散。

苏超挠了下后脑："江哥，您怎么来了？"

江肆跨进房里时，压迫感重得两人不敢看他，张泽坤兜里的东西一藏再藏，额角渗出细密的汗渍。

江肆特意过来一趟，只是为了警告苏超，即便是他身边的人，也不准假借他的名义做事。

苏超全然不懂江肆的心思，还在邀功似的讨好："江哥，幸亏我发现得及时，照片肯定在他身上，张秘书好大的胆子，居然敢偷您的照片。"

江肆："出去。"

苏超不敢吭声，好自为之地看了眼张泽坤，退出砖房。

"啪嗒"一声，门从外面被苏超扣紧，房间内的光线更是暗淡起来，只有砖缝与砖缝之间透进来的光，不多，但足够视物。

张泽坤脑袋顿时"嗡"了一声，惊恐地看着江肆。

江肆语调很冷："知不知道苏超为什么请你过来？"他抬手掐着张泽坤的下颌，目光审视。

张泽坤背脊渗出薄薄的一层冷汗，吞了口唾沫，果断求饶："江哥，我不是故意的，照片我没交上去，关于那女孩的事我一句也没向小姐报告，我不敢得罪您的，您放过……”最后一句话卡在喉咙里，强烈的窒息感让张泽坤说不出一句话。

眼前的人比地狱里的恶鬼还要穷凶极恶，他错了，当初不该为了讨好贺霓杉而去得罪江肆。这个人，远比贺霓杉恐怖得多。

在张泽坤晕厥前一秒，江肆松手。张泽坤趴在地上，狼狈地粗喘着，几经之后才趋于平静：“江哥，我真的知错了，放过我。”

江肆并没有直接回答：“贺霓杉用我想要的东西换你出去，我同意了。”他紧盯着，朝张泽坤伸出手，掌心向上。

张泽坤会意，颤颤巍巍地把兜里的照片掏出，迟疑半秒，毅然递给江肆。

照片沾了些灰，上面是一个八九岁的女孩，江肆罕见地露出一丝微笑，他用指腹将照片擦拭干净，再看向张泽坤时，刚才的一切恍若幻觉。

张泽坤看傻了，用一声声咳嗽掩饰震惊，脑子飞快思索——那照片当真是逆鳞！

听闻江哥一直在找人，估计要找的就是照片上的这个女孩。

晚间，江肆从浴室出来的时候，贺霓杉正立在书架旁，手里拿着薄薄一本小册子。今日是明楼来递交资料的日子，她趁机来找他，并不奇怪。

江肆立在浴室门口瞥她一眼，上身肌肉紧实，线条流畅，未擦干的水迹从他的胸膛顺着腹肌流进小腹，最后消失。

这样一头轻易拿捏明楼上下的“恶狼”，谁能想到还是个二十出头的在校大学生。

贺霓杉回头看他：“阿肆！”

江肆并不看她，越过她往房间走去。

“阿肆，等等。”在房门合上的那几秒，贺霓杉强行挤进去。她从不掩饰对他的喜欢，明楼长大的女生，自然比寻常的女孩子更开放大胆。

江肆讥讽：“有何贵干？”

贺霓杉面色发白，张泽坤的事是她理亏。沉默片刻，她低声说：“其实我没让张泽坤做什么，是他会错意，想着拿你东西来讨好我。那天我看着你拿着照片，笑得好开心，我就是想看看她长什么样子。”

江肆这才正眼看她：“你确定要提她？”

贺霓杉的话卡在喉咙里，这张照片是他的宝贝，照片上的人更是外人提都不能提一句的禁忌。

以前江肆一无所有，尚且愿意为了一张照片和人拼死拼活。如今他“拿捏”着明楼，连她父亲也要忌惮他三分。

贺霓杉抬头望着他，明明自己和他一起长大，却总觉得他那么遥远，不会笑、不温柔，永远一副拒人千里的表情。

江肆任她打量着，直至不耐烦：“别打她的主意，滚回你的红园去。”

她不动弹。江肆索性开了房门，坐到落地窗前的软椅上，俯视着底层颓靡的霓虹，点燃一根烟衔在嘴边，仿佛世界与他无关，他从头到尾都只是一个人。

贺霓杉鼻尖酸涩，眼里噙着泪：“江肆，算我求你，别对我这么冷。”她不相信世界上真有一个人会一辈子爱着另一个人，那都是他的执念，只要他愿意放下，没什么是不可能的。

江肆安静地听着，没有吭声，指尖烟雾缭绕。贺霓杉动情的告白在他看来就如同底下那片霓虹灯光，很美也很绚烂。但他见过“月亮”了，所以也就不屑于每晚闪烁的霓虹。

贺霓杉望着眼前冷冰冰的江肆，不由得想起他动情的样子。明楼宣布由他主事那晚，他喝得烂醉，抱着宝贝相片亲吻上百遍，嘴里一直念叨着月月。那是另一个他，她从没见过的样子，并且止不住地为他心动。

贺霓杉走上前，伸出玉臂，她想抱他。

江肆回头：“别逼我对你动手。”

贺霓杉不听，绕到他身前，直直地送上红唇。

男女之间力量的悬殊暴露无遗，只要他不愿意，没谁能勉强他。他一格挡，贺霓杉被他甩到一旁，砸得柜子一阵晃动，红裙肩带滑落至臂膊。

贺霓杉彻底被惹怒，江肆眼里的嫌恶跟针扎一样刺入她心间，她发了疯似的嘲讽："你不过是路边的一摊烂泥，爬上主事的位置就真当自己是个人了？"

"要不是我拦着，我爸早八百年前就弄死你了。"贺霓杉语调又软了下来，"我不是她，没有人是她，可她已经不在了，不是吗？"

江肆不理她的话语，只放出威胁："自己走，还是我送你走。"

"我会让你后悔的。"贺霓杉捂着肩带离开。

江肆半合眼睑，心底生起波澜。他的那块月亮不见了。早知道，在短暂接触阳光之后，他会迎来更漫长的黑暗，他宁愿永远烂在泥里。

没见过皎皎明月，便不觉得夜晚难熬。

江肆扔掉烟头，视线穿过万家灯火。

02

1998年冬，淮序的梅花开得格外的早。

粉红色的花瓣纷纷扬扬地飘满整座城市，四处散发着清冷袭人的香味。

一月中旬，临近过年，街上越发热闹，各家门前的雪清理得干干净净，一群小孩围着卖糖葫芦的老爷子撒娇讲价。为首的胖小孩刘小军蹦蹦跳跳地拿着冰糖葫芦，身后追着一长串的小孩，个个舔着嘴皮，垂涎欲滴地盯着他。

这也是施月和林望舒娘俩单独过的第一个春节，施卫国是一名军人，去年7月某地突发特大洪灾后，他奋不顾身去了前线，后面又被指派了别的任务，至今没有回家。

正是这年，某部古装剧爆火，百分之六十五的收视率突破电视剧最高收视纪录，当年主演人物的角色海报贴遍大街小巷。

林望舒爱看，小施月也爱看。娘俩时常守在电视机前，大的包饺子，小的吃橙子。

小家伙刚满八岁，在读小学二年级。除了看电视，每天只知道在院子里和其他小孩一起玩捉迷藏，到了晚饭时间都想不起来回家。

今早下了雪，屋檐上挂了长长的一排冰柱了，孩子们欢呼声连成一片。

早上堆雪人，中午砸冰柱子，晚上打雪仗，一整天安排得明明白白。

早些年修建的单元楼隔音不好，说话稍大点的都会被邻居听得一清二楚，到了饭点，谁家炒了什么菜、炖了什么汤，一闻就闻出来了。下午四五点，伙伴们一个接一个被大人叫回家。

林望舒做好晚饭，支着身子在窗口张望，大喊施月的名字，没两秒，楼下的雪堆里冒出一个红彤彤的胡萝卜头。

厚厚的袄子把人裹成了球，乌黑松软的头发被绾成两个花苞小髻，再系上红色的绒球和丝带，活像年画里跳出来的娃娃。

“妈妈！”施月睁着大眼睛应了她一声，乌黑浓密的睫毛在眼尾的位置自然形成眼线，衬得眼睛似黑葡萄般又大又圆。

她抬手抓了抓花苞髻上挂着雪花，胖乎乎的手被雪冻得通红。

隔壁出来取腊肉的张大娘见施月迷迷糊糊摸不清东南西北，笑着嚷嚷：“月月，你妈让你回家吃饭，大冷天的，怎么扎雪里去了？也不怕冻着？”

施月笑眯了眼，歪歪头，露出两颗虎牙：“张婆婆，我不冷。”说是不冷，说完话就猛吸了下鼻涕。

“哈哈，快回家让你妈给你焐焐手。”说着张婆婆从窗台上取下一块肉，然后进了里屋。

林望舒嗔怪地看着施月，目视她捧着一大簇腊梅花往楼上跑，花枝艳丽，鹅黄色的花瓣晶莹剔透。

林望舒推开门，小胡萝卜窜进房门：“妈妈你看，这是小军哥给我摘的，你闻闻，香不？”

家属院外栽了十几棵梅树，红梅、白梅、腊梅都有，听说是住在这里的老干部栽的，人已经走了。

他在世的时候就时不时砍几枝梅花往各家送，说是烤火的时候闻着梅花香，会让人更觉得暖和。他走之后，他老伴儿被儿女接走，走前也是千叮咛万嘱咐，让喜欢的人就来折，说梅花要插瓶里才好看，惜花的人多，花才能长好，否则没几年就荒了。

“香香香！”林望舒接过施月手里的花放桌上，笑着拉她的手，“冷不冷？”

施月摇头，兴冲冲地告诉她：“妈妈，我刚才看见院子里新搬来一家人。”

林望舒松开施月的手起身，找来水壶往热水袋里灌水，一边附和：“没听说哪家人搬走。”

施月家住的是单位分给医护人员的家属楼，附近几个单元都是熟人也是住满了的。

“真的。”施月蹦跶到林望舒面前，看着她灌热水，“我亲眼看见的，就是铁门边空着的那间平房，今天下午有人拉了好多东西进去，还有一个醉醺醺的阿姨，她长得可漂亮了。”

施月说的，是单元楼门口那个收废品的老人的屋子，年前老爷子染病死了，那间屋子便没人住了。老人家又没什么亲戚子女，屋子空着，想必是被着急用房子的人借住了。

林望舒点头，把灌好的热水袋用厚厚的棉布包了一层，确定不会烫手，这才递给施月：“瞧你，冻成这样还不回家。”

施月笑眯眯地撒娇：“真不冷。”

晚饭是简单的水饺面条，施卫国不在家，林望舒要上班还要收拾家务，最近还得忙着置办年货，实在没办法做得多丰盛。

好在施月不挑食，好养活，吃饭前还和外公外婆通了电话。吃饭的时候施月照常问了一句“爸爸什么时候回来”，林望舒眼里划过一阵失落，而后很快就收拾好情绪回她：“快了，等月月考试考了满分，爸爸就回家看月月。”

施月心满意足地喝了口面汤，然后捧着自己的小碗，放进厨房水槽。

“妈妈，我先去写日记了。”这是老师布置的寒假作业，每天一篇日记，施月原来一整篇只有一个句号，好几次读得林望舒差点断气，现在已经会正确使用逗号、问号和感叹号了。就是还学不会拣重点写，经常一篇日记连她喝了几口水、上了几次厕所，事无巨细都交代得一清二楚。

林望舒辅导了很多次，但施月还是不开窍，这让她十分头疼。她随口吩咐了句："月月今天可以把出去堆雪人的事情写下来哟。"

"好呀好呀。"房间门合上。

天色渐晚，各家纷纷亮起了灯。

昏黄色的灯光把各家人的热闹都晕染进了夜色里，院子里时不时能听见电视机播放小燕子离家出走被翰轩棋社困住的片段，依稀伴了些虫鸣狗吠声。

林望舒吃完饭准备收拾碗筷，刚走进厨房，就听见院子门口传来一阵摔桌子砸碗的打闹声。

"怎么了这是？"她挑眉望了望，单元楼底漆黑一片，许是时辰还早，不少人家的窗台窸窸窣窣亮起灯来。

吵闹声越来越大，腔调很陌生，林望舒一时半会儿听不出这是谁的声音。洗碗的时候忍不住探出头看了两眼，刚好隔壁张大娘也在。

林望舒边洗碗边和张大娘闲聊："张婶儿，这是发生什么事了？"

这是公家分配的家属院，大家不仅是邻居，也都是同事，平日里和和睦睦，很少会有矛盾。

张大娘平时最好热闹，加上又是家属院里较为年长的，消息最为灵通："谁知道呢。我听我家娟子说门口一单元那黑屋新搬来了家人，会不会是那家？"

到这会儿，楼下已经陆陆续续有好些人聚拢着往那间小黑屋走去。有人抬头看见窗台上的两人，便叫唤："张大娘，望舒，快下来！"

张大娘见状赶紧取下围裙，叨叨着："我得下去看看，别让什么外来人把咱院儿里的人欺负喽。"

林望舒还想说什么，转身就听她在楼道上嚷嚷："娟子，乖乖地在家里把作业做了，不然明天不让你出门。"

隔壁屋许久才传来一道不耐烦的声音："知道了，烦不烦。"

林望舒笑了声，回过头，发现施月不知道什么时候已经站到了客厅窗口，脚下踩着一张木凳向外看。

林望舒好笑地走过去抱紧施月，用外套把她团进怀里。施月回头望了妈妈一眼：“妈妈！”

林望舒：“嘘，把爪子收回来，别冻着。”施月照做，一大一小两人就站在阳台张望。

“妈妈你看，那就是我给你说的新搬来的那个叔叔。”

放眼望去，院子口已经聚满了一堆人，施月说的男人立在门口，手里的锅碗瓢盆不要钱似的往外扔。这时节，他还穿着单薄的工装外套，满脸胡子拉碴，眼睛瞪得通红：“没钱？老子的钱都被你这败家娘们儿喝光了。”说着他又往外摔了一张板凳。

东西摔出去，里屋依旧一阵沉默，没有人应声，院子里的人只能从一点啜泣声里听出那里面是有人的。

男人越想越气，径自冲进房内，连拖带拽地拉了个女人出来。

想必是他的媳妇儿。男人不修边幅，那女人却是个极其美艳的少妇。浓密乌黑的长直发随意地披在肩头，额前几缕空气刘海，睫毛卷翘、水眸迷离。眼下有颗泪痣，眨眼挑眉时无不透着万种风情。

她和门口这个不修边幅的男人很不匹配，但男人话里话外都能指明他们是夫妻关系。

“赵美云，钱放哪里了？再不说我掐死你。”被叫名字的女人醉醺醺的，右手握着啤酒瓶，身体的眩晕让她如浮萍般依托在男人身上，他往哪儿拽，她便踉跄着往哪儿摔。

“死娘们，听不懂人话？”男人一巴掌扇在赵美云的脸上，语气狠厉，“不给钱，我今天打死你。”

周围人忍不住“嘶”了口气，眼看着赵美云半张脸渐渐显出巴掌印。啧，这样一个娇俏的媳妇儿，也亏他下得去手。

“兄弟，你和你媳妇好好说话不行啊？动什么手？”有人打抱不平。

话一出，周围立刻响起声音：“你还是男人？大过年的把媳妇儿打成这样。”

施月窝在妈妈怀里，小脸蛋焐出一片绯红，她不解地看着楼下，问：“妈妈，叔叔为什么要打阿姨？”

“妈妈也不知道。”林望舒摇头，“不过不管怎么样，打人都是不对的。”

面对人群的指指点点，男人丝毫不觉得自己有什么问题，拽着女人一把扔到人群中央。

女人摔倒时反射性护着怀里的酒瓶，一副醉生梦死的模样。周围人忍不住摇头，看样子这夫妻俩一个赌鬼，一个酒鬼，都不是啥好人。

张大娘懒得管夫妻俩的污糟事，张罗着：“走了走了，随他们闹去。”

人群散开，赵美云抬起头，小区里昏黄的路灯微光落在她脸上。

有人回头，脚步不由得顿住。众人见她虽醉得不轻，眉目中的妩媚却更甚，暖灯一照，美得摄人心魄，甚至不需要装饰，她就美得倾国倾城。比电视上的明星更甚。

男人又是一巴掌下去，这次，更多的人冲上去拦他：“你别——”

“你们看不惯，你们给老子钱，我就不打她。”男人朝着人群啐了口唾沫，又猛地往屋内冲。

众人好奇他还能再作什么妖，探着腰往屋里看。

没想到，他竟是又连拖带拽地扔了个小孩出来。

十二三岁的年纪，寒冬腊月，小孩只穿一身单薄紧绷的夏装校服，胸口的位置还贴着一张破旧铭牌，依稀可见“淮序小学江肆”几个字，几年级几班已经看不清楚。

男孩脸蛋冻得乌青，唇瓣死死抿着。光是看脸，就能确定这孩子一定和那美艳女人是母子，只因他们的模样生得别无二致，男孩的脸只比女人的少一颗泪痣，多了几分英气。

男人紧紧盯着江肆，右手捡起刚才扔出屋子的木椅握在掌中，眼神好似疯魔。

江肆从一开始的淡漠，再到警惕，恶狠狠地盯着男人。

周围聚拢的人越来越多，突然他像是意识到了什么，猛地往屋里躲，却一把被男人抓回来撸在手里。他像是街边卖猫儿狗儿的贩子，把手里的男娃递给周围人：“买不买，这可是带把儿的。”

胡闹！荒唐！

哪有人大过年的，卖自己儿子？

他甚至还想动手扒江肆的裤子。

折回来的张大娘正挤到前面，刚好看到这一幕，张嘴就是大骂："你是人还是畜生？老虎都知道护犊子，你居然想卖自己娃？你良心被狗吃了？"

男人没理会张大娘，转身往另一边走，像是展示般扯开男孩的衣服："健康的，能下地能干活，一千块，我就卖一千块。"

没人敢应他。

夜里的风总是格外刺骨。

周围人悲悯的眼神更是将男孩层层剥开再千刀万剐。江肆挣扎着，咬牙切齿，双腿在空中乱蹬："放开我，放我下来，放开我——"

被男人扒开衣服高高举起时，他偏着头，忽地看见一旁自顾自地喝酒的女人。瓶子空了，她伸出舌头勾着瓶嘴，吸吮上面残留的味道，发出阵阵痴笑。

自始至终，她没有一点要起身维护他的意思。江肆咬着牙，又羞又怒，但此刻，他毫无还手之力。

情况僵持了几分钟。

"得得得，怪我心软见不得这些。"周媛媛的爸爸周国强从人群走出来，往兜里摸了一把，胡乱掏出几张碎钱塞男人手里，"给你，这孩子我不要，你自己好好养着，五大三粗的人，养活不了老婆孩子算什么本事。"

说着，他上前把地上躺着的赵美云搀扶起来。女人身量纤纤，衣衫裸露，白皙的小腿和院子里的积雪一般晶莹，葱葱玉指细腻白皙，她眼角后知后觉地冒出一块瘀青，像是一匹绝美的绸缎沾了块污渍。

赵美云眼神颓靡，就着路灯看周国强一眼，微醺的脸露出一丝讥讽，她拖着嗓音调侃："你给了他一次钱，他以后，可就要天天缠上你了。"

周国强一向是院子里最老实的人，被赵美云嗔怪地扫了一眼，居然莫名有些结巴："缠，缠就缠吧，总归碰上了这种事就不能不管。"

女人又笑一声，依托着周国强，抱着酒瓶不撒手。

那男人才懒得搭理他们说了些什么，一把扔下男孩，周国强给的钱够他赌好几场了。他得了钱，风风火火地冲回屋子里捡了件外套，又风风火火地穿出来，往院子外跑去。

那男人嫌江肆挡路，临走的时候一把将他推开。江肆此时也整理好衣服，始终沉默着，不哭，也不求饶。

男人走了好一会儿，大家还聚集在原地，看着明显营养不良的小孩。

“什么人啊这是，开了眼了。”

“怎么搬来这么个东西，以后没安宁日子过了。”

张大娘脸色铁青：“散了散了，年后我就去院长那里好好说说这事儿，哪里来的流氓犊子，跑咱们这儿来撒泼。”

见周国强还扶着人，张大娘赶忙上前帮着把赵美云扶进家门，安置在床上。赵美云早就醉得七荤八素，被子一盖，酒气上涌，睡得死死的。

张大娘叹气：“倒血霉了，要我摊上这样的男人，只怕早两眼一抹黑上吊去了。”

周国强扫了床上的女人一眼，笑得憨厚：“大娘，咱不好说别人家里的事，回去吧。”

“得，走吧。”

两人垂着头跟大伙儿一起离开。

施月和林望舒半晌无言，施月张嘴想问什么，话到嘴边，又收了回去，只弱弱地说了一句：“妈妈，那个哥哥好可怜啊。”

所有人都走了，没人注意到江肆还立在屋外，腰间被掐了一连串的紫青瘀痕，整个人冷得发颤。

冬天的夜，那么冷，那么长。

院子口的路灯一闪一闪，衬得他的身影越发单薄，像是下一秒就会破碎的瓷娃娃。

林望舒叹口气：“是啊，好可怜的小孩。”

施月探着脑袋向外面张望，天空又开始飘雪了，院子里虽然安了夜灯，但在积雪的遮挡下，很多地方都是晦暗不明的。她不明白："妈妈，他为什么不进屋，他不冷吗？"

林望舒叹气，揉了揉施月的花苞头："冷啊，但可能，他的心更冷吧。"施月丁点大的人都开始好面子了，苦了这半大的孩子还要经历这些。

施月不明白心冷是什么意思，她想了想，跳下凳子，小跑着回房间把林望舒刚给她装上的热水袋拿出来。

林望舒则回厨房继续洗碗去了。

施月喊了一声："妈妈，我出去一趟！"说着，抱着热水袋"噔噔噔"往楼下跑。

这个点，小区大多数人都睡觉了，隔壁娟子趁张大娘出门偷偷起床看电视，施月路过她家门口的时候，刚好听见小燕子凄厉地大喊皇阿玛，皇阿玛言辞狠厉地说："打，给我重重地打！"娟子入戏太深，也跟着小燕子大喊，还不忘给自己加戏："皇阿玛，皇阿玛饶命，我可是您最疼爱的女儿呀！"

施月低笑，抵在门缝里通风报信："娟子姐，张婆婆回来啦！"

下一秒，电视声戛然而止。里屋传来娟子的声音："谢了，月月。"

下午才化了点的雪，入夜后没一会儿又积了起来。雪花在空中纷纷扬扬，落在灰褐色的腊梅枝上，把花枝压低了些。

月明星稀，暗香浮动。

江肆孤零零地坐在腊梅树下，背靠着花坛。

他抱着手臂，整张脸埋进膝盖，雪落在他的头顶和肩膀上，逐渐把他堆成了雪人。他露在外面的胳膊和腿全是瘀青，已经分不清这是被打伤的还是冻伤的。

施月有些懊悔，她该拿几件衣服下来的，可是她的衣服小哥哥穿不了。

她悄悄地靠近江肆，有点紧张，握着热水袋的手紧张地攥紧。

"哥哥，你，你冷吗？"她磕磕绊绊地出声，语气怯生生的。

看着江肆不动的身影，她咽了口口水，再问："哥哥，你冷吗？"

江肆没有动静，她上前几步，立在他面前，弯腰探出头去看他，帮他把头上肩上的雪拂掉。

“哥哥，你冷不冷啊？”说着，她就上手去拉他的手。

果然，掌心一片冰凉。施月赶紧松开，把手里的热水袋塞到他怀里：“抱着这个，不冷。”

江肆自始至终都没有一点反应，整个人蜷缩成一团。

施月坐了一会儿，自顾自地说了好些话，没了热水袋的她没几分钟就被大雪冻得失温，她踢了踢脚边的雪，向他告别：“哥哥，热水袋送你了。外面冷，你要赶紧回屋里去。”顿了一下，她紧接着说，“我叫施月，住一单元，以后咱们就是邻居啦，欢迎你！”

说着，她缩着脖子从地上爬起来，沿着来时的路慢悠悠地晃回去。再不走，可能过一会儿林望舒就要来寻她了。

施月蹦跶着越走越快，脚丫踩得雪地“咔嚓咔嚓”地响，不一会儿人就消失在了黑夜里。

手上温度越来越明显，冻僵的手指在温暖中逐渐变得酥麻，痒意过后，江肆感觉到一阵从未有过的温暖。

他抱着头，全身抑制不住地颤抖，泪渍后知后觉地沾满整张脸。

为什么？凭什么？

他突然疯狂挣扎，抠挠抓咬，用尽全力把热水袋撕烂，连带着包裹在外面一层的棉布都被咬得破碎。雪夜里响起阵阵隐忍的呜咽，凡是手边能触碰到的东西，统统都被他甩开。

滚烫的热水迸进他手心，江肆像是全然没有知觉似的，直到热水袋碎成一摊烂布，他才停手。冰天雪夜，江肆喘息几声，终是妥协地起身，像一只斗败的恶犬，屈从地回到屋里。

施月刚回家就被林望舒拉去烫脚，这才一会儿没看着人，就满院子疯跑。

得知她是去给那孩子送热水袋去了，林望舒随口问：“哥哥谢谢你了吗？”

“谢了呀。”施月笃定地点头，“他肯定在心里谢谢我。”

“看你那样。”林望舒搓了搓她的胖脚丫子，痒得她咯咯直笑。

“早点睡觉。”林望舒帮施月把脚擦干，毛袜子穿好，叮嘱道，“明天还要上学。”

施月顺从地躺进林望舒怀里，电热毯把被窝烘得暖暖的。

窗外，月亮伴着昏黄的月晕，灰黑的夜幕中点缀着零零散散的几颗星。

今夜有人窝在母亲的怀里甜甜睡去，也有人冻得浑身发抖，彻夜难眠。

03

过完年开学，周媛媛穿着她爸爸从省城买回来的棉衣，手上戴着厚厚的手套，站在单元楼下朝施月招手。

“月月，快点，要迟到了！”

施月嘴里含着林望舒买的包子，含含糊糊地应：“媛媛，我来了我来了。”她飞快地穿好衣服，把书包背好。

林望舒今天早班，没时间送她上学，一般都是她和周媛媛结伴去学校。

施月下楼的时候，周媛媛已经等了好一会儿，见着人就忍不住埋怨：“下次再这么慢我就不等你了。”

“不要嘛。”施月拉着她撒娇，“媛媛你最好了！”

两人说着话走出院子，路过院门口那间黑屋的时候，施月刚想往里瞅瞅，转眼就被周媛媛拉着避开好几米。

“怎么了？”施月摸不着头，她本来想喊那个哥哥一起上学来着。

周媛媛拧着眉，双手捂在施月耳畔咬耳朵：“我妈说，这间屋子里都是坏人，让我绕着点走。”

“怎么会。”施月睁大眼睛，除了那个动不动就打人骂人的叔叔，她觉得里面漂亮哥哥和漂亮阿姨一点也不坏呀。

“就是坏人。”周媛媛气鼓鼓的，“那天我爸出来一趟就被骗了好多好多钱，害得我爸我妈吵了一晚上的架。”

“可是我妈妈让我和他做朋友呀，新邻居嘛。”施月昨天有些冻着了，现在说话鼻音很重。

周媛媛丢开施月的手，态度很坚定：“才不要和他做朋友，你要是和他玩，我就不和你玩了。”说着她加快了走路的速度。

施月赶忙追上她的脚步，圆圆的脸上挂满讨好的笑：“媛媛别生气，等等我呀。”本就是大眼睛、婴儿肥，再刻意地笑弯了眼，就更像年画娃娃了。

施月是院子里人缘最好的人，也是她最好的朋友，周媛媛气归气，倒也没真丢下她一个人走的意思。迈了几步，两人又冰释前嫌手拉手一起走了。

踩点到学校，还没进教室施月就在教学楼下看到了那个熟悉的身影。

昨天他蜷缩着身子，整张脸埋在膝盖上，她只能隐隐地看见他的校服，没怎么见着他的脸。但施月确定，眼前的这个人，一定是新搬来的邻居小哥哥。

周媛媛不知道她为什么突然停了脚步，一脸纳闷地看着她。周媛媛没在职工院过年，春节前就被外公外婆接到乡下了，不认识江肆也正常。

施月放慢脚步，忙说：“没事，没事，咱们走吧。”她没想到，自己居然和漂亮哥哥在同一所学校。

她们的教室在二楼，早自习时间班主任会到教室里监督读书，迟到的话搞不好会被叫到教室外罚站。

周媛媛最怕丢人，施月也不敢磨蹭，背着书包赶忙追上她的脚步。她俩前脚刚走，后脚就来了几个男生，拦着江肆不让走。

“江肆，你怎么还穿着这身衣服？你爸妈不给你买衣服吗？”

“他爸妈不是不管他吗？听说前几个月他爸在城北欠了别人一屁股钱，拿了房子抵债，现在一家人去睡桥洞了吧。”

“那是不是不能翻身啊，一翻身还不得下水摸鱼？”

“哈哈哈哈，怪不得他鞋子上全是泥！”

所有人哄笑一团，围着江肆打转。

江肆的手狠狠攥紧，那夜的屈辱似在眼前，他咬紧牙，但越是强忍，泪水聚集得越汹涌，鼻尖酸涩，很快就要破堤。

恰好此时，上课铃响起，班主任从办公室里走出来。

“老师来了，快跑。”男生们哄笑着往教室里窜，只剩江肆一个人留在原地，拳头紧紧握着。

班主任眉心紧蹙：“快回教室吧。”

江肆不吭声，她也习惯了他的沉默寡言。班主任走上前想拽他走，刚一走近，就闻到一股刺鼻的酒味。至于酒味，是昨天他妈打翻了酒瓶，洒在他衣服上的，他没有多的衣服换，这是最厚的一件。

“江肆，你要学好。”班主任的眼神刻着失望，语气也饱含着谴责，“你不学好，以后怎么办？想过没有？早自习站在这里罚站反思一下自己的行为。”

教室里的同学一早就做好了准备，端正地坐着，见老师进来，值日生立即喊：“起立。”

大家立刻整齐起身，恭敬地弯腰，叫了声：“老师好！”

班主任点头，在讲台的位置坐下。

教室里响起整齐划一的读书声，之前围着江肆转圈的几个小男生也像模像样地把书立在桌上，私下里使眼色嘲笑江肆。

老师发现了他们的小动作，蹙着眉瞪了一眼不好好上课的人。

站在走廊罚站的江肆背着书包，渐渐平复心绪。眼里的泪珠被逼了回去，他缓慢走到靠近教室墙壁的位置，静静地站着。

江兵打了一晚上麻将，身上的钱输了个精光，最后被人扒了衣服从明楼丢出来。本来他还想进去，被打手拦在门口摔了两个狗吃屎，最后才骂骂咧咧地离开。他摸着黑迷迷糊糊走了半路，后知后觉想起城北的家没了，又拖着步子折到城南。

家属小院里，三两个阿婆闲着没事在石亭的位置烧了把火，烤着火顺便摆摆“龙门阵”。见江兵回来，大家立马噤了声，眉眼相互使眼色。等他进屋，房门“砰”一声合上。

“瞧见没？那天晚上站院门口骂人的就是他。”周媛媛的奶奶坐在最里面，压着声音，“我家国强还给了这狗崽子钱。看样子，怕是又输个精光。”

一旁的赵大妈鄙夷：“也就是你家国强心好，这种人给他钱做什么。”

周媛媛奶奶装模作样地叹气："当做好人好事了。"

各大妈知道她这是在摆阔，坐正身子挑眉装作没听见的模样看向别处。

这时节，一个工人每个月撑死也就那点工资，也就是周国强有能力，年纪轻轻就当了干部，可吹得她，也不怕闪了腰。

正说着话，众人看见张大娘和周国强从外面回来，路过门口那屋的时候，两人忍不住往里瞟了一眼。

满屋的空酒瓶，半醉的女人衣衫不整地卧在铺上，大腿和胳膊袒露在外面，身下大朵红花样式的被单，衬得皮肤更加白嫩细腻。这年代，虽然女人已经可以穿短袖短裙，思想相对开放，但也没有这么大胆裸露的。

周国强没敢多看，赶紧离开。

张大娘气得直吐口水："呸，晦气，什么人啊。"只听见她一路骂骂咧咧地从门口进来。

大家知道张大娘今天去找院长了解这事儿，看她过来，赶忙叫住她问："张大娘，怎么回事？"

"什么怎么回事？"张大娘拧着眉头骂人，"你看那狐狸精样，成天裸着个腿，睡觉也不关窗，生怕别人看不见似的。"

周国强面上一阵尴尬，轻咳了两声看向别处。

周媛媛奶奶赶紧给儿子解围，道："我们是问你，那家人什么情况，什么时候搬走？"

"搬不走了。"张大娘摊手，"房子是公家同意人家住的，说是三个活生生的人，总不能真放任他们流落街头，就给安排到咱们这儿了。反正高老头儿死了，也没人愿意住那屋子。"

"我呸。把咱这儿当难民收容所了？"

张大娘没忍住，把今天打听到的事情尽数抖搂出来："那男的叫江兵，平常就作奸犯科的。那女的也不是好东西，天天酗酒。两口子三天两头打架，在城北那段是出了名的。"

"搬来这么一群人。"

"这都是什么事儿啊！"

“国强，回家。”周媛媛的奶奶也郁闷，拽着周国强就往楼上走，边走边嘀咕，“看你还给不给人家钱，给这种渣滓还不如买骨头喂狗！”

这话一出，大家也都没了八卦的心思，各回各家，恨不得把这件事昭告全家。

林望舒下班的时候，就被邻居张大娘拉着说了一通。

她一个女人带着孩子。丈夫是为人民服务的子弟兵，一年半载回不来家。张大娘难免对她多多关照，让她小心别被偷了抢了什么的。

施月对江肆一家在小区掀起的轩然大波全然不知。

上午的课很快就过了，教室外路过很多同学，每个都略带好奇地打量着罚站的江肆，不知道他究竟犯了什么错，居然被罚站一上午，连书包都没让他放。

有调皮点的同学，一到休息时间就冲出教室，站在旁边大笑。还有男生装模作样地从江肆身边来回路过好几趟，每次都“不小心”撞他身上，然后再嬉皮笑脸地说抱歉。

他像个没有尊严的木偶，供人赏玩。

班主任下课之后从教室出来，走过江肆身旁，她皱着眉头问：“反思出了什么没有？知道自己错了吗？”

江肆还是那样站着，没有吭声。

班主任没有等到他的回应，说：“回去吧，明天让家长来一趟，顺便把你的校服费用给缴了。”带着怒气和失望又匆匆地离开教学楼。

人群渐渐疏散。

施月下节是体育课，刚下楼就见到了漂亮哥哥。

林望舒今天特意给她扎的辫子，还翻出了她白色的短裙和红色的小马甲，小模样圆嘟嘟的。

江肆没想到，那天夜里可怜他的人今天又跑来哑着小奶音叫他“哥哥”。

昨夜之前，从来没人和他主动说话，也从没人会用这么惊喜的语调和他打招呼。江肆潜意识以为这是另一场恶作剧，说不定此刻正有人躲在角落看他的笑话。

她笑得越甜，他心里越抑制不住涌起一团火气。

施月全然没有注意到他的排斥，笑眯眯地往他跟前凑，水剪的眸子如麋鹿眼一般清澈。

“哥哥，你在这里做什么呢？”她的声音软软的，很好听，像软绵绵的棉花糖。

现在是课间休息时间，同学们一窝蜂跑到操场上跳绳踢毽子去了。

人潮拥挤，江肆抬眸，一双眼睛里满是死寂。

施月怔怔地看着他，又歪着头笑眯眯地问：“哥哥你渴不渴？”她手里捧着个鹅黄色的保温杯，上面有今年新出的《西游记》动画片里的猴哥。

他别开眼，不吭声。

预备铃响起，刚才还哄闹的操场霎时又安静下来。大家都进教室上课了，施月又走到他视线范围内，语气熟稔得不行：“好冷啊，哥哥为什么不背过去站？”至少可以躲着点风。

江肆恼她的天真无邪，她什么都不明白，天真的语气问得他生厌。

施月等不来他回答，索性把手揣兜里玩兔子跳，蹦蹦跶跶的。过了几分钟，她心血来潮，热络地拉起江肆的手：“哥哥，咱们一起去玩吧！”还没来得及走一步，她就被他狠狠甩开，他的眼神锐利得似把尖刀。

“不想玩吗？”施月被吓了一跳，声音小了许多。

同院的刘小军从楼上下来。男孩子消息多，自然知道江肆为什么会被罚站，也知道江肆就是那个从城北被人赶出去，又搬到城南他们职工院的人的儿子。

刘小军看着施月赖在江肆身边，撇嘴鄙夷：“是老师让他罚站的，月月你当心被他连累。”

后半句明显是在恐吓施月，但她丝毫没有受影响，反而甜甜地叫刘小军：“小军哥哥，你也是体育课吗？”

刘小军“嗯”了一声，小大人样朝她伸出手：“走吧，我带你过去，去晚了老师要生气。”

施月自然地牵着他。

“月月冷不冷？”

“不冷。”

刘小军牵着施月走了几步，她突然回过头，小奶音软软地叫人：“哥哥，我先去上课，一会儿再过来看你。”

江肆别开脸。她的话太多了，他不想应她，谁稀罕这种突然关心？可他的视线又忍不住跟着她挪动。

刘小军把施月紧紧地牵着，故作深沉地告诉她：“以后不要和他玩，他爸爸不是好人。”

施月的爸爸是军人，还会抓坏人，所以他们都喜欢施月，羡慕她有个英雄爸爸。

刘小军的话丝毫没有遮掩，就这么轻飘飘地落进江肆的耳朵里。

经过一夜的大雪，天上突然出现一轮太阳，阳光灿烂明媚，但却没有温度，任由冷空气冻得人浑身发颤。

小城市对体育课不甚重视，教学器材并不完善。

体育老师让学生绕着操场跑几圈，然后就自由活动。施月身体弱，年纪又是全班最小，速度跟不上，几圈下来，脸蛋涨得通红，像富士山的红苹果。

自由活动的时候同学们拉着她打沙包。

她穿得多，不灵活，轻易就被人击中了，又因为劲儿太小，时常打不到别人。

满场就看她笑眯眯地跑来跑去，被打中是笑眯眯的，打不到别人被使唤捡沙包的时候也是笑眯眯的。

虽然她“菜”，但是大家都抢着和她组队，她输了也没人提惩罚的事。好像阳光落在她的身上，才会有温度。

江肆看着操场上的人影，不合时宜地想起，他曾经也有朋友。他们会邀请他去家里吃饭，会带着他偷偷打游戏。

可当大家发现他是江兵的儿子时，他的朋友就不再是他的朋友了。他们天然地形成了对立面。

他们觉得自己没做什么，只是放学的时候把他落在教室里；只是组团去他家围观他的爸妈，像看猴子似的；只是路过的时候，习惯性像避开脏东西一样大叫着躲开。

他们认定了他不敢反抗，认定了他没有后盾，认定欺负他是不会得到报应的。他们都以伤害他为乐趣。

那她呢？多半只是不清楚他的状况，一时好心肠想演几分钟天使，享受救赎别人的快乐，享受别人的感激，以上位者姿态看他在淤泥里挣扎。

等她知道他的情况后，还会对他好吗？不，她会害怕和他站在一起，害怕被别人知道他们认识，甚至会加入欺负他的阵营里。

江肆眼里突然涌起一阵风暴，他恨，恨每个人。

江肆立在原地，他还保持着扳直的身姿，下颌紧绷，嘴唇抿成一根线。就那样站着，久久不动。他不需要朋友。

操场上一群人玩得兴起，四处回荡着他们的笑声。江肆只觉得他们的声音尤其刺耳。

周媛媛忽然迎着风向施月大喊：“月月准备好，我要扔啦！”

施月一身的红色，脖子上围着厚厚的围巾，看上去就像个红彤彤的皮球。被周媛媛威胁，她吓得小短腿四处乱跑，发现跑到哪里都很危险，只能苦着脸央求道：“媛媛，你别砸我，砸别人。”

大家被她可爱的模样逗乐，捧腹大笑。刘小军笑着牵过施月的手，把她护在背后，说：“月月别怕，她打不到你。”

游戏规则，拿沙包的人可以用沙包砸场上所有人，其他人要么躲，要么用手将沙包接住。

如果被打到身体的其他地方，就算输了。

看这模样，刘小军是打算用手帮施月把沙包接住，周媛媛狡黠一笑：“好啊，刘小军，你可要当心了！”周媛媛就用尽全身的力气，把沙包砸了过去。

刘小军没反应过来，反手一挥，沙包反而朝着另一个方向飞了出去。

恰好砸在江肆的肩上，落在江肆的脚下。他低下头，眼前的沙包是人工缝制的，针脚细密，用的是小菊花样式的碎布，里面包裹着晒干的玉米粒。

一下打过来，打得人生疼。

周媛媛脸色又红又白。那是她妈妈特意给她缝的，因为做工好，她被全院的小朋友羡慕了好久。

刘小军挠头："不好意思啊！"他的劲太大了。他这句道歉不是向被误砸的江肆说的，而是对着施月，"月月，哥哥刚才是没准备好，没伤着你吧？"

施月还没反应过来，蒙蒙地摇头。

周媛媛一咬牙一跺脚："管你呢，快去把沙包给我捡回来。"落在那个人身边，膈应死了。

刘小军懒得跑，冲着江肆大喊："那谁，把沙包给我拿过来。"

见江肆没动静，刘小军气焰灭了大半，怕在施月面前丢面子，补充道："扔过来也行。"

施月也跟着喊："哥哥，能不能把沙包给我们扔过来？"她的声音软软糯糯，任谁都不忍心拒绝。

可江肆还是没反应。

周媛媛一脸鄙夷，不屑道："什么人啊，活该没朋友。"

施月有点不高兴他们这么说漂亮哥哥。

没等周媛媛再开口，江肆终于动了，他扫了施月一眼，低下头，弯腰，捡起那个精致的碎花沙包，打量。

刘小军防备地看着江肆："他不会是喜欢我们月月吧？"

江肆不捡的时候，他对江肆不满极了；江肆捡了，他又觉得江肆只听月月的话让他莫名有一种危机感。

然而江肆并没有按大家预想的结果发展，反而是报复性地把沙包掐在手里，两只手狠狠向两边拉扯。包缝制得非常结实，他拼命用劲，指节因为过度用力而变得泛白。

"住手。"周媛媛最先反应过来，这时候也没什么懒不懒得走了，赶紧冲着江肆的位置跑去，其他人紧随其后。

终于，在周媛媛跑到他面前的时候，沙包的针脚裂开了，圆润饱满的玉米粒像断了线的珍珠，从他手里散落一地。周媛媛的眼睛立刻红了一圈，带着哭腔质问："你凭什么扯烂我的沙包，你怎么这么讨厌？"她抽抽噎噎地控诉，"我爸爸那天还给你们钱了，你还我钱，赔我沙包。"

不提这个还好，一说这件事，江肆更甚。他忽然从旁边的花坛里捡起块石头，玩命地砸着地上的玉米粒，他带着浓浓的恶意，恶狠狠地看着周媛媛。

周媛媛被他吓了一跳，连哭都忘了，眼泪半挂在脸上，恐惧地抽噎起来。

刘小军他们随后赶到，被眼前的景象惊呆了。

"他怎么这样啊，难怪要被老师罚站。"

"那可是周媛媛妈妈给她缝的，撕烂了我们玩什么？"

"不行，一定要找他算账。"

施月也站在人群里。那一刻，施月看见了他眼底报复的快感。

刘小军作为伙伴里年龄最大的一个，回回遇到这种情况都是由他站出来撑场面。

加上对面的人是江肆，一个没有朋友、父母不管、老师也管不来的人，他更加无所顾忌。

刘小军上前，一脚踢开地上残留的玉米粒，一只手拽着江肆，语气不善："你最好给周媛媛一个交代，不然我和你没完。"

他从小就胖，体型上直接碾压所有同学，江肆个子不如他高，衣领被他攥在手心里，就像一个待宰的羔羊。

"你听见没有？"刘小军拧眉，加大力气，咬牙切齿，"你聋了？"

"呵！"江肆第一次在学校里露出笑容。

长时间的营养不良让他看上去脸色惨白，一双眼斜睨众人，那是充满恶意与疯狂试探的眼神。

盯过来的一刹那，刘小军不由自主地松开手。

江肆问他们："你们还想做什么？"声音沙哑、冰冷。

刘小军吞咽了一口唾沫，居然不知道该怎么回他。赔钱吗？还是道歉？他们明明知道，他没钱，也不可能低头。

周媛媛带着哭音退后两步，突然㞞了：“还，还是告诉老师吧。”

一群小孩来得快，去得也快，很快就只剩了施月一个人。

江肆右手还握着花坛里随手捡的石块。说起来没人信，这是他第一次，用武力帮自己解围。

见施月没走，他抬眸瞧了她一眼，情绪没有波澜，佝偻着背，面无表情地把石块放回花坛。

把人吓哭，让他莫名有一种报复成功的快感，末了又低下头，反思自己是不是太幼稚了。

回头那群人把家长叫来，他还是只有道歉被打的份。他很明白，他没有理由硬气。

半晌，见施月还待在这里，他有些愠怒。为什么不能让他一个人安安静静地罚站，为什么总要来招惹？

施月懵懂地看着他，年画娃娃的眼睛自然是大大的、水汪汪的，睫毛浓密又卷翘。

此刻，年画娃娃站在日光下，瞳孔更像是细碎的珍珠水晶。她和别人不同，别人的眼神是嫌恶、惧怕，还有恶作剧后的沾沾自喜。

而她，从始至终都是笑眯眯的，声音很软，看得出是个用满满爱意精心呵护长大的娃娃。

施月忐忑地看着他，想法和别人都不一样，她试探地问出心中想法：“哥哥，是因为我们没有邀请你玩，所以你才这么生气吗？”

江肆瞪大眼睛，呼吸滞了一瞬。

她继续说：“那下次，我们一起玩好不好？”

施月丝毫没有感觉到此前的剑拔弩张，甚至还以为，江肆是因为没能和他们一起玩而生气。

江肆仓皇低头，错开她笑盈盈的眼睛。

“谁要和你一起玩。”他像是被人看穿似的，一把将施月推倒，“我不需要你的关心，我知道你讨厌我，不用演戏，看着难看。”

施月猝不及防地被他推倒。

正对着她的脸，江肆却像是被戳中心思似的，心虚地别开眼，飞快地离开。他只是嫌他们的笑声太刺耳而已，真的只是这样。

施月整个人傻傻的，好在林望舒把她裹得严严实实，摔在地上，一点都不痛。

只是她的手心被水泥地磨破了好几个口子。隔了好几秒，施月才感觉到来自手心那阵细密的刺痛。她痴懵地坐在地上，举起手，发现上面已经开始往外冒血。

“哇——啊——哇——”施月当场痛哭出声。

江肆听见她的哭声，脚步顿住。

哭声惊天动地，办公室的老师被吓得立刻冲出来，还以为发生了什么了不得的大事。

出来一看，台阶上坐着个圆滚滚的红球，施月那双总是笑眯眯的眼睛此刻挂满了泪珠，唇瓣颤抖，委屈巴巴地捧着手心。

“怎么了，月月？”

她捧着双手，把伤到的位置展示给老师看。

“哇啊啊啊……”施月又扯着嗓子大哭，整个操场都环绕着她的哭声。

老师们哭笑不得，离得最近的那位老师赶紧过去把她从地上抱了起来，帮她把沾了泥土的白色小短裙拍干净。

施月抽抽噎噎，老师帮她把眼泪珠擦干，她伤心欲绝地看着自己的手心，浸出的血珠已经干涸了，伤口周围有些污渍，刺痛感明显。

老师问：“这么严重？是谁欺负你？告诉老师。”

江肆浑身紧绷。

施月捧着双手，越发觉得自己委屈，哭声越来越大，隐约间还能听到她悲愤地告诉老师：“是，是月月自己摔的——哇哇哇——”

老师们一脸无奈。

其他老师见没什么大事，都各自回教室正常授课了。抱着施月的这位刚好是施月的语文老师。

老师安抚了她一会儿，然后牵着她去洗手。

江肆站在不远处，心里像是有千万只蝴蝶要冲破喉咙振翅欲飞，说不出是感动还是困惑。

他不明白施月为什么要撒谎，明明就是他欺负了她，只要她说出来，老师肯定会惩罚他。

她难道不想报仇吗？

老师帮施月把手洗干净，嘱咐道："回家让妈妈帮你消个毒，知道吗？"

施月噘着嘴，一把鼻涕一把泪地点头。

接下来还有两节课，施月一直把手捧着，小心翼翼地给自己"呼呼"。

下课的时候，周媛媛说她舅舅要来学校接她去吃饭，让施月自己回家。施月只好可怜兮兮地捧着手往家的方向走，小小的一只，老师看着都觉得可怜。

意外的是，施月在路上又一次碰到了江肆。

她的眼肿成了核桃眼。原本漂亮干净的小裙子现在沾满了泥，头发也不如早晨来的时候整齐柔顺，一副被人欺负惨了的样子。

而罪魁祸首，就走在施月前面几米处。

江肆想，经过这件事，任她再好的脾气，估计也不会再理他了。这样也好，他本来就不该有朋友。所以他看见她的时候，只是淡淡地扫了一眼，什么也没说，径自离开。

施月跟着他走了好一会儿。像是被他凶怕了似的，她只是远远地跟着他，不敢靠近，也不搭腔。

她最怕疼，被他推倒磕破皮的地方现在还隐隐作痛。过了一会儿，确定眼前的哥哥不会再动不动就推她，"话匣子·施月"毛病又犯了，开始小心翼翼地往江肆身边凑。

江肆察觉到她的靠近，不理她，自顾自地快步回家。他还要回去做饭，不然等江兵输了钱回家发现没吃的，免不了又是一顿毒打。

施月人小腿短，江肆的速度她得小跑才能追上。

追了几分钟，累得她小脸通红。眼瞅着距离又要被拉开了，施月忙不迭扯住江肆的书包带子，声音又软又糯：“哥哥，你，你等等月月嘛！”

江肆停下脚步，漆黑的眼睛不解地看她。大家对他一向很不友善，大人讨厌他，小孩也不愿意和他做朋友。他撕碎了她的热水袋，砸烂了他们的沙包，推了她，她该很讨厌他的。

可她还愿意和他说话。到底她父母是怎么教育她的，为什么学不会记仇。

施月忐忑地看着他，握着的书包带子却没松。她说：“我想和你一起回家。”

江肆沉默，转身继续走，只是连他自己都没注意到，他在不经意间放慢了速度。

施月开心极了，揪着他的书包带子一蹦一跳地跟着走。

这条小路一向人少，偶尔会有野狗出没，施月从来不敢一个人走这条路。但最近她爸爸不在家，妈妈工作忙走不开，她只能和周媛媛一起走。

好在现在还有漂亮哥哥。施月高兴过头，对着江肆做自我介绍：“哥哥，我叫施月，月亮的月。”

江肆几不可闻地“嗯”了一声。

她又问：“你叫什么名字？”

他不吭声，施月竟然有点习惯了他的沉默，自顾自地问起了别的：

“月月最喜欢吃糖葫芦，哥哥你呢？”

“你有没有喜欢的颜色？院子里的腊梅花你看了吗？可香可香了。”

江肆看过那满院子的梅花树，红梅白梅粉梅腊梅都有，香香的，搬来的第一天他就看见了。可他不敢靠近，怕被打。

江肆垂着眸，安安静静地走着，听施月在耳边叽叽喳喳地说话：“院子里还有很多哥哥姐姐，等下雪天，我们可以一起打雪仗，吃糖葫——”声音停下。

江肆顺着她的视线，看见丛林缓步迈出的一条野狗，灰黑的鬃毛油光水亮，步态稳重。

因为吃得杂，它的体型比家养狗大多了。

野狗朝着他们的方向而来，狗牙上挂着黏稠的口水。

施月怕极了，一双小短腿下意识地哆嗦，看了眼四周，想要找人求救。刚要开口，就被江肆捂住嘴。施月大气不敢出地僵站着，野狗就要路过他们身边。

忽然，它像是嗅到了施月身上浅浅的奶香味儿，前肢停下来，掉转回头。

施月害怕地往江肆怀里钻，他不动声色地看着眼前个头比他还大的野狗，按着施月的后脑勺，把她护进怀里。

野狗左右猛嗅，前肢压低，明显饿得不行，喉咙里发出一阵咕噜咕噜的声音，不过两秒，就锁定了目标。

狗眼泛着凶狠又混浊的光，后肢逐渐发力，伴随着刺破耳膜的一声犬吠，迅猛地扑过来。

路旁有大人注意到这一幕，赶忙捡起棍子朝这边冲。刚跑两步，忽然停住。

视线里，小男孩动作比他还快。在确定野狗会袭击他的那一刻，他就弯腰捡起了一块板砖。野狗扑过来之后，他更是不要命地用尽全身的劲朝它的脑袋砸去。

很快野狗就败下阵来，从他身下逃脱，绕着江肆转圈，眼神依然攻击性十足，可迟迟不敢再扑上来。

江肆弓着身，攥紧拳头提防着狗。

“这谁家的小孩，这么厉害？”迟疑过后，路旁的大人总算反应过来，操持着竹竿往这边跑，边跑边呵斥道，“畜生，小孩你都敢咬，明天我非药死你不可。”

野狗被这人打惯了，见他就跑，眼瞅着不能得逞，转身灰溜溜地钻进林间小道。

江肆捏着砖头的手倏然一松，砖头掉落在地，双脚后知后觉地发颤。

施月惊魂未定，迟疑了好几秒，哭出声：“哥哥，吓死月月了。”也就是江肆把她保护得好，不然早被那狗咬了。

大人走了过来，往林间探了一眼，确定野狗真的走了，才问他们，“你们是谁家小孩？以后没大人陪，不要走这条路了，知道吗？”

江肆点头。

“行了，你们快回家吧。”大人转身离开。

刚才用力太猛，江肆的手有些发僵，指关节被板砖磨得破了皮。施月哭了几声，看他透着血丝的手，又心疼地牵起来呼了呼，她抽噎着说：“哥哥，你好厉害。”

江肆眸光微闪，终于“大发慈悲”地扫了她一眼。

施月眨巴眨巴眼睛，顶着哭了一整天的脸夸他：“连野狗都怕你。”

江肆不想理她，继续朝回家的路上走。

小孩子忘性大，刚才的那段插曲丝毫没有影响施月的心情，反而让她对漂亮哥哥的喜欢更浓烈了几分。

她像只小蝴蝶，环绕着江肆，蹦蹦跶跶地转圈圈。

一路上全是她的声音：“哥哥，你喜欢吃什么呀？喜不喜欢吃糖葫芦，下次妈妈给我买的时候我分给你一半。”

“哥哥，你喜欢什么颜色？”

“哥哥，你喜欢打雪仗吗？”

“哥哥，哥哥，你怎么不理我呀？”

江肆站定，漆黑的眼睛看着她。

施月忽然想起来，她还不知道他的名字，于是她问第二遍：“哥哥，你叫什么呀？”

江肆不明白她为什么会有这么多的问题，哪怕他一句话不说，她也能叽叽喳喳说个没完。

他不吭声，施月就一直看着他，眼神清澈，乖得要命。

江肆拧眉，心上的某根弦忽然有所松动。

他一向用茧把自己紧紧包裹，如今，那不可窥见的一角似被人硬生生地扒开，有什么东西要涌进来，势不可挡。

“我叫——”施月牵起江肆的手，用食指认认真真、一笔一画地写在手心：“施——月——，月亮的月。”

她的姓是她目前会写的最难的字，二年级的课本还都是一些简单的，笔画很少又常见的文字。写完之后，她骄傲地看着江肆，同样地，把自己的手心伸出来，期待地看着他。

这意思很明显，她已经写完了，到他了。江肆迟疑了两秒，鬼使神差地握住她的手，手心覆在她的手背上，用食指一笔一画地写下。

施月手心痒痒的，咯咯直笑。顺着他手指的轨迹，她慢慢地读出他写的字："江——"

尾音拉得很长。

到第二个字的时候，施月困惑了。以她现在的词汇量，实在很难认出这个有很多横的字是什么。

"文盲"施月蒙蒙地看着江肆，有点不好意思："哥哥，这个字怎么读啊？"

江肆说："肆，江肆。"

施月偏着头："是一二三四的四吗？"

江肆沉默，"肆"这个字对她来说太陌生了，所以他点头，声音沙哑，有些不自然地回应："是。"反正叫什么都一样，江肆、江四，和路边的猫儿狗儿有什么区别。

"太好了，那我以后叫你江四哥哥。"她看着他，"可以吗？"

江肆极不情愿地"嗯"了一声，别开眼，不想看她清亮的眼睛。

而施月则是开开心心地绕着江肆转，时而跑到他前面，时而回到他身边。到职工院门口的时候，施月终于忍不住朝江肆伸出手，奶胖奶胖的手心里赫然横着一道疤，她小心翼翼地问他："江四哥哥，你以后可不可以不要推我了？"

她个子小站不稳，摔倒了很疼很疼的。

江肆低头看她的手，为了让他看清楚，她又把手往他眼前凑了一点。

04

施月到家的时候，林望舒正在做饭。

趁她没注意，她赶忙蹑手蹑脚地回了房间，把沾了一身泥的裙子换下来，穿上妈妈给她织的鹅黄色毛衣。

林望舒一回头，就看见一只小黄鹂背着手站她身后，笑眯眯地问今晚吃什么。

“就知道吃。”林望舒洗完手，揉了揉她的头发：“今天和同学们玩什么呀，怎么头发散成这样了？”

施月欢快地笑着：“打沙包。”

林望舒知道施月的运动天赋，像什么跳绳、打沙包、划拳跨步，她这小胳膊小腿的从来都玩不过别人。好在院子里的小朋友都喜欢月月，不会因为她小就不和她玩。

林望舒又问：“和谁一起打的沙包呀？”

“媛媛、早早。”施月扳着指头数人：“还有小军哥哥，娟子姐姐，对了妈妈，你可不可以也给我缝一个沙包？”

林望舒把炒好的菜端去桌上，回头问她：“为什么呢？昨天你不是说媛媛妈妈给她缝了一个很漂亮的沙包吗？”

施月抿唇，不知道该不该告诉妈妈，那个沙包已经被江四哥哥撕烂了。

林望舒只当她是羡慕别人有漂亮沙包，没多问就答应了：“行，一会儿给你缝一个。”

林望舒去施月房间里找碎布料的时候，意外看见施月藏在角落里，泥渍干涸的红色衣裙。林望舒吃饭的时候才发现她的手心大片大片擦伤的痕迹，说是自己不小心摔的。

施月养得娇，轻轻一碰就是一个瘀青。这样的伤，怕是要等个把月才会彻底脱疤。

施月一周没去学校，听周媛媛和刘小军说她生病了。

江肆在家里收拾酒瓶的时候突然想起，那天她身上沾了很多脏水。估计是因为没来得及换衣服，这才生病的吧。他出神地想着，起身的时候不小心带倒一瓶酒。

赵美云惊得翻身下床把酒扶起，这是她的命根子，倒了怎么行。她今天难得清醒，看见江肆，关心地问："小肆，最近学习怎么样？"

江肆毫无波澜地点头，手里动作没停。虽然他在学校不怎么样，但每一本书他都翻来覆去读过许多遍，早就倒背如流。

赵美云满意地点头，她清醒的时候对江肆都是很好的，而且十分看重他的学习。虽然家里穷，但是江肆的学费，她从来没有拖欠过。

赵美云宠溺地揉了揉江肆的头，叮嘱他："一定要好好学习，学习好了将来才有出息。就像这院子里的人，生活都比咱们好。"

江肆点头，顺着她的眼神向外看。

窗外不远处是周媛媛的爸爸妈妈，他们正站在梅花树下，拿着个白色瓷瓶选梅花，周媛媛头上插了好几朵红梅。正常的家庭就该是这样的吧。

"真幸福。"赵美云感叹，一双过分好看的美眸里满是钦羡。

江肆看着她打开酒瓶，开始新一轮的醉生梦死。赵美云漂亮得自带妖气，好几次有人路过他们家的时候，都忍不住探过头看看里面。

见她眼神开始涣散，江肆沉默着把屋子角落的酒瓶装好准备拿去卖。

隔壁酒厂回收瓶子，一个瓶子两角钱。出门的时候想着，卖瓶子的钱可以买点米油，最近江兵打牌常输，已经很久没有给过他生活费了，或许还可以偷偷留五角钱，买一个热水袋，还给施月。

他埋头走着，步子越发轻快，没注意前面正有一群小孩打雪仗。

江肆无意闯入，察觉不对劲的时候，迎面砸来一个雪球。雪花在他头上炸开，落在他抱着的酒瓶上。

江肆抬头，刘小军他们站在对面。

他们也没料到江肆会突然出现，所有人的笑声都停了下来。之前在学校的事情大家都还记得。

刘小军皱眉，本能地讨厌江肆。他自上而下扫视了江肆一眼，知道他肯定是想去卖瓶子。

别的不说，他怀里层层叠叠装了一大箱空瓶，拿去卖的话，最少也能有个四五块钱吧。

江肆没理人，自顾自地朝门口走。

“站住。”刘小军语气不善，胖胖的身体拦在江肆面前，一只手捏住他怀里的啤酒筐：“你那天撕烂了周媛媛的沙包，还没赔呢。”

周媛媛在一旁怯生生地扯他袖子：“小军哥哥，沙包他还我了。”

前几天月月给了她一个沙包，说是江肆赔给她的。做工精致，布料比她之前的还好看很多。

刘小军脸色一僵，假装没有听见。今天就在家门口，他爸妈都在家，他还不信江肆敢把他怎么样。

江肆只是淡淡地看了他一眼，抱着酒筐的力度只重不轻，“让开。”

刘小军没想到他劲居然这么大，两只手都放在江肆的啤酒筐上，瞪大眼睛和他较劲：“你信不信我打你？”

江肆盯着他，“松手。”

刘小军不松，而且加大了抢啤酒筐的力道，两个人就这么端着筐子，暗自用力。

江肆脸色铁青，刘小军满脸通红。其他小朋友都惊讶地看着他俩，不明白刘小军为什么要抢江肆的东西。

筐子太重，过了一会儿，刘小军倏然松手。松手的一瞬，他在筐里抢了两个空瓶出来，笑嘻嘻地拿在手里耀武扬威：“哎，我抢到了抢到了，怎么样！气死你。”

江肆放下筐子，想从他手里把酒瓶抢回来。没想到，啤酒筐刚一放下，刘小军又凑了过来，怀里抱着已经抢到的空瓶，另一只手肆无忌惮地伸手去拿。江肆狠掐住他的手腕。

“你信不信我爸妈马上出来。”刘小军搬出他爸妈吓唬人。

江肆不吭声。刘小军试探地在啤酒筐里又拿了两个，刚站起身，还没来得及迈开步子，突然被人用力拉扯。

刘小军吓了一跳，赶忙用手推他。伸出去的手却被江肆狠狠抓着，朝着胳膊用力咬了下去。

这时候的小男孩，打架还不会用拳头。

事情的走向大家都没反应过来，刘小军只觉得手臂一阵刺痛。他急忙大哭着惊叫爸爸妈妈，眼泪鼻涕流了一大把。满院子的人都被刘小军的哭声嚷嚷了出来，见到眼前的一幕，赶紧过去把人分开。

不到两分钟的时间，刘小军的胳膊青了一大块，伤口看上去触目惊心，有鲜血顺着牙印的位置流出来。

“你这小孩，怎么咬人？”

人声里，刘小军的爸妈终于赶到，刚挤进来就看见自家儿子捂着胳膊，上面鲜血淋漓。

刘小军哭着朝他爸妈走去，喘得上气不接下气，还不忘告状：“爸，妈，他咬我。”

小军妈妈吓了一跳，赶忙蹲下身检查他的伤口，小军爸爸则是愤怒地看着江肆。“哪里来的野小子，敢咬我儿子。”他伸手想掐江肆领子，被他避开。

江肆嘴角还残留着几滴血，他恶狠狠地看着这一家人，声音尖锐：“是他要抢我瓶子。”

刘小军哭着说：“我没有，他冤枉我。”声音沙哑，委屈极了。

一旁的周媛媛没有吭声。

小军爸爸转头，咬牙：“我儿子抢你瓶子做什么？你咬了人还撒谎，你爸妈呢？我今天非要找你爸妈说个清楚。”

“爸，妈，我的手好痛，呜呜呜。”这边刘小军还在一个劲地哭。

小军妈妈看情况不好，赶紧拉着他爸爸道：“先带孩子去诊所包扎，回来再找这死小子算账。”

三个人路过江肆身边的时候，刘小军爸爸狠狠地往他身上踹了一脚。江肆踉跄半步，再回头的时候，那一家三口已经走远了。

“晦气，搬来这么一家人。”

江肆置所未闻，低下身把散落的啤酒瓶捡进筐里，拿去对面的厂里卖了四块六。

路过杂货铺的时候，他看见一个好漂亮的热水袋，袋子上印有粉色的小花和黄色的月亮。

标价五角。

但他只是顿了一下，转身离开了。他不清楚，在刘小军这件事过后，她还会不会和他做朋友，会不会像所有人一样远离他。

傍晚时分，刘小军父母带着包扎好的刘小军上门要钱。医药费，精神损失费，误学费总共加起来两百块。江兵听说他咬人，随手抄起碗筷就朝江肆脸上砸去："你个赔钱货，还学会惹麻烦了？"

小军爸妈被吓了一跳，还没来得及说话，就被江兵一扫把赶出门去。"要钱没有，惹急了老子放火烧了你们院子。"

屋子里随即响起一阵摔桌子摔板凳的声音，还时不时有女人惨叫，一听就知道，这赌鬼又发疯打老婆孩子了。

江肆咬人，江兵死不认账的事情彻底在职工院传开。

他走到哪里，哪里都是一阵骂声，再也没有一家人敢和他们家来往，对面啤酒厂的老板更是拒绝回收他的酒瓶。

过了一周，施月终于可以下楼。

几天不见，她的小脸瘦了一圈，原本奶呼呼的脸露出了尖尖的下巴，衬得眼睛更大了。

眼睛水汪汪的，像可怜的小鹿。她的额头上还贴着一片白色的消热帖，几根头发炸毛似的冲天而起。

比起前段时间的穿着，现在的她才是个不折不扣的雪娃娃，从头到脚都被厚厚的毛茸茸衣服裹着。

不知道缠了林望舒多久才被放出来见人。

江肆见到她的时候，她正站在院子里堆雪人，刘小军帮她收集了一大堆的雪，雪人脸上放着纽扣做的眼睛，胡萝卜做的鼻子，手里握着红梅花。施月似乎还觉得不满意，伸手取下自己的围巾，给雪人围了上去。

"这样就可以了吗？"施月问。

雪人前站了一排的小孩，仔细打量着觉得似乎还缺点什么。周嫒嫒灵光一闪，把装雪的铁皮桶往地上一掀，倒出里面的雪，再往雪人脑门上一扣。

一个憨态可掬的雪人成功诞生。

“耶！媛媛真棒！”施月高兴得跳了起来，一群小孩手拉着手绕着雪人转圈圈。笑声里，雪人脸上都像是在笑。

“我们要保护好雪人。”大病初愈，施月的声音还有些沙哑。

江肆从她们身后路过，施月听到动静，回头见是他，惊喜地冲到他面前，“四哥哥。”

刘小军脸色微变，上前把施月扯回去：“月月，你做什么？”小院里的人都知道他和江肆不对盘，她跑去和他说话，那他岂不是很没面子！

施月脸色不变，怪异地看了他一眼，欢喜地往江肆身边凑，理所当然道：“我和江四哥哥打招呼呀。”

她看向江肆，苍白的脸带了些病态的美，看得出来人精神很差，她拉着江肆的手晃悠：“四哥哥，你有没有想我？”

刚才她下楼的时候，周媛媛她们都说想她了，这些天不出门，她也想死他们了，还想江四哥哥。她的声音很轻，细听还有撒娇的腔调。

江肆不动声色地看她一眼。

她真的瘦了很多，柔顺的黑发垂在肩膀上，头上戴着针织帽，脖子上围了白色的毛绒围巾，脚上踩着加绒的毛毛鞋。露出的鼻尖和下巴被冻得通红，平时就是个小奶包，今天更是乖巧柔顺。

“四哥哥。”她委屈地看他，还以为他是和她生疏了。

江肆呼吸乱了几分，不知道是因为她拉了他的手，还是因为她明显撒娇的样子。他只能故作深沉地看她，假装感觉不到身后人对他投来的恶意的眼神。

冬天的冷风刮得人脸生疼。

他回握着她的手，问：“生病了怎么还出来玩？”像是怕吓到她，江肆的语气尽可能地放轻，像个别扭傲娇的小男生。

施月眼睛一亮，立刻回他：“太闷了，妈妈说可以下楼堆雪人。”

刘小军气不打一处来。他今天为了讨施月开心，装了半天的雪，胳膊都抡酸了，也没见她牵他的手，她还有没有点良心呀。

他在施月身后生气地提醒："月月，你知不知道，江肆会咬人，他把我的手咬成了这样！"

刘小军把袖子撸上来，被咬的地方至今还缠着纱布。

施月看到突然横过来的伤口吓了一跳，本来刘小军就胖，伤口肿胀，整个胳膊又粗了一圈。

大家看到那咬痕不由得寒从脚起。

这下不止刘小军不干了，周媛媛更是一脸的不愿意："月月，你要他来堆雪人，那我就回家了啊。"

"就是就是，我们不和他一起玩。"

"他把刘小军咬成这样了，才不要和他一起玩。"

施月生气地看着同院的朋友，他们像说好了似的，把江肆孤立起来。

江肆也习惯了这样的境况。他松开她的手，微笑："去和他们一起。"说着，他毫不迟疑地走回院门口的那间旧屋。

房门关上。

刘小军松了口气，上前拉着施月："他走了正好，咱们自己玩。月月过来，哥哥给你摘梅花。"

施月看着眼前的小伙伴，又看了一眼紧闭的房门，犹豫了好一会儿才下定决心，挣脱刘小军的手，迈开小腿跑到江肆家门口。

江肆背靠在门上，把她拦在门外。今天他家没人，房间里黑得看不见一点东西。他躲在阴暗的角落里，被人欺负的画面一帧一帧地在脑海里回放，脑子似要爆炸。

施月局促地站在他家门口，胖乎乎的手在门上轻轻敲了敲："四哥哥，你生气了吗？"

江肆不想理她。

施月一直在门口徘徊："哥哥，不要生气了，咱们出来堆雪人行吗？"

她等了好一阵，大门才终于有了动静，江肆从那扇破旧的门里走出来，咬牙质问："你怎么还敢来。"他的眼睛微红，明显就是动了气。

"我想和你一起玩呀。"

"不怕我咬你吗？"

施月浑身一抖，怕归怕，但是她说："江四哥哥才不会咬我，我是你最好的朋友！"

江肆别扭地别开眼："谁要和你做好朋友了。"

施月疑惑地看他。

他低下声："他们说的，你不介意吗？"

施月睁着圆溜溜的眸看他："为什么要介意？我知道，是因为小军哥哥欺负你，所以你才咬他的，他欺负你，你咬回去是应该的。要不然小军哥哥胳膊又臭又硬，四哥哥才不会想咬他。"

可是没有人信他，大家都认定了是他欺负刘小军。

施月看着他："四哥哥，我信你。"她怯生生地朝他靠近，又一次伸出手，可怜巴巴地看着他，"四哥哥，你可以和我一起堆雪人吗？"

最终江肆还是点了点头，没有拒绝。

毕竟她大病未愈，毕竟她头上还贴着退烧贴就想着来找他，毕竟她还愿意相信他。

院子里忽然分成了两个阵营，刘小军、周媛媛他们一堆，江肆和施月一堆。

各自在院子一角堆雪人。

刘小军他们像是在和谁较劲似的，非要把雪人越堆越大，最后大得都看不清雪人的眼睛、鼻子了。

施月堆的那个，和她个子差不多高，矮小但是很精致。

江肆给她收集雪，把粗略的形状做好，施月往上面放装饰。雪人的衣服和头发都是用梅花花瓣做的。她还去把旧雪人身上围的围巾取了下来，戴到了新雪人的脖子上，气得刘小军当场掀了大雪人的头。

明明江肆才搬来几天，月月和他的关系怎么突然变得这么好？不就是因为江肆长得好看吗？

其实施月一直没说，养病那几天，施月经常在楼上看下面的院子。看江肆一个人孤零零地进进出出，她喊了他好几次都没被听见。

事情发生那天，她和林望舒在窗口目睹了全过程。她妈妈说，江四哥哥的爸爸不是称职的爸爸，所以江四哥哥得到的父爱比别人少很多。

她妈妈还说江四哥哥是个慢热的人，慢热的人要去慢慢温暖他。

施月的父亲是个军人，一辈子做的都是为民除害的事，最见不得无辜者被人排挤。所以施月在家里就暗下决定，一定要对江四哥哥好一点，再好一点。

弄好雪人的手，江肆给施月编了个梅花头环，施月抬头看他："四哥哥，好看吗？"

刘小军砌的雪人被他自己一脚踢飞。

周媛媛不和施月做朋友了。

施月每次下楼看到梅花树下空荡荡的一片，心里就一阵难受。原本周媛媛每天都会在那里等她的。

林望舒和周媛媛的家长交流过好几次，不明白之前形影不离的好姐妹怎么突然说绝交就绝交了。

不一起上学事小，孩子安全事大。

周媛媛有奶奶接送。林望舒思考再三，还是决定自己送施月上学，只是每天早上要早起半个小时，把做早饭的时间利用起来，晚上要委屈施月在学校多等半个小时。

送她上学的第一天，母女俩就在小区门口碰见了江肆。

林望舒见过江肆很多次，但江肆不认识她。她知道这孩子可怜，但是孤儿寡母在家，她实在抽不出精力关心别人家小孩。

眼瞧着自家女儿蝴蝶扑花似的往别人怀里钻，林望舒都觉得一阵汗颜，连带着买早饭的时候都多买一份。

"给，小朋友。"林望舒递给江肆的时候，饺子还冒着热气。

江肆快十三岁了，突然被叫"小朋友"，有些不好意思，耳根绯红。

见他不接，施月热络拿过饺子递给他，献宝似的吹嘘："哥哥，这可是我最爱吃的馅儿，莲藕玉米的，你尝尝味道！”

江肆习惯性地推辞：“你自己吃吧。”

林望舒拿出另外一份，塞到施月手里，语气温和：“月月有，这份是买给你的。”她的脾气很好，说话的时候让人如沐春风，那是江肆从来没在赵美云的身上看到过的温婉。

他收下饺子，饺子在兜里暖乎乎的。

注意到林望舒是特意起早送施月去学校，江肆犹豫着开口：“阿姨，我可以和月月一路。”

如果她放心的话。

“真的吗？”没等林望舒回答，施月先高兴地跳了起来，“我可以和江四哥哥一起上下学了！”

江肆眉眼也跟着舒缓，拉着她不让她乱跑。

林望舒本来还有些犹豫，见到江肆牵她，眼神奇异地停留在两个小人儿身上。又想起院里最近在评职称，正是比较严的时候，她一咬牙：“那就拜托小朋友了。”

林望舒把施月交给江肆，还不忘叮嘱施月：“不许给哥哥添麻烦！”

施月连连点头。

之后的半个月，江肆几乎每天等在职工院门口。

施月冬天喜欢赖床，使是要林望舒生拉活拽大半天才愿意起床，洗漱吃饭都是闭着眼睛。

每次走到一半就犯困，回回都是江肆把她背到学校，一条松软的围巾缠着两个人脖子。

林望舒总怕太麻烦江肆，但他本人却像是被惊喜砸中了头，无人的街角，总忍不住嘴角咧开，暗自窃喜。他双手紧紧揽着施月的腿，似得了个天大的宝贝，满足地笑。

两个人，一道背影，沿着雪地上深浅不一的脚印蜿蜒向前。

从凛冬到深秋，再到春天。

江肆背着施月升了初中。

卖废品时，忍不住蹲在角落里翻看老板回收来的初高中课本。在老板不耐烦赶人时，江肆掏出三分之一卖废品的钱买了书，又用剩余三分之二的钱给施月买了月亮发夹。他趁她睡觉时亲手别在她的发上，痴痴地看她像小猪一样熟睡不醒。

时间流转，2001 年是江肆在职工院过的第四个冬天，梅花树依旧一簇一簇地开得热烈。

刘小军也升了初中，开始天天被父母逼着学习，暂时没有心思用在排挤江肆身上；也因为江肆成绩排上年级第一的位置，刘爸刘妈变得对他客客气气，经常能听见他们教训刘小军没事多向江肆学习。

江肆从不回应他们，他一向独来独往，院子里除了施月，他谁也不理。

大家觉得这小伙子多少有点毛病，连最基本的人际交往都不会；可他在施月面前，又体贴温暖得不像话。

说来也奇怪，从来没看江肆有多用功。放学后，他要打扫卫生、做饭洗衣，周末的时候还会去隔壁厂做小时工。可他的功课就是学得好，门门功课都名列前茅。

学校里所有同学都一水的蓝色校服校裤，他始终穿着自己洗得发白的外套。

施月还在念小学，每天一下课就往隔壁中学窜。两个学校的学生都知道淮序中学的江肆有个妹妹，奶包子似的，小身体碰一下就又青又红，骂一下就流眼泪，还话多，天天逮着江肆说个没完，偏偏江肆宠她宠得不得了。

每天放学江肆都等在小学校门口，没一会儿就有个奶呼呼的小胖子飞扑到他跟前。

上中学后，江肆的个子开始抽条，原本脸上还有些稚气，现在一点一点地变得成熟，青春洋溢。

几年时间，施月长高了不少，就是脸上还有些婴儿肥。她长得白，皮肤像珍珠般细腻晶莹，怎么看都是肉嘟嘟的模样。

江肆事事迁就她，更养出了一股子娇气，磕了碰了都要让人呼呼，吹吹伤口才不痛。

中学校门外摆了一排的小吃车，有冰糖葫芦、炸土豆、煎饼什么的。施月看见糖葫芦就走不动道，远远地就开始流口水，小嘴咂巴咂巴个没完。

江肆一只手牵着她，一只手拎着她的书包，很难不发现她的脚步越来越慢，视线坚定地跟着糖葫芦串挪动。

今天卖糖葫芦的小摊换了个年轻小伙子看守。小伙子机灵活络，一看就知道眼前的小姑娘馋得走不动路了。

他刻意朝前走了两步，手心一松，像是没拿稳，糖葫芦架斜着朝施月砸过来。插满糖葫芦的草靶子直直地落在施月眼前，他又像突然反应过来似的，轻飘飘地把架子提起，红彤彤的糖渍山楂就这么一来一回，在施月眼前划过。

空气中飘过一阵甜蜜蜜的味道。

“香——”施月满足地咂咂嘴，强咽了一口唾沫，肚子里的馋虫都快顺着嗓子眼儿爬出来了。

江肆无奈地看了一眼商贩，这招对别人有没有用不知道，但对施月，百试百灵。果然，施月停下脚步，拽着江肆的手不让他走。

“月月。”江肆反手把另一只手上的书包挎在肩上，双手扶着她的肩膀，试图给她讲道理，“你这周吃了多少糖了？上次林阿姨带你去医院医生怎么说的？”

施月没别的爱好，就是喜欢吃甜食。虽然林望舒已经尽力督促她刷牙，控制她摄入的糖量，但年初的时候，她的牙齿还是出了点小问题。

林望舒吓了一跳，急忙去医院挂了个号，生怕已经伤到牙神经。

江肆更急，从那天开始，就再也没让施月碰过一颗糖，连她漱口用的水都换成了能促进血液凝结、消肿止痛的茶叶。

施月自知理亏，不敢看他，手里抱着热水袋，每说一句话就有口水试图冲破桎梏从嘴角流出来。

她说：“四哥哥，我不吃，买一颗给我舔舔行吗？”

冰糖葫芦不仅有一串一串的，还有一颗一颗的，就是考虑到学生消费能力不行，一颗一颗地卖总好过不开张。

江肆态度有些松动，但一想到她牙疼的样子，又立刻严肃地摇头：“不行，月月。”

施月低头碎碎念：“红彤彤的，亮晶晶的，闻起来好香啊。月月已经很久很久没有吃糖了，月月好惨啊。”

江肆最见不得她这个样子，他试图再次讲道理：“可是你的牙齿会痛。”

“不痛了，早就不痛了。”施月张开嘴让他看，她一直有按时刷牙，每颗牙齿都是白白的。

“啊——”施月问他，“看见没有，月月的牙齿里没有虫。”

商贩看见他俩的互动，乐得不行，看江肆已经开始动摇，赶忙把从草靶子上面取了最大最红的那串下来，钓鱼似的往施月鼻尖凑。

江肆无语地看着施月跟狗似的跟着糖葫芦转，终于松口：“要一颗就行。”

“得嘞。”商贩把最漂亮的那串镇摊之宝插回去，放低草靶子，让施月自己挑选。

每颗都红得诱人，施月看了半天，才选了其中糖衣裹得最完美的那颗。江肆付完钱，发现那小吃货早走好几米了。

“你可真疼你妹妹。”商贩笑眯眯地看着他，把零钱找给江肆。看着这么个大小伙哄小孩，可把他乐的。

施月不在，江肆脸上的温和跟着消失。面对商贩，他也不搭腔，拿了钱就走人。

商贩纳闷地看着这个小伙子：“嘿，咋还人前人后两副面孔呢。”

他没看见，江肆追到施月面前的时候，那副小心谨慎的温和哥哥模样立刻变了回来。

江肆背好两人的包，监督着施月。

糖葫芦最外层包裹着一张透明的塑料纸，施月手里拿着热水袋不方便剥壳，索性把热水袋一起塞到江肆手里。

那个热水袋很好看，上面有粉红色的花朵和黄色的月亮，她用了很久。

施月把糖纸剥开，后知后觉地意识到自己似乎应该先问江肆哥哥吃不吃，所以她举着糖葫芦，把它凑到江肆的嘴边，问："四哥哥，你要不要尝尝？"

江肆摇头，帮她把围巾拢好。

糖衣是没他的份的，但是里面的酸山楂，施月次次都会"让"给他吃。

糖是月月的，酸和苦都是江四的。

好在今天施月心情不错，没有半路耍赖让他背。

江肆把她送到单元楼下，把书包和热水袋还给她，确定她上了楼，这才回自己家。

赵美云最近转了性，喝酒的次数越来越少，心情好时还会倒腾出漂亮衣服打扮打扮自己。

江肆到家的时候，她刚好换了一身红色羽绒服准备出门。

羽绒服这种昂贵的东西从来不会出现在他们家。江肆不认识牌子，但看样子也知道肯定不便宜。

赵美云见他回来，涂口红的手顿了一下，往旁边挪了位置，神色如常地问他学习情况。

江肆把书包放下，几天没扫地了，他拿起扫帚每间屋子挨个扫了一遍。

赵美云在旁边念叨："虽然你爸没用，但好在你读书厉害。多读书，将来考个好学校，毕业了分配你做大官。"

"当农民有什么意思，做了官要什么有什么。"

"不像你爸，什么都做不了。"

赵美云从不掩饰对江兵的嫌弃。她长得好看，想娶她的人排队能排几条街。当初，她要不是被媒婆忽悠，怎么可能嫁给江兵这种人，生生把自己半辈子给毁了。

江肆不说话，扫完地，他去厨房淘米。家里几乎是他去做零工挣钱买菜，江兵十天半个月不会回来一次。

赵美云化好妆，翻了双高跟鞋换上。太久没穿了，她穿着有些紧，踩着鞋子来来回回在家里走了好几圈，踢踢踏踏地走到厨房门口，问他："小肆，妈妈穿这个好看吗？"

江肆抬头，迟疑地看着眼前身姿婀娜的女人，点头。

赵美云笑出声："儿子真乖，晚点回来给你带好吃的。"

江肆皱眉，看着眼前对着镜子照来照去的女人，心底隐隐生出一种怪异的感觉。他很少过问赵美云和江兵的事，但今天还是忍不住开口："你要出去？"

赵美云点头，似乎是嫌口红不够艳丽，她又涂了厚厚的一层上去，霎时间像雪地里绽放出红玫瑰，引人注目。

江肆追问："和谁？"

赵美云笑了，走过来拍拍他的额头，笑他："儿子，你想什么呢？妈妈当然是和朋友一起去玩呀。"

"哪个朋友？"

赵美云笑眯眯地看着他："这你就别管了。"

他不吭声，看着她走到门口，拿起包包挎在肩膀上。她回头嘱咐："晚饭不用做我的。你在家里乖乖看书，知道了没？"

赵美云没再多说，把口红往包里一揣，踩着高跟鞋风情万种地走出了小区。

一路上，路过的人无一没有停下脚步注视着眼前娇艳的美人。

赵美云昂首挺胸，像只高傲的孔雀。看她风光的样子，大家几乎没法把她和刚来职工院时，衣不蔽体、日日买醉的赵美云联系在一起。

淮序雪多，一到冬夜就下个不停。

江肆看了一会儿书，把藏在衣柜深处的记账本翻了出来。

在最下边写上个"–2"，备注：买糖葫芦。往上一翻，记账本大篇幅记录的都是要给月月买的东西。

记好笔记，他把本子继续藏在衣柜深处，洗漱好爬上床。

从他的窗户角，可以瞥见施月的房间。每晚见她熄灯睡觉，江肆心里也会莫名觉得踏实。

屋外的风声很大。他们家住一楼，偶尔会有一两个人脚步匆匆地从窗外路过。

不知怎的，江肆今夜辗转难眠。

江兵最近两个月几乎没怎么回来过，也没向赵美云要过钱。几次撞见他，都是一副不缺钱的样子。

他在赌场磋磨了半辈子，终于靠赌实现了发家致富？还是他找到了什么好挣钱的门道？

以前有黑诊所买血，江兵去过一次，被人抽个半死，好几个人合力才把他抬回家。江肆想不明白江兵，又辗转想到了赵美云。她今天回来得早，好像真的是和朋友出去逛逛，只是回家的时候头发烫成了时下最流行的港式卷发。他们家什么都没变，又好像什么都变了。

辗转中，江肆忽然听到一道开门的声音。

他撑起身子，要开灯的动作忽然停住，心里闪过一个念头，挣扎片刻，他重新躺回床上。

门锁是从内往外开的，不一会儿，外面的雪地里就出现了两道身影。

赵美云站在梅花树下，一身白色的睡衣似要和雪融为一体。而她对面，站着一个男人。这个年代大家讲究早睡早起，入夜到十点外面基本就没人了，更别提现在是凌晨一两点钟。

哪怕有哪家突然着火，也未必有人能及时发现。话虽这么说，可赵美云还是有些紧张。

站在她对面的男人比她更甚，他的声音压到最低，质问她："不是说了周末见吗？大晚上的，被别人看见怎么办？"

赵美云仿佛没听出他语气里的害怕，娇柔地拉着他的手撒娇，把今天刚烫好的头发露出来问他："怎么样？好看吗？"

这个发型花了她好几十块钱。本来是想着周末见面再给他看的，可她实在忍不了，她想立刻让他看见她最漂亮的样子。

不得不说，赵美云生得真是极美的，别说职工院，就是整个淮序，也找不出比她更漂亮的人。

她这么一副娇俏的模样，再软着嗓子撒娇，站在她对面的男人立刻软了心肠，顺着她的手揉揉她的头发，语气放软："好看，你什么样子都是最好看的。”

赵美云闭上眼，投进男人怀里，她问他：“什么时候才能真正和你在一起？”

男人叹息：“周末就可以了，美云，再忍忍。”

良久的沉默后，不知道谁先开了个头，细细密密的吻落在赵美云脸上。

江肆躺在床上，屋外窸窸窣窣的动静夹杂着风雪声传进他耳朵里，身体像坠入了冰湖那般寒冷刺骨。

赵美云一个多小时后才回家。

进屋的时候，她下意识看了眼江肆的房间，门缝漆黑一片，屋里一点声音都没有。

儿子应该睡得很熟。赵美云松了口气，去浴室简单清洗了下，回到床上甜甜地睡去。

第二天一早，江肆照常去接施月上学。

当初一句话，他便风雨无阻地送了施月三年。林望舒一直不好意思，隔三岔五就让施月邀请江肆去家里吃饭，可惜他一次都没答应。

今天施月又问了一遍，没想到的是江肆居然同意了。

家里难得来客人，林望舒下班的时候特意去菜市场买了好几斤肉，打算给他们做肉丸子吃。

到家后，林望舒看见江肆正在辅导施月做题，心里更是高兴。江肆的成绩院子里的人都知道，有他辅导月月，月月不成学霸都难。

林望舒笑眯眯地去厨房洗菜。她前脚刚走，施月后脚就放下铅笔，哭兮兮地看着江肆：“四哥哥，手软了。”

江肆把她的手拿起来一看，中指握笔的地方果然红了一片，同一个地方，他已经写出了厚厚的一层手茧。

婴儿的皮肤也没这么嫩的，这么娇气怎么得了。江肆帮她捏捏指节，倒没强迫她继续抄题，而是指着课本上的习题问她：“小红从家里出发，去学校上课，走了十一分之三千米的路程后发现已经走的路程比还没有走的路程少十一分之二千米，请问从小红的家到学校总共有多少千米？”

施月数了半天的指头，委屈地看他：“算不出来。”

江肆把笔还给她，教她在草稿纸上一步步计算。哄施月自己算题后，江肆才起身去厨房帮忙。

林望舒看他进来，赶忙挥手说不用。厨房的事她做习惯了，再说，他还只是个孩子，怎么能让他做这些。

江肆没什么爱吃的，林望舒问的时候他说的都是施月喜欢吃的菜，乐得施月求着江肆每天都来家里吃饭，这样她每天都有好吃的了。

饭桌上，林望舒问施月十一岁生日想怎么过。施月想了想，淮序新开了家游乐场，里面有旋转木马和很长很长的滑滑梯，她想去。

林望舒爽快地拒绝了她，理由是游乐园太贵了，有那钱还是买点什么东西吃吧。人家本来高高兴兴，不问还好，这么一来，施月的心情立马低落下来。

林望舒笑着打迷糊眼，说道：“等爸爸回来了再带你去。游乐园的项目太吓人了，妈妈胆子小，不敢玩。”

施月勉强接受了这个理由。

吃完饭，林望舒在家里洗碗，施月继续做作业。

尽管在外面躲了一整天，可他终究还是要回到那个家。今天和往常不同，江兵回家了，他把厨房里的剩饭剩菜热好，一个人坐在客厅吃饭。

江肆开门的时候，赵美云正好从房间里出来，她还是一如既往地花枝招展、婀娜多姿。

江兵很久没见过她打扮了。刚结婚那两年，他也想过和她好好过日子，可赵美云心气高，瞧不起他朝九晚六拿不了几个钱的工作，三番五次地找话刺他，时间长了，再多的耐心也耗没了。

他迷上赌钱，幻想一夜暴富。

她染上酒瘾，日日醉生梦死。

赵美云看见江兵，愣了片刻，意识到江肆还在轻瞟了男人一眼，语气讥讽：“怎么舍得回家？是钱输光了被人扒了衣服，还是出老千被打出来了？”

江兵眉心皱起，手里的筷子重重地敲了几下碗，暴脾气上头就想打人。但看着个头快要赶上自己的儿子，还有好不容易清醒的老婆，他头一次压下脾气，坐回位置上继续吃饭。他吃饭很赶，动静很大，满屋子都是筷子落在碗上的声音。

江肆在门口站了两分钟，然后回屋。

意料之外，江兵这次吃完晚饭后并没有离开。长时间不回家让他对家里的布置摆放非常陌生，洗漱的时候甚至摸不清柜子上放的哪个是洗脸帕。

赵美云嫌弃地扔了块旧毛巾给他。

她还没忘记和别人的约。等江兵用完洗手间，她赶忙进去洗澡化妆。

江兵纳闷地看了眼身后，转过去敲江肆的门：“你妈最近不喝酒了？”

江肆看了他一眼，低头，继续看书。

江兵讨了个没趣，在客厅溜达一圈，早早地回了房间睡觉。他的确身心俱疲，在外面牌馆赌场连轴转了两个月，饶是他瘾再大，这回也有点力不从心了。

江兵回房间不久，房间就传出一道道呼噜声，声音震耳。

赵美云边收拾边忍不住翻了个白眼，回房间拿了衣服，穿戴整齐就要出门。这次她两天不回来，赵美云特意去江肆房间和他招呼了声。

江肆从来不管她，今天也是。他只是问了一句：“非去不可吗？”

赵美云面不改色，理所当然地回答：“当然，是很重要的约会。”

第二天，江兵吃饱喝足，再次离开。

第三天，周媛媛的妈妈叫上一大批人往淮序城南唯一的旅馆冲去。

江肆在窗口看见她们，心底大概猜到是因为什么事情，但他没有出声。既没有阻止他们，也没去通风报信。他只是起身去把昨天剩的早饭蒸热，莲藕玉米馅儿的饺子，很糯很甜。

“淮序中心医院副院长和城南赌鬼家的媳妇儿搞在一起了。听说他老婆赶到的时候，两人正在床上。”

周国强出了名的脾气好，疼老婆，谁能想到他竟然也会出轨。

赵美云被押回来的时候，她满口都是疯话，句句不离周国强："我没疯，你才疯了。我爱周国强，周国强爱我，我们怎么不能在一起？"

"他喜欢我，他乐意和我在一起。你就是把我埋了，我也和他在一起过。"

"周国强就是爱和我在一起，你打我也没用。"

江肆没去现场都能想象到当时的情况会有多激烈。

被捉奸的两人甚至连衣服都没穿好，冰天雪地里被一群人用绳子绑了回来。

赵美云裸露在外的皮肤青一道红一道，脖子脸上全是被人掐出来的手指印，鼻头带着点血，新做的头发被人扯掉一大坨，手腕上绑着绳索，走两步就有人在后面踢她。

饶是这样，赵美云依旧不屑地看着周国强的妻子。她狼狈，她也好不到哪里去。

周媛媛的妈妈也是豁出去了，拼了命也要把他从宾馆带回来。

周媛媛的奶奶哭天抢地，一会儿求儿媳妇手下留情，一会儿想方设法地给儿子披上外衣。

堂堂副院长，此刻被人光溜溜地看着。

刚穿上去外衣立刻被周媛媛的妈妈扒开，她也是个美人坯子，只是因为生养，身材轻微走形，但看五官，她应该是个脾气很好、很温柔的人。

此刻她比赵美云更歇斯底里，又气又恨，一掌一掌地往周国强身上扇。她的眼泪落了一脸，揪着周国强的衣领质问："周国强，你有什么脸在外面养女人？"

"你对得起我？对得起爸妈，对得起媛媛吗？"最后那句，她是压低声音说的，女儿是她心里最后的底线。

周国强别开头，肩膀微微耸动，不敢看她。

周媛媛的奶奶也是一脸恨铁不成钢的模样，但又不能真的不管儿子，只能哆嗦着求他："儿子啊，你给霞妹道个歉，求她原谅你。媛媛这么小，不能没有妈呀。"

周媛媛的妈妈林霞擦干眼泪，把脸转向一边。

赵美云慌了，眼看这情形，周国强完全会为了老妈和女儿抛弃她啊。

原本还骂骂咧咧的赵美云立刻停了下来，楚楚可怜地看着周国强，每说一句话，就掉一颗泪。

赵美云看着他：“周哥，你说过你喜欢我的，你和她分开，我立马和你结婚，我也可以给你生儿育女，她能做的，我都可以。”

林霞原本松动的心立刻陷入彻骨冰寒：“周国强，说吧，什么时候办离婚。”

周媛媛的奶奶慌了，扑上去一个劲地打骂自己儿子：“你怎么这么不争气，一个女人就把你的魂儿勾着去了，你的妻子女儿不要了？后半辈子的前途不要了？还不快去给林霞道歉。”

“妈——”周国强大喊了一声。

老人颤巍地哭，和他相顾无言。

赵美云被人拽着，死活要凑到周国强身边来。她一身的伤，却不觉得疼痛。因为她已经意识到，她要被抛弃了。

“周哥，周哥不要。”赵美云挤到他身边，又立刻被人拉走按在地上，一脚一脚地落在身上，她仍旧看着周国强的方向，哭着喊他，“周哥，我求求你，不要抛下我，我什么都给你了——”

周国强含泪看了她一眼，很快就别开脸，朝着林霞下跪，脑袋深深埋进雪里，声音战栗。

他哭着说：“林霞，我错了，不要离婚，我错了。”

“我只是一时鬼迷心窍，我爱的是你啊林霞。”

赵美云痛哭出声，也不知道是因为被人踢中了要害，还是因为周国强的软弱玩弄，她的哭声一道比一道大，最后居然变成了惨笑。

周国强年纪轻轻就当了副院长，前途一片光明，这是第一次，林霞只想给他个警告，并不是真的要和他离婚。

认错过后，林霞娘家的兄弟把他警告了一遍。周媛媛的奶奶扶着周国强回家，路过赵美云的时候，老太太猛地吐了口唾沫：“呸，贱人。”

周国强闭眼，强迫自己不去看。

等所有人都走后，江肆这才开门。他立在门口，赵美云挣扎着抬头看他，她唯一的儿子此刻稳如泰山地站在门边。不出意外的话，他应该全程看见了事情的经过，听见了说她那些不要脸的话，再见证她被男人抛弃。

赵美云手臂一软，重重地倒在雪地里，没了刚才的歇斯底里，连舒畅地吸口气都是奢望。

这一场闹剧来得突然，结束得也突然。

只知道一向其乐融融的职工院从这时候开始，各家都会背地里说某家的闲话。

周国强因为行为不检被降职处理，继续在院里上班，很快就搬了家，离开了职工院。

05

后来周国强很快就官复原职。

而赵美云，从那天起，再没出过家门。只听见她在家里一遍一遍地怒骂着江肆，让他去买酒。

酗酒的程度更甚从前。

天下没有不透风的墙。江肆初三上学期考试结束当天，江兵突然回家，原来是有人把他媳妇儿偷人的事当面抖搂出去。

所有人都在他背后指指点点。他刚回去就把赵美云打个半死不活，揪着她的脖子，重重地撞在墙上。

江肆想要反抗，江兵踹了他一脚，布满红血丝的眼睛死死瞪着他。江兵说："你妈这么贱，你也不是个好东西，你和你妈怎么不去死。"

周围有人围上去，发现大人小孩身上全是血，估计在这之前已经不知道被打了多久。

施月在楼上看见，赶忙下去阻止。她义无反顾地冲进人群，手里拿着她爸爸的照片，大声呵斥江兵："住手！我爸爸是军人，再打人，我让我爸爸把你关起来。"

江兵打红了眼，才不分来人是谁，拎着板凳就朝施月砸去。

板凳砸在人身上，打到的却不是施月，而是发疯似的从地上爬起来的江肆。他被板凳砸中，没忍住闷哼一声，身体本能地护住施月。一道木刺从他脸上划过，很快渗出一道血迹，横在脸颊中间。

周围人的脸色都惊白了。

江兵还想动手。江肆放开施月，攥紧木棍，他举着木棍，发了疯似的朝江兵挥去。

江兵边躲边骂："养不熟的狼崽子，我是你爸，你敢打我？"

江肆挥舞的动作停滞了下，眼底闪过一阵迷茫。江兵冷笑，翻身把他压在身下，拳头毫不心软地砸回去。

施月怒了，冲到最前面，抱紧江兵的胳膊一口咬下去。她心疼江肆，奶音带颤："你打四哥哥，你不是好爸爸，四哥哥为什么要听你的话？"

江兵挣扎着甩开施月，施月跌进雪堆里。江兵回头的间隙，江肆已经挣扎地逃出他身下。

江肆苍白的脸露出疯笑，走过去狠狠给了江兵一拳："你说说看，我是贱种，你是什么？"

怕爷俩来真的，看戏的人赶紧去拉架。

施月膝盖磕青了。她一向最娇气，但这时候没有哭。她囫囵着爬到江肆面前，眼神坚定。

"四哥哥，他不是个好父亲，但不是所有人都是坏人。"

"四哥哥，他不要你，我要你。"

施月的话彻底让江肆崩溃。前一分钟，他以为被世界抛弃，后一秒，他就被人扯了一把。他抱起施月，循着光点，见到的是施月为他洒下的一小片清辉月光。月光微弱却带着他从未感受到的温度。

黑暗很快就被她驱走，她稚嫩的脸头一次如此坚毅，她护在他面前。这一刻的施月，竟让江肆有了臣服的念头。

施月被他抱着，清澈的眼睛映照出江肆最脆弱的样子，而后感觉到他的劲越来越重，简直恨不得将她揉进骨血里。

她涨红了脸，胸腔的空气越来越少，最后关头，才赶忙把他推开。

“喘不过气了。”她说。

施月坐正身子，抬头一看，江肆浑身褴褛、面色惨白。她的心头涌上一阵难过，豆大的泪珠不要钱似的掉：“四哥哥，我带你去包扎。”

这事过后，江肆对施月更加溺爱。

如果不是对这两家人知根知底，大家伙儿指不定还以为施月是江肆的亲妹妹呢。

有次施月睡迷糊了，不小心跌进水沟里。她自己没哭，倒是吓得江肆差点疯了。他疾风似的跳下去把她捞起来，小心检查她的细胳膊细腿，唯一没湿的外套还扒下来把施月紧紧裹着。

相处久了，大家伙儿知道，他是个好孩子，虽然话不多，但从不惹事。但是爸妈太不靠谱，连累了他。

冬至前夜，江肆送施月回家。

刚进院门，就看见周围人一个比一个的怪异，林望舒欲言又止，让江肆在他们家过夜。

江肆不肯，回家才知道，江兵赌钱输了，比以往任何一次都输得惨。他欠了赌场几万元，天天被人追债，最后赌场派人抓走赵美云抵债。

警察来调查了一上午，别说职工院，就是整个淮序的人都知道这件事了。

林望舒看着江家的灯开了又关，关了又开，不断有人进出，明白江肆多半知道了这事，叹口气，在房间里收拾东西。

施卫国部队发来简讯，邀请家属去部队上过春节，当是给前线同志的一点慰藉；还嘱咐时间较长，重要的东西都带上。

施月知道自己能见到爸爸，乐得好几天睡不着觉，只是要离开职工院，她舍不得江四哥哥，舍不得院子里刚开的腊梅花。

林望舒安慰她，过两个月就可以回来了。

这一夜很长，施月睡在林望舒的怀里，时不时用鼻子蹭蹭她的脖子。

江肆躺在冰凉的床板上，耳边似乎能听见周围有周媛媛妈妈拍手称快，一口一个让烂根的周国强快去接盘的声音。

还有几年前，小孩们嫌弃他，孤立他的声音。

“谁要和他一起玩啊，我才不要。”

“江肆的爸爸妈妈都不要他，我们也不要他。”

还有左邻右舍叹气的声音：“怎么摊上这样的邻居，咱职工院的名声都坏了。”

江肆手脚冰凉，不知不觉睡成了一只虾的形状，蜷缩在床铺里。

第二天一早，林望舒带着施月到院门口等车。

施月拉着江肆的手，他本来不想来，但是她跑来他家，牵着他的手，带他向前，说必须要江四哥哥送她离开。

小施月脾气执拗得很，说不松手就不松手，还真的拉着江肆到了院门口。江肆情不自禁地回握住她，站定的时候小心翼翼地看着两个人紧握的手，有阳光落在上面，很温暖。

施月说：“江四哥哥，你照顾好自己，等我回来，给你带乌溪的特产。”

江肆觉得特产无所谓，他勉强笑着看她，说：“你回来就行。”他努力装作正常的样子，不想让她察觉异样。施月的世界里没有那么多肮脏的东西，她是最干净的。

施月点头：“四哥哥，那你等我回来。”

江肆：“好。”

林望舒带着施月上车，拍拍江肆的背，微笑里透着心疼。

施月挥手告别，眼眸里一片星光灿烂。江肆终于忍不住，轻轻扯开她的上衣口袋，往里放了两颗糖果。这是前些天她缠着要吃的，怕她蛀牙，江肆一直不肯给她买。

施月笑弯了眼。

汽车开始驱动，越驶越远，江肆立在院门口，身后是大片大片枝干遒劲的腊梅冬雪。

施月跪爬在座位上，探着身子向后看，不过两三分钟，他的身影越来越远，很快就消失在了雨雪里。

林望舒知道她舍不得江肆，安慰道："月月乖，过段时间咱们就回来了。"

施月点头，坐回座位上，但仍旧觉得心里空落落的。

江肆对施月的记忆，停留在2001年冬至这一天，远走的汽车，暖阳、冬雪。施月这一走，一直到2002年3月，始终没有归来。

后续有人来职工院，将她们母女的东西带走。江肆拦在门口，死活不让来人离开。

他拽着东西，打听施月的去向，但没人敢说。江肆发疯似的跟着车追，像是要抓住唯一的光。

同一个月，江肆十六岁。

死赖在职工院的江家终于散了。

江肆失踪，江兵跳楼。

江兵在淮序当了半辈子的赌徒，终于惨淡收场。

没人知道，他一心求死的原因竟是因为看见了催债的人亲手将细如毫毛的银针直接戳进江肆的眼。

他在赌桌上欠人钱，被人追债追上门，可那群人俨然高估了江肆在江兵心里的地位。

江兵亲眼见到他们折磨江肆，担心的不是自己死后他们会怎么对待他儿子，而是生怕自己没死，落在他们手里被折磨。

十楼天台，江兵没有一丝犹豫。他死后，江肆彻底没了利用价值。

贺兴邦让人打了江肆一顿，准备扔进野山让他自生自灭。那一带，狼狗比人还多。

奄奄一息间，江肆忽然看见兜里的照片，那是他偷爬上六楼，去施家偷来的。原本求死的人忽然开始挣扎，他说："放过我，我可以为你做任何事。"

贺兴邦笑了，想他纵横淮序多少年，有钱有势，谁见他不得乖乖低头，他还需要这小屁孩做事？

贺兴邦讽刺地看着地上苟且的男孩，江肆明显出气多进气少，看样子活不过今晚。他“呵”了一声，实话实说：“为我做事的人有很多，你还没那个资格。”

江肆努力睁开眼睛，被刺伤的那只眼里聚满了血珠，有血源源不断地往外冒，像他落下的血泪。

“江兵欠你钱，他死了，我也死了，你的钱就彻底没了。”他咬紧牙齿，从地上爬起来，认真地看着贺兴邦，“我留下来，是还债。”

贺兴邦挑眉，听他继续讲。

江肆：“如果你认为我不值两万，可以随时解决我。”

贺兴邦被逗乐，问他：“你是想苟且偷生找我报仇？”

江肆：“报仇不重要，我只想活着。”

贺兴邦皱眉，一时间有些看不明白江肆，不知道他突如其来的求生欲是为了什么。他说：“你这样的人，活着没意思？”

江肆趴在地上，声音哑得几乎听不清：“是没意思，但我不想闭眼。”

贺兴邦大笑，似乎是被他说服了。贺兴邦下令让人来治他的伤，最后说：“那我就让你活。”

……

记忆忽然回溯，坐在飘窗上的江肆摁灭指节的烟。地上零零散散一地烟头。

今夜的他不知道怎么回事，以往的记忆不受控制地浮现在脑海里。

从 1998 年到 2007 年，九年时间，被他一一回忆个遍。

二十一岁的他，早已不是那个生死不由自主的江肆。那些伤害过他的人，都被一一报复，可是不够，远远不够。他离自己想要的依旧那么遥远。

第二章

2007年仲秋·重逢

小月亮，好久不见。我很想你

01

淮序中学新转来一位女同学。

听闻她常年长在乌溪，墨发乌瞳，玫瑰含雪，转校即惊艳了整个淮序高中，成为新晋校花。唯一美中不足的是，校花音带受损，据闻不能说话。

同淮中校花一样出名的，是淮序大学的江肆。

听说他也是淮序高中毕业的，抽烟喝酒打架文身，学生不敢做的事他样样精通，行事阴狠毒辣，是淮序出了名的鬼见愁。

他出入学校身边总是跟着一堆人，学生们总是私下里悄悄地揣测江肆的身份。

有人说他是“海龟”，爸爸在国外工作，有钱有权；有人说他是某富豪的儿子，从他平时的穿着打扮就能看出他不缺钱。

不止不缺，说是极为阔绰也不为过。

江肆远远地听着，心里没有一丝波澜，素来凉薄的脸看不见几分好颜色。这些年他身边多了几个跟班，起初是见不惯他，一心想拉他下马，时间长了，居然心甘情愿做他小弟。

昨天刚收拾完张泽坤，今天就被老大叫出来做事，苏超不敢耽搁，从前方十字路口一路小跑过来，开门上车。

江肆坐在驾驶座，一身黑色劲装，右手随意搭在黑色方向盘上，左手指尖夹烟。吞云吐雾间，可以清晰地看见他流畅的下颚弧线，瘦削、坚毅。

见江肆抽烟，苏超也点了一根。

杉姐的事大家伙儿传遍了。苏超贼溜溜地看着江肆，揶揄道："老大，艳福不浅呀，昨晚感觉怎么样？"

江肆斜睨了他一眼，掐烟，开车。

看他这反应，苏超惊讶道："杉姐都那样了，江哥你还坐怀不乱啊？"

见他车开的方向，苏超又问："江哥，你这是要回你妈家？我就不懂了，你手里的钱是不够你花还是怎么的，非要每个月过去要钱。"

江肆不说话。他就是这样一个人，不吭声，不会情绪外露，很少笑，即便是笑了，也让人分不清那笑里有几分是好意，几分是嘲讽。

骨子里就浸润进了狠劲，不必刻意举动，光是一个眼神，就能让人立刻感受到他的恐怖。

苏超自讨没趣，索性也不说话了。

江肆三年前开始独居，和他母亲赵美云几乎不会联系，要说联系，也只是每月一号，他准时到赵美云居住的地方拿钱，作为他一个月的"生活费"。那点钱，对江肆而言，还不够一顿饭，但他对此乐此不疲。

赵美云从职工院搬出来后，住进了城南的蔚色天海，也不知道是谁给她租的房子，一住就是四五年。

门卫认识江肆的车。

黑色迈巴赫停在小区门口。江肆开门下车，循着记忆中的路线走到楼梯间，按下电梯。

出了电梯就是一条漆黑悠长的走廊，尽头处，深蓝色防盗门门口堆了好几袋垃圾，里面装满了塑料打包盒。

江肆掏出钥匙，开锁进门。

屋内很干净，布置温馨清雅。门口挂着粉蓝色细碎的水晶门帘，正对大门的地方，有一张矮桌，上面铺着黄白色碎花桌布，桌上摆着一束向日葵，灿烂盛开。

赵美云很喜欢挂照片，但她的男人从不露面，以至于她的照片千篇一律都是自己的单人风景照。

江肆在沙发上坐下。

早上八点整，橘黄色的旭日阳光均匀地洒在墙面上，江肆的半张脸被阳光照耀，从额角到脖颈，金灿灿的，好似被神明镀了光晕。

他安静地等着。烟刚抽一半，里屋就传来一阵窸窸窣窣翻身穿衣的声音。片刻过后，赵正华从房间里出来，刚要去卫生间，一晃眼，瞧见客厅正坐着的江肆，他掉转方向，拖沓着步子朝客厅走来。

赵正华不抽烟、不喝酒，是赵美云心里的好男人。

她和赵正华在一起后，以为找到了真爱，居然真的把酒戒了。每天像个清纯的小媳妇一样等男人回家，面上总挂着幸福的笑，家里也总是摆着鲜花，玻璃擦得亮堂堂的。

江肆也是男人，怎会看不出赵正华是什么样的人。

他看着赵正华走到自己面前，在他身侧坐下，近四十岁的男人，周身自带一股上位者的气场。

难为他还要装出一副长辈的模样，赵正华问："今天怎么突然过来了？"

江肆呼出一口烟，烟灰随手摁在桌上的烟灰缸里，直截了当："过来拿钱。"

每月一号，例行公事。

赵正华温和一笑，倒也不推辞，起身去卧室给他拿了五百元出来。

"够吗？"赵正华把钱递到江肆面前，问他，"你妈还在睡觉，一会儿她醒了，陪她说说话？"

江肆没说什么，接过钱，在沙发上又坐了一会儿。他不说话的时候，眉目清冷寒冽，像冰冻三尺，让人望而生畏。

赵正华没兴趣和他培养感情，陪他待了一会儿，实在找不到话说，便起身，神色如常地朝卧室走。

刚要进门的时候，赵正华忽然想起什么，回头问：“听说你一直没去学校？”

江肆抬头，洗耳恭听。

赵正华教育人惯了，说话时总带着点语重心长的意味，他道：“无论如何，你还是学生，平时最好不要旷课，顺利毕业，不要白费你妈的一番苦心。”

江肆恶心赵正华的做派，冷笑一声，起身，准备离开。

在他转身后，赵正华走进卧室。

卧室的大床迅速剧烈晃动，响动声由轻到重。睡梦中的赵美云被人掐醒，甚至等不到江肆出门就忍不住发出了阵阵吟哦声。

江肆下楼，上车的时候把刚拿到的五百块钱随手扔给苏超。

苏超没想到他今天这么快就下来了，愣了一下，把手机收起来，拿着五百块钱端详。

“啧啧啧，赵正华家底不薄啊，月月都给你生活费，一次还给这么多。”

江肆笑了一声。

苏超后知后觉地想起刚才收到的简讯，赶忙汇报给他。

“江哥，之前你让咱们找的小女娃，好像有眉目了。”

江肆脸上的笑陡然僵硬，他转头看向苏超。

苏超被他吓了一跳，战战兢兢地回答：“老大，是真的找不到她。不过有人打听到，几年前有一帮人疯狂寻找她和她的家人，扬言是要为了兄弟报仇，那帮人去年才被警察一网打尽。”

是避人寻仇？所以才一夜之间踪迹全无？江肆眼神渐冷，嘴唇紧抿。熟悉江肆的人都知道，他现在很生气。

苏超不知道这个施月究竟是何方神圣，但从他认识江哥起，就知道他一直在找她。

江肆找了好多年，半点眉目都没有。

苏超不由得安慰他：“江哥，既然是为了保护她，说明施月现在过得很好，咱们身份特殊，还是别惹祸上身了。”

江肆沉默了会儿，双手搭在方向盘上，准备开车。

苏超受人之托，不得不硬着头皮问他："老大，杉姐让你今天务必回红园一趟，电话都打了好几个了，你看——"

贺霓杉不重要，但贺霓杉的爸爸是百乐门老大。江哥手里的所有东西，都是贺兴邦的资产。真把贺霓杉惹毛了，明楼的麻烦也不小。

贺霓杉这是吃定江肆会顾忌明楼，他皱起眉头："先去学校。"

下一秒，迈巴赫犹如黑色闪电般冲进街道。

淮序中学的操场正在维修。学校安排维修期间每周的升旗仪式都转去淮序大学的第二操场举行。两个学校就隔着一道墙的距离，十分方便。

淮序大学还特意将后门开放，供淮中学生每周一进出。

施月刚转来高二（1）班半学期，对周围的一切还不熟悉。不过，她刚认识了个新朋友，叫李淼淼。

升旗的时候，施月认真地听国旗下演讲的同学的讲话内容，稚嫩的脸一派严肃。

李淼淼一向话多，趁老师不在，就想凑近施月，和她讲话："月月，台上这个同学你认识吗？"

施月看着李淼淼缓缓摇头，学校里她认识的也就班里的几个人。

李淼淼古灵机敏，总是能在老师一来一回转身溜达的间隙找到和施月讲悄悄话的时机。

趁老师去和隔壁班老师嘀咕，她快速往前迈了半步，凑到施月耳边介绍："这个人是高三组的年级第一，听说学习成绩贼好，数学和英语回回考试都是满分。"

"是吗？那挺厉害的。"施月点头，表示知道了。

她不会说话，和同学们比画手语他们也不懂，所以她很少向人表达什么，有事就写便利贴。

李淼淼没从她眼里看见什么特殊的情绪，不满地撇嘴："你没觉得他很帅吗？何向阳可是咱们淮中第二帅的人。"

第二？施月难得抬眸，直直地看了眼台上意气风发的少年，真的是很好看的一个人，但是，为什么是第二呢？

施月回头看着李森森，朝她伸出一根手指头，意思是，那第一是谁?

这么简单的表达方式李森森自然看得懂，她故作玄虚，眼珠子狡黠地左转右转，声音拉得老长。

“第一啊——”

台上突然有道划破电子设备的声音：“保安，保安，把他拦下来。”

校长站在主席台上,伸手把第二帅同学手里的话筒抢过,指着学校大门:“那几位同学是哪个班的？怎么这个点才来升旗？”

“门卫不许放他们进来。各个班的老师去认领一下，像什么话？”

施月皱眉地别开脸，话筒发出的噪音太刺耳，连李森森也吓一跳，抬手捂住耳朵。

苏超被门卫拦住，停在校门口，身后跟着四五个和他同等身高的男生。

门卫果然听校长的，把人拦在门口。

苏超：“有没有搞错啊，大学门禁也这么严？”

门卫自上而下看了苏超一眼，分不清他到底是不是淮中的。

苏超回头冲江肆道：“老大，不是咱们不来上课，是门卫叔叔不让咱进去呀！咱不能为难人家工作。”

江肆不发一言，直接转身从淮大另一头的大门走进去。他随性地往操场那边走，丝毫不顾忌操场演讲台上跳脚的老师。

有学生发现了他们，回头去看。

“快看，是他！”

惊艳的语气，让所有人驻足回首。

主席台上的校领导面色铁青：“到底是哪个班的？明天把家长请来。”

他们借用淮大操场也不是一天两天的事了，不相信会有淮大的学生不知道他们今天要来升旗。

校长理所当然觉得是自家学生迟到，气得吹胡子瞪眼睛。

从出现到离开，江肆始终面不改色。

“他好帅啊！”李森森的声音夹杂着些许激动。

施月顺着李森森的视线望去，她承认，这个人确实很帅，周围所有的女生都在偷看他。

与台上优秀端正的学生代表不同，他无视规则且乐于打破规则，骨子里就带着肆意妄为。

而且他的长相也帅得嚣张无比。

校长在台上气得不打一处来，但又不能真追出去，只能一个劲地暗示所有人不要向他们学习。

江肆理都没理，自顾自地拿出手机回复消息，期间又抬眸扫视过周围一眼，目光冷厉。

国旗下的演讲被折腾成了一场闹剧，升完旗，淮中的学生回到自己学校。

李淼淼意犹未尽地跟在施月身边，言语中尽是对江肆的赞叹："天啊，怎么会有这么帅的人。我愿称他为淮序中学的男神，没有之一。"

施月无奈地看着李淼淼，不太能理解她的兴奋从何而起。

回到教室之后，李淼淼终于想起自己和施月未聊完的话题。施月刚在座位上坐下，她就对着施月比出一根手指头，脸上红光满面，春风得意。

施月看着她的动作，很快就反应了过来——全校第一帅。

施月回忆了一下他的长相。原本觉得美丑这种事是没有具体衡量标准的，美有各式各样，有清纯的，有温婉的，有美艳的。针对男性，也有温润如玉和匪气冲天。

不管是男生还是女生，很难将不同类型的人拿来相提并论。

但那是在见过他之前。在见到他的那一刻，施月觉得，有些人就注定是人群中最耀眼的那一个。

这个第一帅，还真是实至名归。

李淼淼："不仅长得帅，他的名字也贼酷！江肆，放肆的'肆'，肆无忌惮的'肆'，肆虐的'肆'，简直爱死了！"

"江肆"两个字快速拨动了施月的心弦，但只是一瞬。施月记起，她也认识一个哥哥，江四。

不过，他是一二三四的"四"，四根糖葫芦的"四"。

她的江四哥哥也很好看，但不会这么嚣张，也没这么吓唬人的名字。

他总是被欺负，是职工院最孤独的人。

施月眼底闪过一丝难过。李淼淼吓了一跳，忙问她怎么了。

她摇着头，从书包里掏出书本，认真地温习功课。

进到学校，众人去食堂吃饭。

江肆的早饭，从来都是万年不变的莲藕玉米味儿蒸饺。

苏超边吃边忍不住吐槽："江哥，不是我说，这学咱们还是得上，要不然该挂科了。"

乐川默默点头附和："就是，江哥，学得上，但是钱也得赚。"

江肆吞了口饺子，长腿一迈，到隔壁超市。他的手很大，随便一抓，三瓶矿泉水稳稳扣在手心，两只手一起，拿了七八瓶。

苏超看着万年不变的饺子馅儿，嫌弃地往后仰，看向坐他后排的乐川，问："周末咱去哪儿消遣？"

他们一群人一天没什么事，最大的难题就是去哪儿玩，去哪儿喝酒，去哪儿消遣时光。

乐川没主意："听江哥的话呗。"

苏超剥了一颗橘子，挨个把橘子一瓣一瓣地分到兄弟们手里，然后拿出两份烤玉米啃起来。

但是他牙龈不好，经常啃着啃着就出血，一排玉米啃过去，流一排的血，不嫌弃地擦擦，然后继续啃。

江肆听见他们的话，回应："我周末有事。"

苏超纳闷："什么事？"

江肆觑了苏超一眼，后者立刻噤声，用手在嘴上做了个拉链合上的动作。

乐川接过江肆手里的水，紧跟着把钱付给老板，赶忙说道："看来江哥又有任务了。"

苏超吞咽一口唾沫："小心点儿。"

江肆抬眸，视线不经意和超市老板交汇，黑眸停留一瞬，他勾唇轻笑，左手拧开瓶盖，仰头喝了一口，剩下半瓶直接扔进垃圾桶里。

等人走后，超市老板忙不迭去清理垃圾。垃圾箱里莫名多出一张纸条，笔迹遒劲有力，黑色签字笔随意写着：城南废工厂。

老板看了周围一眼，起身将纸条收好。

离开超市后见江肆许久没出声，苏超提议："陈家那几个不是一直想搞我们吗？要不今晚陪他们玩玩？"

江肆没意见，起身，把剩下的饺子丢给苏超，眼神往下一瞥，视线落在他的衣服上。

"下次穿这件衣服，就别来找我了。"说完，江肆转身离开。不出意外的话，一会儿他还要被辅导员叫去办公室一趟。

苏超不懂，他的衣服怎么了？他觉得这件衣服超酷的好吗！

"我衣服怎么了？"苏超看向周围的小弟们。

小弟们脑袋摇得像拨浪鼓："很酷！"

"对啊！"苏超低头看自己胸口的英文（好色之徒）。

一群人丈二和尚摸不着头脑："就是，江哥啥意思啊！"

江肆离开后不久，兄弟们纷纷从教学椅上站了起来，跟苏超招呼道："超哥，先走了。"

苏超把带血的玉米咽下，提醒他们："记得给陈家下战书。"

"放心吧，超哥。"

施月是语文课代表，下课后，她帮老师收了作业，沿着教室外的走廊一路去老师办公室。

沿途也有不少人在偷偷打量施月。

她穿着蓝白相间的校服，纤瘦的腰肢哪怕是套着肥大的校服，也不堪一握；长长的头发扎成马尾，发尾微卷。耳后有细小的碎发，衬得脖颈白嫩细长。

有人探出窗外，视线紧跟着施月的脚步挪动："看见了没？高二（1）班的施月。"

"就那个不能说话的小哑巴？"

“什么小哑巴，人家有名有姓，爸爸是英雄，你嘴巴放尊重点。”

“长得真漂亮。”

施月很白，皮肤晶莹剔透，一双眼睛黑白分明，说话的时候眼睛会不自觉弯成月牙的弧度。

年级里不少人对这个新转来的女生好奇。

施月把作业交到老师手里，正准备离开，同办公室的班主任宋老师忽然叫住她：“施月，放学后来办公室一趟。”

施月点头。

一天的课很快就过去了。施月把东西收拾好，她从抽屉里拿出便利贴和签字笔，去往教师办公室。到了办公室，施月才发现，不止她一个人。

有一个高大男生的背影在她之前，立在初中组老师的工位旁。

面前的老师嘴里不停念叨着学习、态度、考试，分数。他也跟着答：“是是是，好好好！”

但看情形，施月觉得，这个男生估计一句都没听进去。

宋老师翻开施月的资料问道：“在学校还适应吗？”

施月点头。

宋老师又问：“学习上有不懂的问题，都可以来找我。”

施月用手语比画了一句“谢谢”，然后从兜里掏出便利贴，弯腰在纸上又写了一遍：“谢谢老师。”

宋老师笑意更深：“谢什么，辅导你们的学习本来就是老师该做的事。”

相比，初中组的老师态度就没这么好了。面对学生的敷衍，她忍不住道：“王清远，你这样连本部的高中都别想考上。”

刚好，宋老师和施月正聊到竞赛的事。

宋玉老师对施月说：“你的成绩很好，老师这边是鼓励你多去参加竞赛，争取保送。”

听到“保送”二字，对面的男生挑眉，回头看了这边一眼。

映入眼帘的是一个身材娇小的女生，校服穿得整整齐齐，耳朵粉粉嫩嫩，脖颈白皙纤细。

不自觉地，王清远下意识地看她的脸。

这边老师看出他的不对劲，手掌在桌面拍了拍：“看什么呢？真想被我请家长？”

王清远嬉笑着摇头，转过身来认真地向老师保证：“老师，我以后上课再也不敢说话了，您饶了我这次行吗？”

与此同时，施月也乖巧地对老师点头，然后埋头在纸上写字：“谢谢老师，我会努力比赛的。”

宋老师和施月聊了两句，然后让她赶紧回家。

苏超一帮人站在学校门口等江哥，没想到等了半天，没等到自家大哥，反而看见隔壁高中走出一个白净的小美女。

瞧见施月，苏超毛病犯了，忍不住“口嗨”：“小妹妹，长得挺好看的呀，过来给哥哥瞧瞧？”

一群人对视一眼，都从对方的眼底看见了戏谑。

别的女生遇到他们都是唯恐避之不及，苏超也是无聊了，吓吓小女生解闷儿。

没想到，施月倒不一样。她不仅没有害怕，反而微笑地比了个手语，似乎是意识到他们看不懂，又乖巧地从包里拿出便利贴。

她走到苏超面前，将就着墙壁在便利贴上写道：“谢谢你的夸奖，我觉得你今天很帅。”

她刚要把纸条递给苏超，视线忽然瞥到苏超上衣胸口处的那串英文。原本白皙的脸蛋渐渐爬满红晕，她红着脸，把纸条塞到苏超手心里，然后飞快地跑开。

苏超傻愣愣地接过纸条，目送施月背影，然后一群人捧腹大笑。

苏超扬着纸条大喊：“还有这么傻的姑娘呢。我就看了她一眼，她就脸红了，不会是喜欢上我了吧？”

乐川想了想：“这同学有点眼熟啊。听说淮中新转来个漂亮妹子，应该就是她吧。”

“难怪写纸条呢。”

见江肆从校门口出来，苏超他们噤了声，不再提施月的事。

苏超上前，问他：“江哥，现在去找陈浩南？”

江肆点头，长腿朝车旁迈，一群人闹哄哄地离开学校。

汽车驶过的时候，落日余晖映在道路两旁，施月正坐在公交车站等车，阳光落在她的身上，金色的，暖暖的。

苏超坐在车里回味：“这么漂亮的美女，居然看见我就害羞，啊，我这无处安放的魅力啊。”说着施月的便利贴便被苏超扔出车窗，在空中打了好几个圈儿，然后随风飘落。

公交车来了，施月坐上车去她现在的新家。

林望舒在靠近市中心租了个房子，方便施月上学。

这些年躲躲藏藏，好多亲戚都没再联系了，好不容易警方通知她危险解除，她这才带着施月搬回淮序。

她今天没事，做了施月最爱吃的糖醋排骨。

饭桌上，施月把老师提过的数学竞赛告诉了林望舒。

林望舒不太懂这个，忙问需要准备什么。施月摇头，资料什么的，老师会给她准备，只需要到时间去考场考试就行了。

过了一会儿，她又给林望舒说今天学校发生的事情。母女俩慢悠悠地聊天，施月比画，林望舒安静地听。

吃完饭，林望舒去洗碗，施月出门扔垃圾。

天色刚暗，路上还有不少行人，加上路边有路灯照明，施月有点积食，想着在中央广场散散步。

刚往那边走了几步，就看到广场对面霓虹闪耀的“明楼”两个大字。听朋友说过，那是有钱人赌钱的地方。

她正准备绕开，就看见从明楼出来一个人，那人骂骂咧咧，口口声声让里面的人等着。

紧接着，几个眼熟的身影出来。

苏超啐了口唾沫星子，对陈浩南不屑一顾：“有本事继续，别给老子放些没着落的狠话。”

陈浩南脸色极为难看，偏偏江肆实力摆在这里，他赌不过，连出千也不是对手。他只能恶狠狠地叫嚣：“你给我等着。”

苏超白了他一眼：“下次把钱准备好，别像这次一样，两轮就歇菜。”

“你——”看见江肆也从明楼出来，陈浩南没敢多说，赶紧转身离开。

乐川鄙夷地看着他的背影：“这小子回回都是这么句话，这次输了这么多，我看他回去怎么交代。”来了这么一次，估计陈浩南好几个月都没办法再找他们麻烦了。

“走吧，请大家伙儿吃饭，地儿随你们挑，我买单。”苏超率先迈下台阶，今天狠狠宰了陈浩南一把，他心里高兴，大出血也无所谓了。

乐川兴奋地附和：“那敢情好啊，超哥请客，只管点贵的！”

苏超捶了他一拳：“你小子别太嘚瑟，江哥一起！”

江肆从台阶上下来，将外套搭在肩上：“你们去，我还有事。”

江哥不爱参加这种“庆功宴”，大家习以为常。

苏超把车钥匙扔给江肆：“那江哥你路上小心点。”说着带着大伙往酒吧走，今晚怎么说也要不醉不归。

江肆走到车前，下意识地朝四周扫一眼，施月就这么撞入他眼里，他恍了恍神，开门的动作停下来，转身看向施月，刚好，施月朝他这边看了过来。

那是一张，被他描绘了无数次的脸，是他夜夜辗转无眠的时候，设想施月长大的模样。

乌黑的头发柔顺地披散在肩头，皮肤白皙，眼睛像颗黑珍珠，唇瓣粉嫩，像浸了水的樱桃，眉眼泛着柔情的涟漪。是他无数次午夜梦回想得发疯的那个人，她远比他想象的更美。

刹那间，江肆的脑海里迅速闪过职工院门口施月坐在车上越来越远的身影。

还有那句“等我回来”。

记忆里的施月和眼前的粉红色女孩重合，他猛地合上车门，三步并两步跨到施月面前。

施月似乎有点怕他，磕磕绊绊地抬手招呼，无声地说了句："你好啊！"

江肆眉眼中一闪而过的惊喜，但很快就消散了，取而代之的是皱眉。

施月为难地看着他，不知道他要做什么。

江肆这几年大变样，不仅是身高，连长相也越发成熟。一个男人从十六岁到快二十二岁，骨相的变化任谁也看不出来，施月更是没敢将记忆里青涩的江四哥哥和眼前劲猛冷峻的男人联系在一起。

她不能说话，只能抬手朝他比画手语："你，认识我？"

看他的样子，分明欲言又止。

江肆惊愕地看着她。

"月月。"昔日亲昵的称呼，他此刻竟然有些喊不出口。

江肆见施月从头到尾都没开口，他这才察觉到异样，面部表情变得凝重起来："你为什么不能说话？"

施月指了指自己的喉咙，微笑地摇了摇头。她凑近看他，终于在朦胧的夜里看清了他的长相。江肆的皮肤很好，眼睛是标准的丹凤眼，右眼比左眼的颜色浅一点，看上去不但不影响外观，反倒让他的脸多了些诡秘，这双眼看着也比寻常人要锐利很多，像一头狼。

施月屏住呼吸看江肆，江肆眸光微闪，不自觉地别开脸，挡住她看颜色微浅的那只眼的视线。

施月心里有个猜测，只是她不敢确定，他和当初的江四哥哥差别实在太大。她知道他不懂手语，于是拉起他的手，一笔一画在他的手心里写字：

"你认识我吗？"

"请问你叫什么名字？"

神态和儿时一模一样。他确信，这就是他做梦都想找到的施月。他猛地把她抱紧，在她耳边，一字一句回答："我叫江四，还记得吗？"

一二三四的"四"，四根糖葫芦的"四"。

施月先是一愣，紧接着鼻尖一阵酸涩，原来江肆，就是她的江四哥哥。

施月的眼泪滴在江肆身上，烫得他肩膀生疼。他松开她，两人对望。

江肆心疼地帮她擦去眼角的泪，宽厚的大掌放在她背上，小心拍了拍，像哄小孩那样。他说："别哭。"好似分别的这五年里，他一直等在原地。

猛烈的喜悦铺天盖地席卷而来，最后表露出来的，居然是极致的平淡。他轻轻拍了拍她的背："月月。"然后再也忍不住，生涩地搂住她，喃喃道，"我好想你。"

02

原来当初施月和林望舒被带走，是因为施卫国被卷进了一场重大刑事案件。不仅任务失败，而且施卫国缉毒警察的身份还曝光了。

毒贩把施月掳走，试图用她威胁施卫国传递假情报。最后的结果是，施卫国铤而走险救出施月，但为传递消息，当场被毒贩击杀。

施月藏在不远处，亲眼目睹这一切。

施卫国临死的时候，眼里带笑，嘴唇嚅动，有血源源不断从他嘴里涌出，而他还在试图安慰自己好几年没见过面的小女儿，就这么咽下最后一口气。

逃跑之前，她父亲嘱咐过她无论之后看见什么、发生什么，都不能发出一丁点声音。

如果爸爸不能回来，她就一个人乖乖躲在草丛里，等待军装的叔叔来救她。她等来了军装叔叔，从此失去了最爱她的爸爸，并且再也不能说话。

清匪行动从未停止，在警方的努力下，犯罪团伙被击破，成员逐一被捕。

从去年起，警方就解除了对她和林望舒的保护，当初那些犯罪团伙也已全部被抓。

没有人再报复她们。她和妈妈终于可以像个正常人一样生活在阳光之下，林望舒当即决定搬回淮序。

江肆送施月回家，像很多年前一样。

施月活蹦乱跳地走在他身旁，江肆放慢步子将就她。

看着她上楼后，江肆站在楼下，盯着房间里的灯光，久久不愿离开。

凌晨两点半。

苏超刚从酒吧出来就接到了江肆打来的电话。

江肆靠在树上，铺天盖地的欢喜疯狂地涌上心头，他刚才在施月面前一直极力控制，此刻，夜深人静，周围只有他一个人，那种惊喜又恐惧的感觉反而翻倍地在心头滋生。

苏超接到江肆电话的时候还很意外，他喝了酒，头脑有些不清醒，大着舌头叫人："江哥，大晚上的，什么事儿？"

苏超看了一眼手机，确定是江肆打过来的，低声嘀咕一句："别是按错了吧。"

他正打算挂电话，江肆忽然出声："明天把帮我找人的那几个扔出明楼。"

这话来得突然，苏超一时没反应过来，反问："啥？他们不是做得好好的？"

做得好好的？江肆"嗤"了一声，做得好好的就不会施月都到了他眼前，他还没收到一点消息。人在眼皮子底下都找不到，那几个多半被贺霓杉收买了。

苏超不想惹江肆生气，赶忙答应。

挂断电话之后，江肆的心情依旧久久不能平息，抬头望着施月所住的楼栋，离开的脚步怎么也迈不起来。

施月在学校比江肆想象的还受欢迎，虽然不能说话，但她身边时常围着一堆同学。她脾气好，成绩好，不少人逮着机会就向她请教功课。

一上午的工夫，江肆已经看到三个同学送她零食，五个同学帮她接水，还有数不清的人一下课就往她身旁蹿。

课间休息，苏超来天台找江肆的时候，他手里正夹着一根烟，背靠着天台围栏。苏超顺着他的视线向下看，从这个角度，可以看见淮序中学高中部的教学楼。

他眼尖地瞅到昨天那位小美女。那女生人缘很好，像个小太阳，时不时就有人给她送吃的送喝的。

苏超从江肆眼里看出什么，惊道：“原来是她？”

苏超缩了缩脖子，还好昨天刹住车没开施月玩笑，不然江哥直接把他丢下天台。

“啧，果然美女到哪儿都受欢迎。”

江肆皱眉，挨个打量施月周围的男同学，眼神不屑，好似在看一摊恶臭的淤泥。看到最后，他忽然站直身子，朝楼下走。

苏超紧跟在他身后：“江哥，你去哪儿，带我一起呗。”

“随便你。”他说。

江肆去的地方正是淮序中学高中部，懒得绕路，索性直接从围墙翻过去，动作干净利落。

现在是自习时间，同学们你一句我一句，整个教室都是叽叽喳喳的声音。等江肆站在后门的时候，整间教室都安静下来。尤其是李淼淼，看见江肆的时候，下意识倒吸一口凉气。

李淼淼觉得人中有点痒痒的感觉，伸手一摸，血红一片。

教室安静得有些诡异，施月见李淼淼不断给她使眼色才后知后觉地转身看向后门的江肆，她惊喜地起身，朝他挥手。

施月走过去，拉着他的手让他过来，然后埋头在便利贴上写字：“你来找我？”

江肆点头。

施月又问：“找我有事？”

不等江肆回答，她又写道：“没事也可以找我。”

李淼淼一脸蒙，看这情形，两人认识啊。她忍不住横插一杠，问道：“等等，月月，你怎么认识他？”

江肆扫了一眼李淼淼，李淼淼被吓了一跳，缩着脖子，坐回自己的座位上。

施月乖乖写字解释：“我和江四哥哥小时候是邻居，很久没见了。”

后面的话不用多说李淼淼也懂了。

江肆就是过来杀杀威风的，他问施月："要不要一起去吃饭？"

施月笑眯眯地点头。

这时，江肆看了眼施月的演算纸，问她："这题不会？"

施月摇头又点头。其实不是她不会，是她同学不会，已经缠着她讲一上午了。但她不能说话，解释不清楚，讲了半天也没把同学教会。

江肆只当是施月不懂，拿起笔，在演算纸上示范，没几分钟，正确答案就被他算了出来。

解题思路清晰明了，过程简洁，答案正确。

施月兴奋地鼓掌，朝着江肆竖大拇指。

有人不怕死地递来了第二道题。

施月翻开课本上的图解，一辆红色汽车以 200 千米 / 小时的速度撞向石头，车身全部破碎。如果是 100 千米 / 小时 ，只会撞毁车头，50 千米 / 小时 ，只是引擎盖破碎。

这里牵扯到动能加速度作用力反作用力惯性一大堆知识，施月索性把公式倒推了遍，指着答案问男同学："这说明什么？"

一直沉默的苏超："说明不能买这个牌子的车，我家买的新风牌就从来没出过车祸。"

江肆想施月还跟小时候一样，护犊子得很，正好下课铃响，他问："要不要一起去吃饭？"

施月笑眯眯地点头。

两人前脚刚走，后脚整个教室就炸开锅。

"什么情况，那是淮大的江肆吧？江肆喜欢施月？"

"怎么可能，咱们月月软绵绵的，不可能和人谈恋爱，更何况——"他们压低声音，"不是说江肆和人打架，被人废了眼吗？"刚才离得近，他们看得很清楚，江肆的右眼，是灰色的。

施月跟着江肆下楼，走到最后两层的时候，江肆忽然快走了两步，然后转身，面对着她。

他俩身高差二十多厘米，江肆哪怕是站在比她低两个台阶的位置，看上去也没比她矮多少。

见他停下脚步，施月也站定。江肆弯下腰，帮她把半散的鞋带重新系好。

他耳力好，刚才教室里的话他一字不漏地听清楚了。他不是不知道人们在背后是怎么议论他的，本来他无所谓，可身旁站着的是施月，他心里莫名觉得苦涩。

时隔多年，她还是像个灿烂的太阳，而他，依旧糟糕，似乎一点好转都没有。像他这样从小活在泥泞里，肮脏腐烂破败不堪的人，健全的时候尚不敢沾染月亮，如今怎么可能沾染她？

他苦笑着系好鞋带，起身问她："有没有什么想吃的？"

施月摇头。从饮食上来讲，乌溪口味比较清淡，淮序重油重辣，老实说，她刚搬回来，还有点吃不习惯。

江肆沉默了会儿，然后道："乌溪米线要吃吗？"

施月眼睛一亮，欣喜地点头。

江肆眉目舒展，引着她往学校后门走。

得益于周围的几所大学，这段路小吃特别多。

这家乌溪米线店就开在淮大和淮中中间的巷子里，淮中后门不常打开，学生们下课基本走的正门，再从学校外面绕一圈过去。

从后门出去会经过学校堆放体育器材的仓库。这里一般很少有人，然而今天例外，仓库里刚好站着一男一女。

女孩的声音娇柔妩媚，一口一个"亲爱的"叫得人心里直犯痒痒。

江肆习惯性让施月走在他的左侧，走在左侧还不够，他怕施月会再次消失，总要抓着她才安心。好在施月并不觉得奇怪，坦坦荡荡地让他牵着。

经过仓库的时候，里面一道女声低低地传来。

施月停下脚步，好奇地探着头往里看。这个时间，仓库怎么会有人？

爬满灰尘的灰色玻璃里透着江肆和施月的身影，一高一矮，一个张扬肆意，一个乖巧内敛。

江肆被玻璃上施月的倒影吸引了视线，但施月一心只想搞清楚里面是什么情况，睁着双大眼睛往里看。

屋子里漆黑一片，她并不能一眼就看清里面的人。仔细看了几眼，只大约看见，里面交叠着两个人影。

施月猝不及防，把内里的风景看了个遍，再想回避的时候已经来不及了。

江肆听声音就知道里面是什么情况，但比起施月的羞涩，他面色坦荡，毫无异样。这样的事每天在明楼任何一个角落都可能发生，他看见的是最正常不过的男女交流。

江肆的表情用“平静如水”来形容也不为过。

朵朵红云爬上施月的脸，她羞赧地看了眼江肆，桃色唇瓣紧紧抿着。她捏住江肆的衣服下摆轻轻扯了下，朝后门的位置比画。

正打算和他离开，仓库里忽然传来一道男声：“知道江肆不？”

施月停住脚步，下意识抬眼望着他。

“怎么可能不知道，淮大谁不认识他？”女生喘着粗气，提到江肆的时候，声音格外雀跃。

“是吗？他这么出名？”男生掐着女生的腰，“你喜欢他？”

“怎，怎么会？”

男生问：“我和江肆，你喜欢谁？”

女生皱着眉，嘴上甜甜地说：“当然是你啊，浩南哥。”

男生又问：“我和他谁更帅？”

施月清楚地听见女生说：“肯定是浩南哥你啊。”说完这句话，场面迎来短暂的寂静。不知道谁给了陈浩南的勇气。

施月无意偷窥两人之间的事情，她伸出手，朝江肆比画：“快走快走！”

等走到米线店，施月才后知后觉地想起，刚才那个男生口口声声拿自己和江肆比较，所以比画着问他：“江四哥哥，你认识他们？”

江肆点头，坦然承认：“一起玩过。”

施月上高中以后社交圈变窄了很多，大多数时候都在学习刷题。她不太明白江肆说的“一起玩过”是怎么个玩法，但她心里惦记着事，米线端上来后，只吃了两口，然后拿出便利贴，在上面写道：“江四哥哥，要好好学习。”

草绿色的便利贴交到江肆手里，上面有笔墨的味道，淡淡的，并不难闻。施月的字很秀气，笔画简洁，很好看。

江肆读过之后，诧异地看着她。

她正一脸认真地等他回复。

半晌过后，江肆嗓音带笑："月月现在也管人学习了？"他是真的觉得好笑，笑起来的时候肩头微颤，有低低的气音发出，眼里光华流转。

施月很糗，她还记得她冬天不起床，江四哥哥把她从被窝里捞出来背去学校的事。还有以前假期开学前一天，他都拿着铅笔去家里帮她补作业，而她美滋滋地在一旁抱着文具盒瞌睡连天。

江肆难得有兴致，又问她："好好学习有奖励？"

施月知道他在调侃自己，脸红到耳根，笔尖戳在便利贴上，半天不知道该回什么，索性埋着头吃饭，不想说话。

江肆也不再开她玩笑，低着头安静地吃饭。

片刻过后，施月偷偷抬头看他。

这些天同学对江肆的传言多少被她听了一点，以前不知道那就是她的江四哥哥，现在清楚了。她把传闻中的江肆和眼前的人联系起来，这才发现，她的江四哥哥已经变成了让年级女生关注的大帅哥。

那身宽松的黑色短袖下，是不是真的有李淼淼说的八块腹肌？李淼淼给他取的外号此刻似乎就挂在他的头上，闪着金色粗壮的边框——全校第一猛男！

施月只觉不能再想，低头吃东西，结果吃得太快，米线呛进了嗓子眼儿，止不住地咳嗽。

江肆迅速起身，端起一杯温茶递给施月。

"慢点喝。"江肆拍拍她的背，又伸手给她抹了把呛出的眼泪。

施月被呛了一次就不想吃了，想到自己居然在心里调侃江四哥哥，眼神心虚得飘忽不定。

江肆见她没了胃口，起身结账。

施月下午还有几节课，吃完饭，江肆带她回学校。

江肆把施月送回教室后便离开了，没回淮大，径自离开学校。在淮中门口等着的苏超也跟了上去。

施月望着江肆他们离开的背影，懊恼地捏了下喉咙，她其实很想和他说话的，叫他“江四哥哥”，像以前一样。她还想问问他的近况，了解这几年他是怎么过的，江叔叔还打他吗？赵阿姨怎么样了？

但是嘴一张开，什么声音都发出不来。

她有些郁闷地望着窗外，直到李淼淼走进教室，她才收起心情。

李淼淼八卦地凑了过来：“月月，江肆居然是你邻居小哥哥，天啊，宝贝你从小就艳福不浅啊！”

施月耳根绯红：“不要乱说。”

李淼淼视线跟着看她写的字起伏，看完之后立刻问她：“江肆小时候什么样？是不是小区霸王，威风凛凛酷帅狂霸拽的那种？”

施月尴尬地摇头。可能现在她说江四哥哥从小是被欺负得最惨的那个，估计都没人信。

施月简单聊了几句，不想把时间浪费在八卦上，冲着李淼淼笑了笑，然后拿出练习册继续刷题。

宋老师说，过几天有个竞赛，需要去市里参加。不能说话后，她的世界单调了许多，不过也好，这样学习起来反而更加心无旁骛。

江肆从学校离开后，直接驱车去了明楼。

那里现在是他主事，每天都要过去一趟。而且，贺霓杉还派了无数个人给他打电话。以她的性格，要是再见不到他，今晚明楼肯定遭殃。

跟在后面的苏超越想越觉得神奇，江哥不会喜欢那小姑娘吧？他坐在副驾驶的位置，忍不住试探：“江哥，你对施月，没那个意思吧？是我想歪了吧，其实你就当她是个妹妹，对吗？”

江肆眉头微蹙，眼神冷淡，不出声，也没否认。

苏超从他的态度里看出端倪，在心里爆了句粗口，他一直以为江哥会喜欢性感辣妹那款。

苏超："咱妹妹怪招人疼的。改天我找人把她守起来，省得被哪个不睁眼的撩了去。"

江肆没别的意见，嘱咐他："保护可以，别影响她。"

"放心吧江哥。"

江肆的意思是："不要让贺家人知道她的存在。"

车子开了一会儿，逐渐靠近明楼地界，苏超后知后觉地应了一声。但一想到待会儿要见到暴躁易怒的大姐大，苏超就忍不住心里发怵："不是我说，杉姐也是个固执性子，明楼多少人不够她挑，非要盯着江哥你不放，今天估计又得闹一场大的。"

江肆语气淡淡："随她。"

"苏超。"他又叫了一声，"找个靠谱的医生，咽喉科，不，心理医生。"

苏超觉得不可思议："江哥，咱妹妹得啥心理毛病了？"

江肆不吭声，掉转车头，倒车入库，动作行云流水，一气呵成。苏超解开安全带，不忘提醒："江哥，要不要给你也安排个手语老师什么的？"他可没忘小美女和别人交流都是用写字的，看着就麻烦。

江肆没说话，苏超笑嘻嘻地追在他身后："江哥放心，一会儿就给你安排。"

他江哥要没骂他多事，说明是真的想学，也对，以江肆现在疼施月那股子劲儿，别说学个手语，为她做什么不成。苏超突然发现一向无欲无求的江哥突然有了几分烟火气，满脸欢喜地跟着江肆进门。

江肆觑了苏超一眼，苏超立马识趣地收敛了笑。

明楼一向哄闹，晚间时候几乎是人山人海，大堂里每张赌桌旁都挤满了人。这里聚集了淮序大部分的赌徒，这群人一言不合就大打出手。

每月从明楼抬出去的人不计其数，不过对明楼的工作人员来说，只要不闹出人命，那就不算事儿。

掌管这种地方的人，没两下子是不可能的。

江肆十九岁接管明楼，一直到现在，明楼上下无不信服，不服就打到他服。

不怕人狠，就怕人狠还有文化。江肆有一万种方法让人不敢造次，攻身攻心、杀人诛心。

江肆要么不出手，一出手你就是喊爹也没用。被他盯上的人，活着比死了难受。

见到江肆时，看门小哥眼神闪躲，帮他把门打开，噤若寒蝉。

堂子里热火朝天，不少人齐声喊“开”。

很快，江肆就发现了，今夜的赌场，由贺霓杉坐庄。

她一向穿着大胆，此刻红色短裙套着黑色连腿丝袜，脚上的高跟鞋估计有十厘米高，上身露着肚脐，胸部的布料点缀着红色水晶，水晶上挂着坠子，粉色心形，胸部紧束出蜜桃形状。

为呼应赌场氛围，她特意戴上了灰褐色的“猫尾”和深红色的“猫耳”，短裙堪堪包裹住臀部。贺霓杉靠着赌桌，手里握着骰盅，声音泼辣：“买定离手，让我看看买大买小豹子——开！”

四周的人眼睛紧紧盯着骰盅，手里攥着钱。

人群有节奏地喊着：“大大大——”

“小小小——”

骰盅开盖，六个骰子整齐摆放在桌面，居然是“六六六六六六”。

贺霓杉冷笑着让人收钱：“差一点儿，大家继续啊，下庄了。”

抬眼时，她看见了立在门口的江肆。她嘴唇嚅动，刚要说话，下一秒，江肆眼皮一掀，视线挪向了别处，似乎连看她一眼都觉得费劲。

她今天喝了酒，上赶着来明楼找乐子，见到江肆，前几晚被他拒绝的事立马浮现在眼前。

说不出羞和怒那样更多。

人就是犯贱，江肆越对她爱答不理，她越想扒了他的皮，看看他内里究竟是个什么风景。

贺霓杉拿着骰盅，眼神却死死地黏在江肆身上。

苏超吞了口唾沫，小声提醒江肆：“江哥，杉姐在看你。”那眼神，岂止是用一个“看”字可以形容的。杉姐这是要吃人。

江肆目不斜视，把车钥匙往苏超身上一丢，直直地朝贺霓杉走来。

苏超追上补充：“杉姐看样子心情不好，江哥你可得小心点儿。”他很少见贺霓杉这样，好像下一秒就会发飙把他们全轰出去。

江肆走到贺霓杉面前，嘴唇掀开，语气冰冷，出乎所有人意料，他几乎是用讽刺的语气问：“吃饱了撑的？”一句话，厌烦的语气到了极致。

贺霓杉心里一颤。江肆面无表情盯着人的时候，任谁都觉得心里发怵，那眼神冰冷得不带一丝感情，是真恐怖。

她觉得愤怒，酒后的脸更加红了。

贺霓杉扯开红唇，语调同样讽刺：“怎么，你不要我，还想管我？”

“我管你？”江肆觉得好笑，强调道，“你要疯就滚远点疯。明楼是我的地界，容不得别人来这儿撒野。”

周围肉眼可见地变得安静。

谁都没想到江肆自始至终关心的都是贺霓杉会不会搅了明楼的场子，别说她没搅和，就算真把场子砸了，估计也没人敢说什么。

“你的地界？”贺霓杉冷笑，“这是我家的地盘，什么时候成了你江肆的地界了？”

江肆盯着她看，这是他今晚第一次正眼看她，眼神直截了当，像是要一眼把她看穿。

贺霓杉身材极好，是属于丰满性感那一类，紧身的抹胸短裤穿在她身上，十个人看了，九个人都忍不住。

贺霓杉见他没有吭声，得逞似的靠近他身边，细长的手指顺着他的肩膀一路往上滑，甜言软语：“承认吧，有我爸在，你这辈子也翻不了天。”

江肆扣住她的手腕，嫌弃地甩开：“苏超，把她扔出去。”

苏超一脸复杂地看着江肆。明楼是江肆的地界不假，但贺兴邦才是幕后真正的大股东，得罪贺兴邦，那犯不着。

江肆眼皮一掀：“怎么，要我亲自动手？”

在明楼，江肆说话比贺兴邦管用。换句话说，他们虽然忌讳贺兴邦，但江肆，是绝对的老大。

小弟们这下没有任何迟疑，架起贺霓杉就要往门口拖。

贺霓杉飞快地挣开他们的手，江肆越这样，她心里越是有一股无名之火，他越没反应，她越想扒了他的皮生吞活剥。

两人针锋相对，谁也不让着谁。

终于，贺霓杉先败下阵："行，你会后悔的。"

她不愿和他真正闹僵，狠狠地瞪了架她的两人一眼，随手把"猫尾"和"猫耳"扯下来，扔在地上，踩着高跟鞋扬长而去。

堂子里不少人意犹未尽地盯着她的倩影。

"继续继续。"有新的庄家出来接过骰盅。

明楼恢复喧嚣。

江肆离开大堂，去到二楼书房，就问苏超："施月到家没有？"

"大哥，你忘了我这一路都跟你寸步不离？"苏超硬着头皮，顶着江哥随时恼羞成怒的危险，调侃道，"江哥，半天不见，你这就想了？"

江肆看得苏超直发怵，但他还是忍不住嘴贱："江哥你瞅瞅你那样，就差把不爽挂在脸上了，杉姐看到你这个样子，指不定得气疯。"

苏超第一次见到江肆这样，觉得新鲜，躺在黑色皮质沙发上浑身软得像摊烂泥。

江肆懒得和他废话，从桌上拿起明楼最新的数据周报，处理问题。中途有人进来递交资料，秘书全程目不斜视，不敢看江肆一眼。

苏超百无聊赖地玩手机，他就是个典型的二世祖，今天约这个喝酒，明天约那个打牌，此刻正拿着手机吐槽："陈浩南真是给他脸了，居然还敢放狠话。"

发完消息，苏超捏着手机看向江肆："江哥，还想不想陪他玩玩？"

江肆眼神都没给一个，手指在键盘上快速敲击："你随意。"

最后实在忍不住，江肆深深地吐出一口气，起身走到门口，扯下外套准备离开。

苏超瞅了一眼，差点笑出声，但他识趣地没有跟上，只是在他背后强调：

“江哥，见到人家姑娘别老板着脸，多笑笑。”

“管不住嘴，你也滚出明楼。”

真把他当纯情小伙了？江肆冷笑，尽管心头苦涩，还是对自己强调，他只是过去看看她，就像看自己亲妹妹一样。

苏超扁嘴，小声嘀咕：“还说不喜欢。”

江肆抬脚向外走，语气丝毫没有停顿：“不喜欢。”

离施月家越来越近，江肆的步子就越发放慢，更有种近乡情更怯的滋味。

远远地，他就看见施月蹲在楼下，手里拿了一根木棍，在沙地上戳戳画画。

江肆轻轻咳了一声。

施月疑惑地转头，看见是江四哥哥，惊喜地拽着他往沙坑边带。

江肆跟着她走。

沙地里写了满满一地的数学公式，施月指着地上的难题，疑惑地看着他。

原来是要他解题来了，怪不得那么开心。

江肆撑着膝盖，长腿修长挺拔，缓慢蹲下的时候，长裤因为动作而变得紧绷，身材毕露无余。施月默默挪开眼。

他捡起施月用过的木枝作笔，用公式套了一下，很快就找到了解题思路。

施月在江肆身旁蹲下，跟着江肆的思路走。

没几分钟，那道难题便被江肆解开了。

江肆把木枝递给施月，问：“能不能看懂？”

施月点头，接过木枝。

江肆脑子里想起苏超的话——见到人要多笑，自己可能是严肃了些——他便嚅动了下嘴皮，冲施月笑笑。

施月惊讶地睁大眸子，虽然江肆对她的态度一向温和，但他很少冲她这么笑。很好看。

见到施月惊愕的表情，江肆轻轻咳了声，收起笑意，表情莫名有些尴尬：“怎么了？”

施月摇头，脑袋甩得像拨浪鼓，她用木枝在地上写道：“江四哥哥，你是我见过长得最好看的人。”好看，且身材好。

江肆眼皮抖了抖，不自然地别开脸。他起身，施月也跟着他站起来。

他极自然地拂了拂施月手上的沙砾，问：“什么时间有空，我带你去看医生。”

施月摇头，医生说了，有可能她某一天睁开眼就能说话了，也有可能她这辈子都不能再开口。

她不是不能说话，而是强烈的刺激让她忘了如何发出声音，是她心理出了问题，她不想浪费他的钱。

江肆态度强硬：“必须要治。”

她抿唇，退让一步，伸手拿起他的手掌，在上面写字：“数学竞赛过后。”

他这才舒缓了眉头，答应：“好。”

03

本来是一个月去看赵美云一次，但今天收到个消息，江肆破天荒地又去了一次赵美云家。

还是那间屋子，门口一如既往地堆满垃圾，但是开门已经见不到桌上朝气蓬勃的鲜花了。

家里一团乱麻，从玄关开始，满地的空酒瓶。

赵美云不知道什么时候又染上了烟瘾，天天躺在沙发上抽烟，一双细白的腿随意搭在茶几上。

她没料到江肆会突然过来，开门的一瞬间，漂亮的脸上闪过慌乱。她抬手晃了晃手里的烟，解释：“我点着玩的。”然后把烟头摁灭，扔进填满了的烟灰缸。

江肆立在门口，面色冷淡，话里没有情绪，只是陈述道：“我听说那人又养了个女大学生？”

赵美云脸色惨白，她这一辈子都在为男人忧愁，但从来都是男人的玩物，玩够了，就被一脚踹开。

赵美云无奈地笑了笑，耸耸肩：“老了，轻易就被比下去了。”过后又安慰自己，“他会回来的。”

江肆看着那张和自己极其相似的脸，觉得有些可笑。他对赵美云的记忆还停留在五六岁的时候，那时江兵赌瘾不大，顶多是小打小闹，赵美云在厂里上班，不爱喝酒。

这些年物是人非，他看着她去追求终其一生的真爱，然后又像烂泥一样腐臭起来。

看赵美云进入新一轮的醉生梦死，没什么别的状况后，江肆扭头就走。

他不敢承认，其实他骨子里继承了赵美云绝大多数的基因，不仅是长相，连带着对感情的偏执都和赵美云如出一辙。

一连几天，一到夜间休息，江肆总忍不住想起施月。

现在的施月满心满眼都是怎么把成绩提高，参加数学竞赛，争取保送，她的世界和他并不相通。

江肆不敢再多想，俯身埋进被窝。

数学竞赛举办地址在离淮序不远的桑庄。

施月提前三天就去到了那个小镇，表面说是想熟悉考场，养精蓄锐，实际上，是因为李淼淼告诉她，桑庄要举办一年一度的夜游会了。

“夜游会”顾名思义，是夜间出行的一个活动。

夜游会，女人会穿着白色长裙，头戴白色花环，坐在船上集体吟唱祈福的歌谣。而男人，则在岸上用火把点燃一串串象征五谷丰登的烟火，击鼓吆喝。

一个人来到全然陌生的城市，这大概是施月失语以来做过的最疯狂的事。

林望舒原本想陪她过来，临时被单位的事绊住了脚。

施月安慰林望舒，这些天她不会出门，会安安心心地在宾馆复习功课，等考完试，立马回家。

林望舒依旧不放心，承诺让她一个人先过来，等自己忙完工作，第二天立刻坐车赶来。

施月拗不过林望舒，只能这样。

桑庄的夜很静很暗。

施月住的宾馆隔音效果差到离谱，从晚上七点钟开始，她就断断续续听见远处河流传来的喧哗。有锣有鼓，有烟花炸开的声音，还有商贩的吆喝声。

男人声音洪亮，女人婉转娇柔。

施月洗完澡正趴在书桌上看题，资料上的例题已经被她记得滚瓜烂熟，越这样，她越憧憬窗外的世界。

她不止一次望向河边，凝望着由火把凝成的长龙，外面越热闹非凡，越衬得房间清冷。

纠结了半天，施月起身，从背包里翻出一条纯白色长裙。裙子款式简单，欧式风格，白纱长至脚踝。这是李淼淼提醒她带的，施月当时还强调自己不会去凑热闹，但收拾行李的时候还是默默把衣服装了起来。

想到外面的活动，她一步步说服自己，只是去看看，逛一趟就回来。

这几天是桑庄旅游旺季，又撞上学校考试，宾馆早早就住满了人，老板不用接客，坐在前台的位置打瞌睡。

施月下楼的时候，皮质凉鞋踩在中空的木质楼梯上，发出“嗒嗒嗒”的清脆声响。

老板恍惚间醒神，抬头正好见到一袭婀娜白裙，白玉般手指提着裙摆，慢条斯理地从转角处下来。往下走了几步，施月的上半身缓缓露出，圆润的肩头像抹了珍珠粉，乌黑的头发披散在肩头，眉目清秀，容颜姣好。

老板呆了一瞬，认出她是下午办理入住的学生。

施月见自己把老板吵醒了，害羞地用手语比了句抱歉。

老板彻底清醒，起身站到前台，把电视音量调小，探出身子看她：“小同学，这是要去参加咱桑庄的祈福礼？”

施月不好意思地点头，不想给老板落下贪玩的印象，毕竟她是过来参加竞赛的学生。她比画："在屋里太闷，出去透透气。"

老板见她漂亮从柜台拿了个花环出来："小妹妹你不知道，去祈福礼啊不仅要穿白裙子，还得戴上咱们桑庄独有的花冠。"

施月看了一眼，花环是灰白色，花枝乱颤，细碎的小白花缠绕在藤上怒放。她走到柜台前，拿出钱包，比画："多少钱？"

老板摆手："不要钱，这本来就是卖剩下的。你不要，明天也蔫儿了。"老板亲手把花冠戴到施月头上，嘱咐她，"回来路上小心点，跟着人群走，别走丢了。"

施月点头，把钱包收好，又朝老板鞠了一躬。出宾馆之后循着声音就往河边走，步伐轻快了很多。

桑庄河四周确实有不少人，还有许多商贩沿着河两岸摆了地摊，为了不破坏气氛，他们用的都是竹制灯笼点着蜡烛，尽可能减少现代工业的痕迹。

男男女女走在五米宽的青石路上，其中还有好些是过来参加竞赛的学生。

施月被周围的稀奇玩意儿拖住了脚步。

地摊上有很多平安牌，她看了许久。这些平安牌是纯手工制作的，比流水线生产的工艺品多了种说不明的味道，每一个都有自己独特的纹理。

她在摊前犹豫了很久，心里默默把需要送的人数了一下。

"妈妈、老师、外婆、姑姑、小石头、堂姐、淼淼、四哥哥。"粗略算了一下，加上她自己，她需要买十几个。

施月挑花了眼，拿起这个，放下那个，拿起那个，又舍不得这个。

见状，地摊老板忍不住问她："小妹妹，你是送给谁的？"

施月用手语比画："长辈和朋友。"

大多数时候她都是用写字交流，只是"长辈"和"朋友"这两个手语动作她用得太多，是基础动作，所以潜意识里觉得，大家应该看得懂。

没想到地摊老板抓了把后脑勺："小妹妹原来你不会说话呀？能写字不？"

生意人嗓门大，一时间周围的人全都看了过来。

施月窘迫地低下头，快速从包里掏出纸笔，写字时唇瓣瘪着，有些委屈。

老板接过便利贴，恍然大悟，介绍道："送长辈选这边的，送朋友选另外那堆，对了，如果是男朋友可以选情侣款的。"

施月没再耽搁，三五下就选出东西，付钱离开。

老板收了钱，"啧啧啧"地摇头："这么漂亮的妹子，居然是个哑巴。"

后来者听见了他这声嘀咕，若有所思地跟上施月的脚步。

除了平安牌，河边还有少女在卖花。姑娘们贩卖的是桑庄独有的小白花，花朵很小，一枝花棒上可以分出好几簇花团，每一簇都密密麻麻开满碎花。

河边的卖花少女娇嗔地把鲜花塞进游客手里，然后闹着收钱。

施月知道自己躲不开，所以当有人把注意力放在她身上的时候，她坦然地收了花然后付钱，做了最爽快的羔羊。

岸边的情歌对唱结束了，接下来是全镇的少女一起吟唱古老歌谣，由选中的"神女"们坐在船上领唱。

这是今晚的重头戏，游客们不约而同往河边靠拢。

施月站在最外层，她捧着花，想去河边点盏灯，刚要上前，腰间的白色丝带忽然被人大力地扯了一下，她猝不及防倒退半步，惊诧地回头。

面前是两个陌生男子，黑色半袖下包裹着青褐色文身，两人不怀好意地看着她，伸手就要摸她的腰。

施月挣扎着后退，唇瓣张了又合，合了又张，意料之中地发不出半点声音。

河边本就漆黑，所有人的注意力都放在船上的"神女"们身上，没人注意到身后正发生无声的欺凌。

两个男人拽着施月，施月惊恐地倒退一步，正好撞上身后一人的胸膛。

身后的人把手揽在施月肩上，搂着她拥入怀中。

施月红了眼，咬紧牙关，转过身，将手上的花枝重重地砸在身后的人的脸上。

半开的花苞因为这顿猛砸悉数开放，有花瓣从江肆脸上滑落。施月颤颤巍巍地睁开眼，这才发现搂着她的人是江肆！

江肆被她一捧花砸了满脸，却并未生气，而是反手把她护在身后，保护意味明显。

江肆：“还不滚？”

两个流氓没想到会有这出。江肆个子比他们高出不少，一身劲装，修长的腿裹在黑色长裤里，肩宽腰窄，五官利落俊朗，光从体型上看就知道这绝对是个练家子。

看着那两人消失，江肆这才低头看她。

施月明显吓得快要哭了，江肆心头一紧，一双大手穿过她的腋下，用力，直接把她提到了一旁的青石阶上。他道：“上来，我背你回去。”

施月忍不住哭了，越想越后怕，脚软得厉害，她顺从地伏上江肆的背，他的背很宽阔，双臂有力，压根儿不用担心会掉下来。

江肆背着她：“月月，下次去哪里先跟我说一声好吗？”

施月被他背着，没法写字。

江肆侧头，能看见她的半张脸，他自顾自地说：“别怕了，有我在，没人能欺负你。”他的声音很轻，呼吸若有若无地洒在施月脸上。

她又惊又怕，后知后觉地点头。其实来桑庄之前她有想过要不要告诉江四哥哥，但看他平时好像很忙的样子，她不想因为自己的事打扰到他。但没想到，这次过来真的会出事。她害怕过了，郁闷地抱着他。

江肆走了一会儿，忽然感觉头上被人放了东西。是施月把自己头顶的花冠取下，戴到了江肆的头上。花冠很漂亮，他戴着也很好看。

江肆背着她走到订的宾馆那里。

老板照常坐在前台打瞌睡，江肆到了门口，把施月放下。

施月为了省钱，订了一家很旧的宾馆，江肆想带她换一个，但因为夜游会，桑庄客流量暴涨，周围能住人的地方都被人占光了。

施月订的是宾馆最后一间房，而且还只有一张床。本来最多是她和林望舒住，母女俩没什么不方便的，但今晚多了个江肆。

江肆在前台停了一会儿，想打电话找苏超解决，但电话响了好一阵没人接听。施月怕江肆麻烦别人，犹豫再三，索性不管江肆的顾虑，牵着他就往楼上走，全程态度强硬，手握得紧紧的。只是凑合着睡一晚而已！

老板在楼梯下安抚道：“没房间挤挤睡也是可以的，将就着睡总比露宿街头的好。”他默认了两人是情侣关系，毕竟江肆看施月的眼神，那爱意，藏都藏不住。

江肆身子微僵，行尸走肉似的跟着施月走上楼。等回过神的时候，施月已经把他带到了房间门口，她看着他，似乎想等他自己进去。

江肆没再说话，抬脚入内。施月跟进去把门合上，然后去旁边搬了张凳子，抵在后面。

安全意识很强，不错。

标间布局简单，只有一张一米五左右的床和窗口摆放的一套木质桌椅。

施月的行李放在角落里，背包开着，应该是着急出门忘了关上。贴身的衣服整齐地摆放在一旁，还有她的粉色睡衣。施月眸光微闪，窘迫地上前把东西收好，把衣服胡乱塞进背包里。

好在床铺还算整齐，被褥看上去很厚实。

她指了指浴室，问他要不要洗漱。江肆摇头，让她先洗。

趁施月去浴室洗漱的时候，江肆下楼找老板要了一床被子。老板很是惊讶，没想到这小伙子看着冷面冷心的，人品倒还不错。他赶忙去储备室翻了两床干净的被褥给江肆。

施月出门之前已经洗过澡了，这次只是简单冲洗下，毕竟出过门，多少沾了点尘土回来。

洗澡之前她倒是没想什么，但是洗完之后裹着浴巾，她看着一旁放着的衣服犯了难，以前她洗完澡都是直接换上睡衣，然后舒舒服服地睡觉，但江肆在，她也直接穿睡衣吗？

可是她这次过来带的衣服很少，除了校服之外，就只有这条白色裙子。白裙被那两人摸过，她自然不想再穿，但是洗完澡故意穿回校服，似乎有点怪怪的，像是在防备江四哥哥。

折腾了半天，施月还是硬着头皮换了睡衣睡裤。

打开浴室门，一阵寒风袭来，施月脖子上还挂着水珠，瞬间被冷得缩了缩脖子。再往前走了两步，这才发现江肆已经在床边铺好了地铺。白色的被褥放在地上显得异常单薄。

没等她多想，门口忽然传来动静。

施月回头去看，见到江肆从外面进来，手里拎着瘦肉粥。

看她穿着睡衣，江肆自觉地别开眼。

“饿了没？”他把稀饭递到她面前，语气和缓，“将就吃点？”

她本来没什么感觉，但突然闻到饭香，竟然真的觉得有些饿了。

施月接过瘦肉粥，发现只有一份，疑惑地看着他。

江肆朝浴室走：“我不饿。”

她拎着瘦肉粥坐到窗边书桌的位置，把书挪到一边。

江肆也简单洗了下，然后把衣服重新穿上，毛巾搭在脖子上，他搓了下湿发，确定不滴水后就把毛巾扯了扔在一旁。

施月吃饱喝足后乖巧地爬上床，厚厚的被子把她捂得只有头露在外面。

一双黑白分明的眼睛直勾勾地盯着江肆，他一个大男人，反倒被她看得不好意思了。

江肆走到打好的地铺前，把被子抖抖，问她：“要不要关灯？”

施月点点头，这灯太亮，明晃晃的，她睡不着。

江肆扔下被子，走到门口，长臂一伸，“啪”的一声，屋内瞬间漆黑一片。他夜视能力强，即便是一片黑暗，他也能准确无误地走到地铺前，掀开被子，坐下去。

施月平躺在床上，双手拘谨地交叠在胸口，把被子压好，眼睛直视天花板。

屋里的灯一关，夜间的那点声音就更清晰了。这个点，夜游会刚好结束，熙熙攘攘的人群从桑庄河畔摸黑回来，房间外的走廊逐渐有了人路过的声音，越来越多，越来越响。

施月被吵得睡不着，翻过身看见江肆坐在地上，她单手抻着身子，从被窝里探出来些。

江肆听见动静，转头，眉目少见地带着股慵懒味道。他放低声音，压着嗓子哄她：“别怕，哥哥在。”他以为她是被刚才的事吓着了。

施月沉默了一会儿，顺从地缩回被窝里。

走廊外只闹了那么一会儿，很快就恢复了安静，比之前更静，窗外风声沙沙作响。

施月躺了一会儿，或许是白天舟车劳顿，也或许是晚上真受了惊，她很快就睡了过去，屋内响起她浅浅的呼吸声。

江肆坐了一会儿，忽然起身出门，寻了块僻静的地方，点了一根烟。他不敢离施月太远，眼睛一直盯着她睡的那间房，大脑放空。

苏超半夜醒来，给他拨了几个电话回来。江肆掏出手机，点击回拨，没一会儿苏超就接了电话，他纠结地问：“江哥，你刚才是真有事儿？”

“嗯。”江肆吸了口烟，白色烟雾从他的嘴里吐出，动作娴熟。

苏超问：“什么事儿？”

江肆撑着膝弯，和烟雾一同起身，吩咐道：“明天来桑庄一趟，把几个地方的监控抹了。”

桑庄虽然是个小城，却是重点旅游城市，所以很多地方都覆盖了监控，包括这家宾馆。

苏超皱眉：“江哥你去桑庄了？怎么没听你说过？”他忽然想起来，施月最近考试，考点似乎就在桑庄中学。“我知道了，是过去陪小白兔考试！”

江肆强调：“她叫施月。”

苏超“嘿嘿”笑了两声，停顿了下，他又保证：“明天就过去把监控抹了。但是江哥，杉姐那边派的人虽然都处理了，但难保她没有别的法子跟踪你，抹监控还真不一定有用。”

江肆皱眉：“我知道。”

两人说了几句别的，挂断电话，江肆回到房间。

施月平时安安静静，睡觉却很不老实，有时候双手伸出被子搭在枕头上，有时候一只脚会从被子里伸出来，有时候还会像个陀螺一样在床上三百六十度乱转。

江肆也是第一次见她这睡姿，他低声笑了下，上前托住她的后脑，帮她把枕头抽过去垫好，顺便把她的胳膊腿儿塞进被子里，裹成春卷。

江肆抿唇，睡着的施月模样乖巧，眉目之间透着丝丝稚气。她像是倒映在江面上的月亮，看上去触手可及，但他知道，水底的月亮是怎么也捞不进手心的。

“小月亮。”江肆心里泛起一阵苦涩，轻轻伸手，又理了理施月凌乱的头发。

施月顺着他手指的动作动了动，依旧睡得很沉。他低着声音，在她耳畔轻声承诺：“我会一直守着你。”

这一夜江肆是无论如何也睡不着的，他坐在地铺上，看了施月一整夜。

04

一大早，估摸着林望舒快要过来了，江肆把被褥搬去前台退掉，给老板一百块钱，当作被褥的清洗费，也让他不要把自己和施月住了一晚的事情说出去。

老板是个明白人，收了钱，果然没提江肆一句。

林望舒来到桑庄宾馆的时候，施月正坐在窗边看书，窗台上挂着一个蔫答答的花环。

她进门第一件事，就是把施月换下来的脏衣服拿去清洗。

花环估计是女儿没事买着玩的，林望舒没多问，只是这玩意儿蔫了就很难看，还会招虫。

她扔垃圾的时候顺手把花环取下。施月看见，赶忙把她拦住，冲她比画道：“留一朵。”

林望舒不解，但还是听女儿的话，在花环上选了最新鲜的一朵摘下来，递给她。施月把它夹进书里。

江肆刚到家，就见贺霓杉等在那里。

以贺霓杉的性子，没追去桑庄就已经够按捺得住了。江肆看见她丝毫不觉得惊讶，拿了电脑在茶几上办公。

贺霓杉一直沉默着，直到确认他不会主动和她说一句话，才加大音量质问：“你这几天去哪里了？是哪个女人勾引你？”

她晚了一步，没拿到桑庄的监控。从头到尾，她都查不出来江肆一直陪的人是谁，但她不傻，明楼在桑庄根本没有业务，他莫名跑过去，说没有问题鬼都不信。

江肆扫了她一眼，面上毫无波动。

贺霓杉慌了，一把扑到江肆面前，抱着他，美眸楚楚可怜：“你是不是喜欢别人了？”

她又搂紧他的脖子，整个人迎面而上，想要吻他。

江肆偏头，错开她的吻，紧接着一根指头一根指头，缓慢地扯下她的手：“贺霓杉，你看你，哪里还有什么千金大小姐的模样。”

贺霓杉立马喝住他：“你次次讥讽我，难道就不怕我爸吗？我查不出你在做什么，我爸能查，让他知道你背着他做事，他不会放过你的。”

江肆冷笑，灰色瞳孔的半张脸隐匿在黑暗那面，看不出任何表情。

“你爸啊？”他眼里闪过一丝诡异，侧头正视贺霓杉的眼睛，“你是想让我和你爸现在就撕破脸？”

贺霓杉颤抖着唇，松开江肆的大腿。她知道，他不怕，可是她怕，她怕他真把她爸爸得罪狠了，她保不住他。

他仗着她的喜欢有恃无恐，而她在他面前，永远溃不成军。贺霓杉咬紧牙关，半晌才吐出几个字：“我不会放弃你的。”

江肆同样看着她，眼里不带一丝情感。

他说：“没有人能强迫我做任何事，从来没有。”

撇开夜游会那晚的意外不谈，施月的桑庄之旅还算顺利。

考试成绩还没出来，但她估摸着分数应该会很不错。其中一道大题，就是江肆曾经给她讲过的那道，他讲得很清楚，还举一反三，列了好几种解题思路，在考场上为施月节省了不少时间。

施月从桑庄回来，第一个想找江肆报喜，却后知后觉地发现，自己似乎还不知道江四哥哥的家庭住址。

职工院早几年就拆了，他现在不可能住那儿。纠结了很久，施月终于在某个周六下午试探地向江肆表示，他能不能带她去家里看看。

江肆犹豫地看着她，下意识地推托："没什么好看的，要不我先带你去吃饭？"

"可是下次我如果有事找不到你怎么办？"施月的眼睛又软又亮，还带着期待。

江肆无奈，只好领着她上车。

江肆住在淮序较新的一个小区。2007 年的淮序四处都还是六层小楼，只有这里，已经用上了电梯。

施月跟着江肆上电梯，电梯门在十七楼打开，江肆走在前面，施月亦步亦趋地跟在他身后。

到门口，施月发现，江四哥哥家里用的居然还是密码锁。

这个年代，密码锁是施月见都没见过的东西，只偶尔在电视上听说过。没想到江四哥哥家里现在这么有钱。

江肆按密码的时候施月乖巧地别开头。

随着"叮咚"一声，门锁打开。

和施月想象中的不同，她以为这样高人上的房子，怎么也会装修得像宫殿一样，但没想到江四哥哥的家布置很简单，甚至有些空荡。

他领她进门，拉开鞋柜，取出一双灰色男士拖鞋放在她脚边。

"新的，将就穿，或者不换也行。"他从来没想过施月有一天会来到他的家里，所以生活用品几乎没有备份。

抬头的时候看见施月有些局促，江肆皱眉，强调："随便坐，当自己家。"

施月只当他是客套，乖巧地换好鞋子，忍不住好奇往客厅看了看，她比画着："叔叔阿姨呢？"

"他们不在。"江肆没提江兵去世的事，拉着她的手把她按到沙发上坐，又从冰箱里翻了瓶可乐给她。

差不多到饭点了，江肆问：“鱼汤要不要喝？”

施月点头。

他立马下楼买了点菜，这边超市的鱼很新鲜，鱼肉鲜甜没有腥味，施月应该会喜欢。

只是他太久没有做饭，动作有些生疏。

害怕施月无聊，江肆把电视打开，遥控器放在茶几上，这才进到厨房，江肆立在厨房，先煮了锅水，灰黑色的瞳孔出神地盯着砂锅。

施月来得意外，也让他心里有一丝雀跃甜蜜的滋味。他侧头透着厨房的玻璃窗看向客厅，施月坐在沙发上，姿势拘谨，他给她打开的可乐她也没动。

江肆看得正烦躁，施月忽然来到厨房，江肆眸光一凝，下意识带点笑意看向她。

施月想过来帮他洗菜来着，到别人家做客，她不好意思坐着不动让主人一个人做事。

但是她袖口还没撸起来，就被江肆一把按住。两人肌肤相触，他的袖口挽在手肘上，小臂肌肉明显，修长的手指上布满厚茧，尤其是虎口处，粗糙得不像是他这个年龄该有的触感。

施月抬头看他，凑近的时候，更容易发现他两只眼睛的颜色差异。左眼是健康的黑色，而右眼，带着点朦朦胧胧的灰，让人看不清楚。

他看着她：“别闹。”

江肆察觉到她的情绪变动，滚了下喉，温和道：“小孩子别帮倒忙，我一个人可以。”

施月下意识抿唇，比画着，她可以帮他洗菜，之前在家里她也经常帮她妈妈洗菜来着，她洗得很干净。

江肆语气淡淡：“你乖一点。”

看她一脸认真，江肆还是不忍心凶她：“真想帮忙？”

施月点头，袖口斯文地挽了两圈。

江肆往水池走两步，把里面的菜往篮子里一捞，没了菜叶遮挡，水池剩下了一份刚切片的鱼肉和排骨。

“洗这个？”眼角的笑意一闪而逝，他抱着手，好整以暇地看她。

施月默了两秒，挽好的袖口整齐地放下来，她比画道：“打扰了。”

“呵！”施月听见他笑了一声，然后看着他动作利落地把一些细碎的骨头渣子挑出来，又把排骨清洗干净。

江肆把骨头放进锅里，切了点姜蒜进砂锅，回头发现她还在这儿。施月见他还想说什么，立刻转身，若无其事地回了客厅。

看她离开，江肆专心地做起饭来。

砂锅里的水缓缓升温，逐渐沸腾，他看着锅里的肉，右眼睁着，但视野一片混沌，只能从朦胧的白雾中看到一点影像。

果真是废了。阻止多想的心思，他继续做饭。

江肆把排骨煮好后做了糖醋排骨，又用砂锅煲了一碗鱼汤。

饭后，江肆带着施月去之前约好的顾医生那儿。

顾医生虽说大学期间学习的是人脑方面的研究，但因为他的妻子曾经心理出过问题，在与妻子结婚后，他开始转修心理学。

施月其实有点怕的，毕竟那是她最不想回忆的一段记忆，但她明白，如果想解开心结，就必然要直面伤疤。

顾医生看上去比想象中年轻，灰色的休闲毛衣外套里面搭配着灰白色格子衬衫，身形颀长，气质儒雅。

见面的时候，他的手里拿着一个黑色皮质笔记本，上面别着一枚白色樱花扣。他将笔记本往桌上一放，清冷的声音伴着疏离妥善的微笑响起。

“江先生，她的情况我已经大致了解了，请您先出去，我需要对她进行下一步心理疏导。”

施月揪着江肆的袖子不敢放开。

江肆抚施月的情绪，见她真的害怕，便说：“她有点紧张，我在这里可能更方便治疗。”

顾医生看了眼施月的情况，他摇头：“那恐怕不行。”

江肆出去后，顾医生递给施月一杯温水，水里添加了让人放松的药物。

接下来的半个小时，他一如刚才般温和良善，先是简单询问了施月几个简单问题，然后引导施月把当年意外发生的细节全部说清楚，从她被如何绑走，到她父亲怎么救她，再到施卫国如何被坏人杀害。

施月的脸色越来越白，她满头大汗，无助地坐在白色的病床上，药物起了作用，她逐渐分不清梦境和现实。

顾医生镇定自若地在笔记本上记录："这么说，施警官让你无论看见什么，都不许出声？"

施月点头，汗水浸湿头发，碎发黏在她的脸颊上，此刻她的眼神已经接近模糊。

"包括他被人杀害的时候？你再想想，那时到底是什么情况？"

施月抱着膝盖，彻底陷入回忆当中。顾医生放下笔记本，坐在病床旁的凳子上，语气温和："回到施警官去世的那一天，你躲在草丛里，他被人追击。"

"砰——一声枪响。"

施月浑身一颤，但双眸死死闭着。顾医生循循善诱："有人击中了施警官的小腿，他摔在地上，刚好挡在你面前。"

施月唇瓣微张，双手不停在空中乱抓。顾医生握住她的手，继续道："接下来，你以为他会被歹徒一枪击毙？不，施月，你看见了吗？远处的山上有一队人。"

施月乱抓的手停了下来，浑身的颤抖也止住了，她屏住呼吸，似乎真的在迫切地寻找顾医生口中"对面山上的人影"，可她找不到。

顾医生缓缓开口："歹徒正在靠近施警官，你看见他满腿的血，咬牙挣扎的模样了吗？"

施月再次颤抖，动作比刚才更激烈，她拼命地寻找顾医生说的山头，寻找他所说的那队人马，比刚才更迫切。

可她找不到，她找不到！施月双手不停地在空气中挥舞，坏人快要靠近她爸爸了，怎么办，怎么办！

"他们出现了！"顾医生忽然提高音量，那一声震得施月立刻安静下来，唇瓣微张，像是崩溃到了极致。

他大声道："他们过来了，可他们看不见你父亲，快叫他们，让他们过来救人，快叫！"

施月紧张地张嘴，吸气，可就是叫不出来。

"坏人拔枪对着你父亲了，他在倒数——三、二、一。"

"真的叫不出来吗？开枪——"

"啊——"施月忽然叫出声，从床上猛然坐起，睁眼，入目是浅蓝色的床帘和白色天花板。

病房大门也被江肆一把推开，快步到施月面前。施月浑身虚脱乏力，茫然地看着天花板。

见江肆来了，她抬头看他，一向漂亮的丹凤眼此刻泛着红血丝。

顾医生打开笔记本，记录下她的情况，顺便把她用过的水杯端走扔掉。

江肆呆站着，刚才施月回答顾医生的每一句话，都像是一把带锈的刀，生生插进他的心口，再狠狠搅拌两下。铁锈留在血肉里，疼得他发疯。

直到施月伸手碰他的手背，他才反手紧紧握住又松开，轻柔地帮她把脸上的汗珠擦掉，头发理好。

"冷不冷？"他笑着哄她。

施月摇头，她现在浑身疲惫，已经感觉不到其他的了。

江肆微微俯身，拍了拍她的肩膀，让她靠进自己怀里休息。隔着衣服，江肆低哑的嗓音带着颤抖从胸腔传来："再也不会让你一个人了。"

顾医生说，施月的病情还好，可能是林望舒照顾得好，这么多年她一直没有往更严重的方向发展。而且最近一段时间她的语言表达欲望明显增强了，不然也不会第一次心理测试就能发出声音。

他建议江肆，多带施月做一些刺激性的活动，不要整天闷在家里看书。

2007 年的淮序，最刺激的，莫过于国色天府游乐园。

江肆依稀记得这是施月十一岁时的生日愿望。

淮中放学的时候，江肆等在校门口，今天他开的不是以往的那辆四轮迈巴赫，而是一辆黑色摩托。

江肆戴着纯黑色头盔，跨坐在摩托车上，双脚岔开支撑着车身。

苏超把头盔递给施月，教她佩戴方法，他自己也穿着骑手服，身后跟着他的小弟乐川。

带施月去游乐场怎么能少得了这个气氛担当！他可是求了肆哥好久他才同意他们跟着的。

施月爬上江肆后座，把头盔戴好，不等苏超吩咐就自觉抱住江肆的腰。

苏超笑眯眯地看着她，觉得她某方面比江哥坦率多了。

江肆低头，扫了眼施月的手。现在已经步入初秋，天气转凉，江肆提醒："怕冷一会儿躲我背后。"

苏超转身上车，要启动之前，冲着江肆挤眉弄眼："江哥，别把咱们小白兔吓着了。"实则是暗示他轰油门吓她。

江肆听不得苏超浪荡叫人，眉眼一拧，正要出声，坐在他身后的施月就怯生生地转身，朝着他用手比画："我不叫小白兔。"

那种带着调侃意味的昵称让她听着很别扭，好像谁都能欺负她似的。

苏超鬼精，就算不会手语，也大概看得明白施月说的意思。施月有人撑腰就狂得不行，苏超委屈道："啧啧啧，还叫不得了。"

江肆没听他多话，随着"轰隆"一声，摩托犹如离弦之箭射出。苏超紧随其后。

半个小时后，四人在国色天府会合。

国色天府是近几年淮序大力开发的一个娱乐项目。据不完全统计，这所游乐园平时的日流量高达几万人，周末或者节假日的时候，可能会超出十几万。是全市最大的娱乐中心。

今天是工作日，加上是晚饭时间，所以没那么拥挤。

江肆进园后立在门口的地图前，从头到尾浏览了一遍，等苏超和乐川磨磨蹭蹭进来的时候，他已经把地图记了大半。

苏超问："怎么江哥，想从哪里开始玩？"他买的是游乐场套票，全场所有的项目，他们都可以直接玩，不需要另外购票。

江肆淡淡道：“随便。”

苏超和乐川对视一眼，苏超不怀好意地看着施月，两人心照不宣。

“哈哈，鬼屋！”

施月疯狂摆手，用肢体语言告诉他们她有多抗拒。别去！不要去！她是真怕。

“别啊，小月亮，咱票都买了，不能浪费。”苏超上手就要去强拖硬扛，江肆手下一紧，拦住苏超的手。

苏超一脸兴奋，手里捏些票，又不能对施月上手，只能扭扭捏捏地撒娇卖乖：“小月亮，去嘛去嘛！”

乐川恶心得没眼看。

施月露出尴尬又不失礼貌的笑容，坚定地说不。

江肆眉头拧成了个疙瘩。他懒得管那么多，在施月和苏超还在极限拉扯的时候，直接上前，穿插进两人中间的位置。

他弯腰，单手抄过施月的膝弯，另一只手搂着她的背，再起身的时候，施月已经离地一米，稳稳兜进他的怀里。

苏超和乐川击掌：“干得漂亮！”

施月从一开始的抗拒，再到突然被抱起来的猝不及防，最后眼瞅着自己离鬼屋越来越近，双手双脚猛地扑腾。

“啊——呀——”她能发出单一的调子，努力想从江肆身上扑腾下来，又唯恐动静太大，会引太多人注意。

就在这闹与不闹的纠结间，江肆已经把她抱到了鬼屋入口。

鬼屋门口亮堂堂的，有灯有花还有气球，装扮和阴森恐怖半点不沾边，施月哭丧着脸，不敢往洞里看。工作人员见惯了女生娇滴滴地往男朋友怀里藏，她公事公办地朝几人伸手：“检票。”

苏超把手里的票递过去，工作人员在套票的鬼屋项目上挨着盖了一道章，“好了，进去吧。”

苏超“嘿”了一声，扩展四肢，自己给自己壮胆：“走走走，坚信社会主义核心价值观。”

鬼屋隔音效果不好，他们刚进去就听见一阵鬼哭狼嚎，吓得上蹿下跳。

苏超：“哎哟我的妈呀，吓死老子了。”

乐川哭丧着脸紧紧拽着苏超的衣服：“超哥，你慢点，等等我——”

被放下的施月两条腿抖得很有节奏，江肆牵着施月的手：“走吧。”

施月脚上像绑了秤砣，每一步都落得格外沉重，就差拽着江肆逃跑了。

工作人员适时出声：“咱们这个游戏有时效的，抓紧时间。”

因为四人为一组，有客人进去，里面的NPC（非玩家角色）才会出来活动，没有人的时候，他们都在休息室休息。

江肆握着施月的手使了点劲，施月欲哭无泪，只好跟着他进来，全程闭着眼，不敢乱看。

屋子里一片漆黑，伸手不见五指，只能隐约看到前方有点点猩红色灯光，但并不足以照明。这种视觉用不到的地方，听觉就会变得格外灵敏。

施月明显感觉到，右侧有呼吸声，她谨慎地用脚探了探，地上什么东西都没有，她又谨慎地观察着四周，尽管完全看不见东西，但她依然把眼睛瞪得老大。

江肆从进来开始，就被她抱着胳膊，整个人像是挂在他身上的挂件。他夜视能力强，周围的一切看得一清二楚，但他有意吓一吓她，所以立在原地，任她自己摸索。

此刻，她明显感觉到四周呼吸声越来越多，越来越嘈杂，忍不住朝右边探出耳朵。寂静的空间，漆黑的视线，深浅交错的呼吸，说明周围除了他俩之外，还有不少人。

忽然，头顶红绿灯光交错闪现。伴着阴冷惊悚的鬼叫声响起，咿咿呀呀的，施月清楚地看见，有几个化着鬼妆的人影倒吊在她身侧。

只要她刚才再往左那么一步，她的脸会直接撞在鬼脸上。

“啊——”施月尖叫，声音比在顾医生诊所凄厉十倍。

空中的鬼影张牙舞爪，施月吓得连连后退，返回到门边，像个耗子似的想往外面钻。

“啊啊啊啊！”她使劲儿拍门，吐不出一句完整的话。

好几个 NPC 一起从暗门里出来，他们习惯了这种环境，能够精准把目标锁定在施月身上。毕竟江肆一脸生人勿近的模样，他们吓不到他，可能还会冷场。

果然，他们一往门边走，施月立刻躲到一旁。刚好旁边有个木桌，她站在木桌旁边和他们对峙，只要 NPC 朝她这边过来，她就立刻围着木桌绕圈圈。

NPC 好几次做假动作，吓得施月一惊一乍，闭着眼睛满场跑。

气氛僵持不过两分钟，蹲在桌下的 NPC 忍不住了。

他披散着头发，又黑又长的道具把他的脸遮得彻彻底底，衣服是古代的囚服，上面沾满红色的“鲜血”，从桌底爬出来的时候脚下拖出了长长的血痕。

几个 NPC 一起朝施月围攻。她后知后觉地想起，她还有江四哥哥，趁着他们离江肆有一段距离，施月痛哭流涕地往江肆身边跑。

她哭得认真，丝毫没注意到地上刚爬到一半的 NPC，一脚踩在他手背上。她踩过去才感觉到，自己似乎踩了个肉乎乎的垫子，回过头，地上的 NPC 卒！

江肆稍不注意，她已经解开了他的冲锋衣外套，把自己裹了进去，像只耗子，一个劲往他怀里钻。

“啊啊——”她看着他，像是要叫他的名字，可喊出来的音调依旧单一。

她怕得很，生怕江肆把她推开，手脚并用地往他身上蹿。

“月月——”江肆面色变得怪异，把她推离自己身边，声音低沉道，“别闹。”

施月管不了那么多，哭唧唧地钻进他怀里，像只考拉似的挂在他身上。

江肆想把施月扯下来，施月恐惧地摇头，搂紧他的脖子，还想再往上爬，江肆几次用力都扒拉不下紧紧抱着施月。江肆眼神一暗，最怕她懵懂无知又无意引诱。

NPC 没见过这种阵仗，他们越去抓施月，施月越往江肆怀里躲。

江肆喉头发涩，几次拉扯施月无效之后，那群 NPC 终于悠悠地发出鬼音：“兄——弟——们——，这——个——上——不——了，我——们——

撤——”女鬼哀怨的腔调被他们学了个十成像。

只剩下地上被施月踩了一脚的NPC，挣扎了半天没爬起来，最后被伙伴搀扶着下场。

头上倒吊着的模型、红灯，还有系统放出的鬼音都被清理得干干净净。

江肆拍了拍她的背，语气还算温和，道：“下来了。”

施月依旧抓紧他的脖子，摇头拒绝，细软的头发在江肆的脖颈处放肆，左右磨蹭。

江肆犹豫几秒，躬下身，想把她强行放下来。但是施月抱得很紧，来回好几次，她都牢牢地挂在他身上。江肆不得不承认，从小都没有爬树技能的施月在“爬人”这方面，的确天赋异禀。

他一向擅长克制压抑自己的情绪，尽量不对任何事情产生情绪波动，也很少因为自身原因强迫施月。除非忍不住。

施月自己肯定不可能下来，江肆不得已搂着她，按住她的后脑勺，大步流星地往下一个项目走。

鬼屋里有好几个环节，除了刚才第一间群鬼出没的，还有过独木桥的。

独木桥上挂着心脏模型，桥下是一群丧尸NPC，中间隔着一张网，以防游客不小心坠落。

独木桥宽度大概在五十厘米左右，成年人随随便便就能走过去，难就难在，在过桥途中会有不少NPC突然出现，胆小的还真不一定能稳得住。

过了独木桥是“停尸房”，整齐排列的尸体躺在床上。

按照剧情，在江肆他们踏进房间的时候，尸体们就会集体复活，对他们进行最后一轮围攻。但似乎他们早已得到了通知，两人过来的时候，那群尸体安安静静，尽职尽责地扮演着自己的角色，半点要诈尸的痕迹都没有。

江肆一路畅通无阻，抱着施月走出鬼屋。

乐川和苏超被吓得够呛，两个人面色青白，通关的时候买了几瓶水，现在正叉腰站在垃圾桶旁边，咕嘟咕嘟，半瓶水没了。

乐川：“那群NPC扒拉我裤子，真狠啊。”

苏超恨铁不成钢：“少来了，你一进去跑得比狗都快，哪个NPC追得上你？”

他们站在一旁研究鬼屋的NPC背景故事，现在才想到那些人身上的伤，原来都是有来源的，回想起来，更吓人了。

见鬼屋门打开，苏超喝完最后一口水，把瓶子扔垃圾桶里，就看见江肆抱着施月出来。

“我说，”苏超好笑道，“小月亮你就这么扒拉着咱江哥通关的？”

江肆一只手环着施月的腰，另一只手按着她的头，一撮呆毛迎风翘起。他轻轻拍了拍她的背，她哭着脸看他，无声传达信息——我腿软。

突然闯过这么吓人的鬼屋，没点后遗症是不可能的，她不止腿软，她还看谁都像鬼。

江肆无奈：“还要抱啊？”

施月缓了一下，总算放开江肆，站到地上的时候感觉整个人都是飘着的，她蒙蒙地看他，比画手语：“江四哥哥，你刚才不怕吗？”

江肆脸不红，气不喘，面不改色道：“怕，怕得要死。”

施月纳闷：“那你怎么都不腿软？”

苏超一口水喷涌而出。

施月疑惑地看着苏超，江肆看了一眼过去，苏超立马识趣地转移话题：“欸，鬼屋也过了，接下来是过山车还是跳楼机？”

施月脑袋立刻摇得像个拨浪鼓，她指着前面跟着音乐缓缓转动的旋转木马，示意她想玩这个。

江肆点头，放她一马。施月开开心心地蹦跶过去。

苏超把票给乐川，让他去帮施月检票，两个人看着施月艰难地爬上一匹白马。随后苏超才问道：“江哥，这就不玩了？”

“歇歇吧。”江肆掏出打火机，“她吓得不轻。”

他点燃一根烟，苏超也咬着烟，伸头过来蹭火。

“也对，别真把人吓狠了。”苏超咬着烟，吐字含混不清。他倒不是心疼施月，其实他对那些玩意儿也本能畏惧，全靠一腔孤勇撑着。

白色烟雾吞吞吐吐，江肆的灰瞳在迷雾里更看不清楚。

施月很少来游乐场，其实旋转木马她很早之前就想坐了，一直没有机会。坐了好几圈，旋转木马停下，另一批人涌到检票口。施月从上面下来，开开心心地走到江肆面前，想拉着他的手写字。

江肆抽回手：“手语吧，我看得懂一些。”

施月的手停在半空中，错愕地看着他，后知后觉地比画：“接下来去哪里玩？”

江肆回答：“过山车坐不坐？”

她重重地点头。

比起慢悠悠的旋转木马，过山车的速度好比是穿梭在云端的火箭。

坐上座位的时候，工作人员再三检查每个人身上的安全带是否系好，设备是否正常。

工作人员检查完不够，施月自己还上下看了看，顺便帮江肆也检查了下。万一真到半空中摔下来，那可不是闹着玩的。

过山车刚启动的时候，速度很慢。

等爬上第一个坡之后，它突然直冲下去，施月情不自禁扣紧江肆的手，江肆偏过头去看她，她紧咬着唇，一脸认真地看着前方。

她这个表情，和当初拦着江兵面前的小奶包一模一样。这么多年，她半点没变。

江肆犹豫挣扎，趁她精神高度集中无暇顾及其他的时候，反握住她的手到逐渐收紧。这是她十一岁那年，他一直都想弥补的事。

过山车跌到谷底，溅起好几米的水花，在水花中，冲破云霄。不知道来了多少个来回，过山车渐渐放慢速度，回到出发的地方，江肆不动声色地收回手。

一行人身上虽然穿着雨衣，但头发还是被溅湿了些。

另一车下来几个人，看见苏超，迈着步子就要上前。

苏超背对着几人，还停留在过山车的刺激里。他一时找不到形容词，一边拍掉头发上的水珠，一边说：“起飞的时候，我感觉老子的头盖骨都差点被掀开了。”唾沫星子满天飞，“到底是江哥厉害，全程声儿都没吭一下。”

一声“江哥”让欲图不轨的几人停住，再一细看，发现江肆正立在苏超面前，背对着他们。

几个人眼神使来使去，最后还是决定先离开。和江肆打过几次，这人打架不要命，拳拳见肉，非把人打死了才肯停手。

施月回头，踮脚帮江肆把额前碎发上的水珠拍掉。

她笑眯眯地看他，用手比画：“江四哥哥最勇敢。”

她把自己当小孩哄了。江肆受不了她的彩虹屁，别开眼，轻咳一声：“你衣服湿了，回家吧。”

天色渐黑。施月点头，再不回家她妈妈该担心了。

走时和来时一样，江肆载着她，苏超和乐川早不知道一溜烟去了哪儿。

到小区楼下的时候，施月拉住江肆，从背包里掏了一个灰色礼盒出来，递到他面前。他看着她，没有去接。

这是上次施月在桑庄河边给他买的，当天忘了给，第二天他走得又很匆忙。兜兜转转，她只能现在给了。施月打开礼盒盖子，示意江肆看：“平安牌，保平安的。”

江肆点头，伸手接过，简单扫了一眼就揣进了衣服兜里。

她不知道还能说什么，张嘴，无声地说了句再见。

施月刚转身，没走两步，就听见身后响起一道摩托车的低鸣。

黑色的冲锋衣一闪而逝，消失在街角。施月叹了口气，望着他的背影，等他离开了才往楼上走。

平安牌上雕刻的是一弯明月，希望他能喜欢。

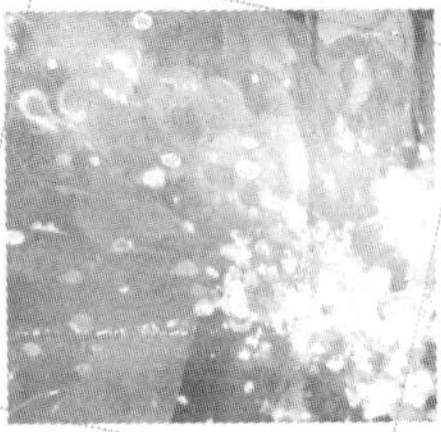

第三章

2007年初冬·你证我意

她治好嗓子的第一句话是：江四哥哥，我也很想你

01

施月回到家，林望舒看见她湿润的裤腿，问她："怎么这么晚才回来？"

施月随便扯了个谎糊弄过去，林望舒不喜欢她去做一些危险的事情。

洗完澡，换件干净的睡衣，施月坐在镜子前梳理头发。木梳在头发上缓缓落下，施月若有所思地看着镜子里的自己，凑近，盯着自己的眼睛，缓缓张唇，无声地说了几个字。

那是一种即将突破桎梏，但又使不上力的感觉，就好像再用点力，她就可以发出声音。

但无论再怎么使劲，她始终没办法冲破那道屏障。

当初潜意识里留下不能出声的命令根深蒂固，这些年，她也无所谓说不说话，但看着江四哥哥为了她那么认真，施月还想试试。

她坐正身子，一遍一遍地练习"江四哥哥"的发音。

尝试找回声带发声的感觉。终于，她开始从完全说不出话，逐渐能发出一点点沙哑的声调。

但是音调非常不准，像是业余歌手飙高音后突然破音，每一个字，都落在她意想不到的调上。施月哭笑不得，长时间用力让她的咽喉有种干涩的疼痛，她不敢再试，把头发吹干，就上床睡觉了。

施月在学校的大多数时间都是和李淼淼在一起。

李淼淼性格开朗，而且不在意施月总是慢吞吞的性格，每次看见好看的小哥哥，都会激动地拉着施月一起看。不过自从李淼淼知道施月和江肆认识之后，每次看见帅哥，她都会在后面加一个短评——美则美矣，但不如你的江四哥哥。

江肆很少去淮中，除了要来找施月的时候。

李淼淼和施月课余时间喜欢去图书馆看书，施月喜欢外国文学，最近在读《初恋》。

李淼淼爱看青春伤痛文学，动不动就把自己看得一把鼻涕一把泪，声称人间不值得，从此封心锁爱。

这一天，李淼淼花了两节课时间，用红笔在左手手臂上画了一道鲜艳夺目又不失逼真的伤疤。

每个看见李淼淼手臂上的“伤口”的同学，都不由得高呼一声牛，对她的称呼也从“李淼淼”，变成了“淼淼姐”。

享受了众多人崇拜的李淼淼，在图书馆看了大半本言情小说后，终于提出心里想了许久的请求：“月月，你的手给我用一下。就是，我觉得我画得有一点点奇怪，能用你练一下手不？”她殷切地看着施月。

一般来说，李淼淼提出的请求，施月从来没拒绝过。但是，这个会把衣服弄脏，而且她很讨厌被笔渍染到皮肤或者衣服上。

施月有些为难。

李淼淼知道她担心什么，立马举双手双脚保证：“月月放心，看完书我立马陪你去把印子洗掉，绝对不把你的衣服弄脏，弄脏了我把我的校服赔给你！”

李淼淼抱着她的胳膊撒娇：“你就答应我嘛，行不行？”

施月拧不过李淼淼，把校服袖管卷了起来，露出干净白皙的手臂。施月伸着一只手伸到李淼淼面前，另一只手压着书缘，缓慢翻页继续往后看。

“怎么样？”李淼淼往自己的“大作”上吹了口气，凑近看，“真是以假乱真呢！”颜料本身的凹凸感和施月细腻的皮肤形成鲜明对比。

施月收回手臂的时候，看见上面的“伤疤”，不自觉地肉痛了一下。

“是不是贼吓人？”李淼淼献宝似的看着施月。

施月沉重地点点头：确实厉害！

施月把书合上，李淼淼明白她的意思，哭丧着脸：“就不能让我再多看一眼吗？我觉得我下次可能都画不出这么成功的伤疤了。”

施月点头，在便利贴上写道：“你现在随便看，下楼了我再洗。”然后起身把书放回书架。

李淼淼亦步亦趋地跟在施月身后，拉着她的手看个不停。

施月准备再借几本书拿回家看。

她喜欢的被放在书架上层，李淼淼拉着她的左手，她动作有些施展不开，刚踮起脚尖，就跌了回来，撞在身后背对着她看书的同学身上。

男同学转过身，看见施月的时候明显愣了一下，停顿两秒，抬头看了眼书架上斜出来的半本书，伸手拿下，递给她，问：“这本？”

他个子很高，穿着和施月不同的校服。

阳光穿过窗，落到他的头顶。他逆着光，五官更加立体，深邃精致，和江肆的不羁野性不同，他有一种温润如玉的矜贵感。

施月把书接过来，弯腰点了点头。

“同学，你也喜欢看莎士比亚的作品？”男生微笑着从书架上又拿了一本，随便一翻，就翻到了那句经典的名言：“生存还是毁灭，这是个问题。”

有人生存着，被摧残得体无完肤，在这浮光掠影的世界里苟延残喘。

有人毁灭了，却并不能得到心中所求，眼睁睁看着所思所念越来越远。

施月迟疑着点头。

“我也很喜欢。”男生看着施月，语气温柔，问她，“还要哪本？我帮你拿。”

施月拘谨地摇头。

从他的角度，可以看见她白净的脖子和粉红色耳垂，他落在施月脸上的眼神久久不能挪开。

“那个啥，”李淼淼在一旁适时出声，“同学，我们赶时间。”

男生顿了一下，尴尬地挠了挠头，给她们错开一条道。过了好几秒，他才突然想起来似的，追出来问：“同学，你几年级几班的？能认识一下你吗？”他说这话的时候脸颊微红，大抵也是觉得有些冒犯。

施月怔了怔，礼貌地摇头。

直到施月离开，周许才回过神，看向一旁的朋友：“这女生你认不认识？”

何向阳抬头，轻飘飘地应了一声：“认识，比咱们低一级，高二（1）班的，听说成绩很好。”

周许是二中的，和何向阳是初中同学，偶尔会来淮序中学找他玩。

何向阳看他的模样，用笔敲了敲桌面，轻轻咳了声：“阿许，你别想了。”

“为什么？”周许坐到他身旁。

何向阳朝何向阳抬了下下巴，故作神秘道：“这么漂亮的妹子，可是没一个敢靠近，你知道为啥不？”

周许迟疑地摇头，玩笑道：“她爸是校长？”

“不。”何向阳安然自得地把练习册摊开，头也不抬地回了句，“因为江肆一直守在她身边。”

那个淮序出了名，最凶最恶，最没人敢招惹的江肆。

虽然周许社交不广，但江肆的威名多多少少也听说过。

“可惜了。”周许嘀咕了声，默默翻开练习册和何向阳对答案，脑子里施月的脸怎么也挥不去。

施月和李淼淼离开图书馆二楼，她想先去卫生间把手上的东西洗了。

看着施月朝卫生间走去，李淼淼立马不肯了，死活要施月陪她回家用手机拍张照片下来做留念。

施月不愿意，两个人在操场上一通拉扯。眼瞅着围观的人越来越多，施月最终点头答应了下来。

“月月你最好了！”李淼淼飞速冲上楼拿书包。

施月在楼下等她。

不远处的校门口围了不少人，大家嘀嘀咕咕地不知道在说些什么，施月干脆也凑到了人群里，踮起脚往里看。

即使装得再沉静，她骨子里爱看热闹的性子还是没改。

乐川声音不大不小地传过来，玩味地冲着苏超道：“超哥，就是这人在背后说江哥坏话。”

苏超“呵”了一声：“听说上周你在外面拿江哥的右眼开玩笑？”

本来这也没什么，江哥自己也不在意。但坏就坏在，他不仅造谣江哥，还当着大家伙儿的面叫江肆“瞎子”“独眼怪”。

说他们什么都可以，苏超本就是吊儿郎当什么都无所谓的性子。但拿江哥的眼睛说事，就是不行！

那人被揪着衣领，整个人和苏超挨得极近，看得出来他很害怕，嘴唇一直颤抖，眼神惊恐，浑身抑制不住地往后仰：“没有没有，我没有。”

“真没有？”苏超反问。

那人不敢吭声了，沉默过后，又开始疯狂求饶：“超哥，我真知道错了，是我眼睛瞎了，我有眼无珠。”

苏超猛地给了他一拳：“记住了，江哥的闲话，不是你想说就说的，再有下次，我拔了你的舌头。”

“滚——”苏超松开他的衣领。

那人不敢停留，连滚带爬地站起身来，说了句“谢谢超哥”，立马冲进人群里不见了踪影。

人都走了，大家自然也没继续留在这里看热闹。

人群散开，苏超正要离开的时候不经意瞥见施月，他刚教训完人，浑身的戾气还未消散。

看见她，他愣了一下，上前几步，语气轻快："小月亮，你怎么在这儿？"他拿起手机一看，已经放学好一阵子了。

施月抬手指了指那个远去的人，表情有些奇怪。

"他啊。"苏超满不在意地哼了一声，一副野蛮惯了的样子。

乐川帮他解释："就是个嘴碎的贱人，背地里拿江哥的眼睛说事儿，超哥一露面，他连个屁都不敢放。"

施月皱眉，不知道是因为发现苏超打人，还是因为知道有人在背后说江四坏话。

小时候是这样，现在还是这样吗？即便他已经如此强大，还是会有人在他背后骂他，孤立他，编难听的外号。

苏超笑了声，指着身旁的摩托车问："想不想兜风？我带你去转转？"

看样子他们一会儿还有安排，施月摇头。

施月不乐意，苏超也不勉强。

苏超翻身上车，乐川迅速坐到他后排。他戴好头盔，朝施月喊了声："小月亮，有事儿找我。"

施月客套地点头，苏超在施月面前总是嬉皮笑脸的，调侃她："直接找江哥也行。"

施月脸红，抬起手挥了挥，意思是再见。雪白的藕臂上一道红色的伤疤触目惊心，隐约还能看见新鲜的血液在结痂的部位往外渗出。

苏超嘶了口气："你这哪儿弄的——"皱着眉头就要翻身下车。

乐川刚看完手机，催促道："超哥，陈浩南那边恐怕已经到了。"趁施月不注意，小声说，"超哥你管什么，咱告诉江哥，你看这多好的理由，江哥也不用再憋着不去看她了。"

苏超看乐川一眼："机灵！你小子够奸的。"

苏超笑嘻嘻地朝施月挥了挥，驱车离开。

没一会儿，李淼淼就从教学楼上冲了下来，拽着施月的书包带子："走走走，回家用我爸的手机拍。"

施月被一路拖到李淼淼家，等她悄悄偷来手机，拍了照，这才放施月离开。

走的时候李淼淼带施月去清洗了水粉颜料，一双粉臂洗得干干净净。李淼淼抱着她一通乱蹭："谢谢月月，月月最好了。"

李淼淼送施月到车站后美滋滋地回家吃饭了，施月还得转一趟公交车才能回家。

施月好笑地看着李淼淼疯跑的背影。

到家的时候天色已经变暗，远远地，施月就看见小区楼下的桂花树旁立着一个人。他背靠在树干，身形颀长，低垂的眼让人看不清神色，指尖夹着一根烟，夜里烟头部位闪着猩红的光。

施月眼睛瞬间亮了起来，双手捏着书包带，蹦蹦跳跳地跑过来。

江肆偏头看过来，见是她，慵懒地丢了烟，用脚把烟头踩灭，身子站正，长腿一迈，两步就到了她的身边。

苏超给他发消息时，他正在明楼教训赌场耍诈的人，身上带了一股淡淡的血腥味道，眉目中的狠劲还未散去。

施月还没来得及用蹩脚的音调对他说话，忽然被江肆攥紧手腕。"受伤了？"江肆开口，气息里裹着香烟的味道，喉结上下滚动。

施月被突然一问，险些没反应过来，她摇头，想把手腕从他手里挣脱出来，谁知江肆攥得很紧。

江肆不容拒绝地卷起她的袖管，态度强硬，分明就不是在征求她的意见，她的校服袖口被大力地褪到了手肘上。

露出来的那半截藕臂纤细白嫩，半点伤痕也没有。江肆愣了一下，松开她的左手，转而抓起她的右手，同样的动作，袖口被挽起来，还是白得晃眼。

江肆一句粗话脱口而出。苏超刚跟他说施月手伤了，他立刻就赶了过来。

他仔细看了她的手，皮肤细腻，还透着一股淡淡的橙子味洗手液香气。

"没受伤就好。"江肆轻咳一声，帮她把袖口放下，眼神瞟向别处。

见她还背着书包，他皱着眉问："怎么才回家？"

施月被江肆吓着了，重新收拾好心情，低头给自己打气，张嘴，尽量让自己咬字清晰。

她抬头的时候，月光下泄，施月浑身被洒了层层晶莹的月光。

“江四，”她停了半句话的时间，接着喊，“哥哥。”

江肆从一开始的莫名，再到错愕和震惊，最后不可置信。

施月抿了抿唇，这次更连贯了：“江四哥哥。”

施月幻想过很多次他的反应，可能会很高兴，抱着她让她多说几个字，也有可能会很淡定，毕竟顾医生说了，她的情况不严重。就是没想过他会眼红。

她痴懵的表情被江肆看在眼里。

“什么时候能开口的？”江肆的嗓音带颤，哽咽很快就平息了下来。

施月：“就是，最近。”说话还有些磕巴。

“能说话就好！”江肆长舒口气，终于没忍住俯身，把她紧紧揽进怀里。

他的怀抱硬邦邦的，但比想象中的温暖。施月踮起脚，下巴搁在他的肩上，傲娇地说：“对我来说，不难。”

他抱着她，捧场：“是厉害，还是很厉害那种。”

两人在楼下抱了好一会儿，一个是舍不得松手，一个是被夸得飘飘然忘乎所以。

“月月还没吃饭吧？”江肆神色如常地揉揉她的头发，望了眼施月家所在的楼层，“林姨还在等你，快回家去吧。”

他的爱是微风里夹着的雨雪，是冬季没有温度的太阳，给不了她美好，不如点到为止。

施月点点头，她的病刚开始好转，虽然能开口了，但正常交流还是有点困难，她继续用手语比画：“你也早点回家休息。”

江肆点头答应。

施月好几天前就告诉过林望舒，自己放学后可能会和李淼淼一起泡图书馆，让她不用等着吃饭。

林望舒很开心施月能交到好朋友，二话没说就答应了，只是叮嘱施月每天晚上八点半之前必须到家。

施月回家的时候林望舒刚从小区散步回来，吃完饭，施月回房间做功课。

老师布置的作业她课间的时候就做了不少，现在只剩几道当时没解出来的大题，放松了一下午，她很快就做了出来，然后洗漱。

她已经习惯洗漱之后，坐在镜子前练习说话。

刚开始发出的声音很低很哑，听起来不像年轻人发出来的腔调。但一想到江四哥哥见到她说话时微红的眼，她咬咬牙，练习得更加卖力。随着她练习的次数越来越多，她发出的音调开始接近正常的声音。

林望舒推门进来，手里端着一杯牛奶。

看见施月穿着睡裙坐在书桌旁，面前还摆着一面镜子，镜子里透着施月的脸，涨得通红。

“怎么了宝贝？”林望舒放下牛奶，摸了摸她的额头，嘀咕，“脸这么红？”她扫了眼施月光着的胳膊，催促道，“洗完澡就赶紧上床去，别着凉了。”

施月把牛奶喝完，听她的话爬上床，窝进被子里。

林望舒端着空杯，突然想起来一件事：“宝贝，王叔叔你记得吗？”

施月点头，王叔叔是林望舒单位的同事，搬回淮序这一年帮了她们家很多忙。王叔叔家没有女主人，她也不是小孩子，自然知道王叔叔是想多拉近两家关系。

林望舒：“王叔叔的儿子成绩不太好，王叔叔听说你成绩很好，想要你帮他的儿子补补功课。”

没等施月回答，林望舒又补充道：“他儿子才读初三，你给他看看试卷就好。”

施月点头。

“行了，你睡吧。”林望舒站在门边，等施月缩进被窝，这才帮她把灯和门关上。

02

江肆回到家，手机里全是苏超打来的未接电话。他回了句消息：“施月没受伤。”本以为是苏超骗他，消息已经编辑完成，思前想后，江肆按了删除键，然后进到浴室洗澡。

兜里的平安牌掉出来，想到施月，奶呼呼的一小只，总是“嗒嗒嗒”地跟在人身后，手指拨了拨牌子上的月亮。

江肆默默地把洗澡的热水换成了冷水。

洗完澡后，他就坐在电脑前，十指在键盘上飞速敲击。

明楼的主营业务看似简单，实则里面有许多见不得人的产业链，每天需要他处理的事情很多，事无巨细，他都要过目才行。

江肆向来喜欢做事情就做到极限，他始终相信，只有把权力牢牢掌握在自己手里，才不用担心别人背叛。好几次为了处理明楼的烂摊子，他几天几夜没合眼，事后再去贺兴邦面前请罪。

贺兴邦看重他，大抵也是因为他这股狠劲。他信任他，同时也防着他。

江肆把文件大致浏览一遍，确定明楼没有问题之后，这才点开另外一份邮件，从主界面进入一共输了三道密码，每一道都是极其复杂又没有规律可循的混乱数字。但凡有一个数字输错，他的电脑就会立刻死机，同时启动警报。

城南废弃工厂的任务成功了，江肆点开邮件，上面有好几句留言。他仔细看完，然后把明楼的数据传上去，对面的人没有任何犹豫和质疑，立刻回复收到。

等他处理完事务起身的时候，才发现头发都干得差不多了，他把毛巾扯下来随手扔到一边，视线落到施月送他的平安牌上。

他将东西拿过来，握在手心里。许久，他吐了口气，把东西收进保险柜。

江肆一直以为，他靠近施月只是想帮助她，守着她，她是他的月亮，是他前半生唯一的光，他从来没有一点非分之想。

但自从他们重逢后，儿时的美好和当下的思念交织成每晚他都会梦见的施月，梦见和她结婚，梦见她用软糯的嗓音叫他名字，甚至梦见她怀上他的孩子。再然后，梦里的施月变成赵美云的样子，一朵娇艳的玫瑰逐渐枯萎。欲望只要开了一道口子，就如洪水泄堤，再怎么极力遏制都是徒劳。

江肆精疲力竭，觉得自己进到了死胡同，他本不是好人，那点子良心更是少得可怜，再在她身边待下去，他恐怕会控制不住地靠近她，沾染她，发疯。

他第一次那么排斥施月，巴不得这辈子不要再见到她。

想着想着，江肆睡了过去。

清晨是被一通电话叫醒的。

赵美云给他打电话，说是12月1日了，问他要不要生活费。听她的声音似乎又恢复了生机。从某种方面来说，赵美云顽强的自我修复能力确实让所有人都望尘莫及。

爱的时候是真爱，爱到可以抛弃自我；不爱的时候，也可以潇洒利落地转身。就像一株野蛮生长的草，野火烧不尽，春风吹又生。

赵美云在电话里叮嘱江肆："儿子你放心，我和那个人说好了，干干净净地断，但你还在上学，他说毕业后还是会关照你一二的。"

江肆沉默。赵美云反反复复都是那几句："文凭还是要有的，有文凭才能做大官，你爸当初就是吃了没文化的亏。"

所以她才和文化人周国强纠缠不清？只要周国强一个电话，她立刻就会背着包出门。这么多年，依然如此。

江肆很想问问，这些年，她真的开心吗？赵美云换的男人，没有十个也有八个，风评很差。

赵美云声音温柔："小肆，别人可以看不起我，但你不行，你身体里流着我的血，我们是一样的。"

"行了，我一会儿还有约会。"赵美云语气轻快，电话里听她踢踏着步子进了洗手间。

江肆挂断电话，眼眸垂下，冷笑，不知道他是在嘲讽赵美云，还是他自己。

施月听林望舒的话，周末去王叔家帮人补习功课。

听说是因为好几次测试课不及格，被请了家长，王叔叔才出此下策。没啥大的要求，期末考试别又是倒数第一就行。加上这学期连着寒假，拜年的亲戚来来往往，那时候才真是丢脸丢到姥姥家。

施月到的时候，正好是早上十点钟。

王林给她开了门，欣喜地招呼她往里面坐。王林到施月家修过好几次东西，对施月也很熟悉，倒水的时候特意拿出冰箱里存着的鲜牛奶，用微波炉加热到合适的温度。

王林把牛奶放到施月面前，语气无奈："那小兔崽子还没醒，我先上去把他叫起来。"

王林几年前离婚了，现在家里只有他和他儿子两个人。听说前妻早年间下海挣了不少钱，现在是什么洗化公司老总，光在淮序就有十几家分店。

王林上楼叫王清远，施月在楼下听见王清远的声音："我都说了不补。"

施月听得一脸尴尬，站也不是坐也不是。

五分钟之后，王林下楼，冲施月笑了笑："月月，让你见笑了。"

施月摇头，比画道："小孩子，很正常。"

王林解释："清远脾气很好的，就是有点起床气，睡醒了就乖了。"

上楼后，很乖的王清远扯着她的校服，笑得恶劣："姐姐，周末为什么还要穿校服啊？"

他认得她，在办公室里，高中部老师对她的态度简直可以说是宠溺，隔了半年，居然又遇见了。

初中男生最折腾人，王清远调侃她穿校服，她也在便利贴上叮嘱："补课最好不要穿睡衣。"

王清远低头看了一眼自己的衣服，无所谓地耸肩。

施月尝试开口说话："你，坐过，来。"说话极其不连贯。

王清远诡异地看了她一眼，才下床坐到施月旁边。他看着施月，好奇这个软绵绵的小老师，能讲出什么花样。

施月把王清远几次考试的试卷翻出来，简单浏览了下，试卷难度中等，只要平时认真听课，没道理不及格的。

她现在说话还有点吐字不清，所以她依旧用文字交流表达。施月告诉王清远，她在演算纸上写解题步骤，他有哪一步看不懂的，可以问她。王清远点头。

她中考数学满分，加上现在学了高中知识，再回头去解初中的题，思路更加清晰明了。

为了让王清远看懂，施月把每个步骤都写了出来，一步都没有简化。

王清远看得认真，过了几分钟，他开始拿起纸笔勾画。

施月余光瞥见他的动作，猜到他大约是在画辅助线，想着这个小朋友还不算无药可救。

片刻过后，王清远把草稿纸凑到了她眼前，揶揄道："小老师，我画的你，像不？"

施月抬头一看，纸上只有个简笔画的猪头。猪耳朵和猪尾巴尤其明显，尾巴上还戴了只蝴蝶结，再看看她今天扎的马尾辫，上面也有只蝴蝶结！

施月气得一把夺过草稿纸，愤愤地扔进垃圾桶，重新拿了一张演算纸放在他面前。继续算！

王叔叔交代的任务是今天无论如何也要把这几张卷子做完。施月生起气来板着个脸，还挺唬人的。

王清远才不管那么多，施月打开的包里露出她从图书馆借的外国文学书，剧情大胆露骨。

王清远扫了眼书名，两眼发光，像是发现了什么了不得的东西，啧啧两声："小老师，原来你喜欢看一夜情的故事？"

"一夜情"三个字，不管是音量还是发音，都精准得吓人。施月的心一下子就被提到了嗓子眼儿。

"给我看看。"王清远动作很快，施月想捂书包的时候，他就已经拽着书包带子，往后迈了一大步。

包里的东西自然也落在了他的手里。他一边看，一边发出啧啧的声音，调侃："老师品味不错啊！"

施月面红耳赤，她表面温顺，看的书却都是大胆且直白的。

书里偶尔会有一两个让人脸红心跳的词语，但施月看的时候都会飞快地略过，从来不敢停留太久。而且这几本书都是非常经典的文学作品。

王清远饶有趣味地看着施月，等她上手来抢，立马扬着手里的书，闲庭散步般地往屋外走。

施月着急地去抢书。

王清远笑眯眯地看着她，单手插在兜里，道：“爸，小施老师带的几本书好有趣，你看过没？”

王清远刚要踏出房门，就被施月揪着衣领一把拽了回来。

施月咬牙，张嘴费力地回他：“你想，怎么样？”

王清远立直身子：“那三张测试卷。”

“我做。”

“老师自己说的，我可没逼你哟！”

施月万万没想到，明明是过来帮人补课的，居然变成了自己做题。王清远坐在一旁跷着二郎腿看她带来的小说，边看还发出意味不明的声音。隔几分钟就挑着眉头看她一眼。

施月脸蛋绯红，愤愤不平地写着。原本两个小时的作业量，被她四十分钟就解决了。

一手交卷一手交书。接过书的时候，王清远还意犹未尽：“姐姐，这原来不是小黄书，冤枉你了。”

施月气得差点背过气。

她宁死不肯留下来吃饭，王林只好让王清远送她回家。

施月对长辈的安排不敢有异议，难得的是王清远也没说什么，领着施月到了车棚。

王清远开出来一辆家里没人用的“小绵羊”，把车挪出来。王清远从车把手的位置取下头盔，扔给施月。

“没坐过？”他问。

施月点头，把头盔调节器开到最大，然后戴上，扣紧调节器，脑袋左右晃了晃，确定头盔戴稳固之后，才笨拙地往车上爬，勉强坐在后座，挨都没挨着他一下。

王清远挑眉看着她的一举一动，等她坐稳之后才吊儿郎当地开口问：

“姐姐，还有人带你骑过车？”

施月知道他狗嘴里吐不出象牙，警惕地看着他。

“谈恋爱了？”王清远语气轻佻，又低声嘀咕，“不应该啊。”

施月忍不住了，凶巴巴地狠了他一眼，语调生硬：“开你的车。”

“小绵羊”驱动前，王林从房里追了出来，手里抱着一盆兰草递给施月：“给，你妈喜欢这个，带回去给她解闷。”

施月赶忙摇头摆手。这兰草品相很好，看得出从花盆到土壤都被人精心照料过。

“叔叔又不是别人。”王林强势地递给她，“拿着，别不好意思。”

施月推拒不了，又怕一来一回把花碎了，只好顺势抱进怀里，下次让妈妈自己退回来算了。

王林乐呵呵地看着施月：“那行，你先回家，明天再过来，有什么想吃的让你妈打电话给我，叔叔这边给你做。”

施月轻声回答：“谢谢王叔。”又是怪异得不行的调子，她能感觉到王清远憋笑憋得车身都在上下抖动。

“行，你们先走。”王林唯恐王清远会欺负施月，强调，“清远，开车慢点，知道吗？”

王清远“嗯”了一声，下一秒两个人犹如离弦之箭般飞射出去。

“拜拜！”王清远单手操车，朝后挥手。

他开车迎着风时不时从后视镜瞥施月一眼。

施月紧紧拽着车后的隐形扶手，头发被风吹得凌乱。坐王清远的车和坐江四哥哥车感觉完全不同。虽然江四哥哥的车速也很快，但是他开得很稳，还会握她的手安抚她，也不会像王清远一样故意在直道上扭S形！

转弯更是转得猝不及防，施月好几次被吓得尖叫。

王清远笑意深达眼底，雀跃道：“姐姐别怕嘛，摔不死人的。”

施月默默抓车的手捏得更紧了。

淮序说大不大，说小也不小，现在经济开发区还没建成，主城区就这么大点地方，走在路上随随便便就能偶遇个熟人。

施月倒没发现苏超，是跟在苏超身边的乐川先看见她的。

他和苏超正坐在街边烧烤店里，苏超边吃边埋怨：“江哥这几天都不出来玩，好无聊。”

忽然，一辆“小绵羊”从眼前飞驰而过。乐川紧盯着，恍惚间看见了坐在后排的施月，他纳闷地看着苏超，问：“超哥，我怎么看着那兜风的女人是施月？”

“啥？”苏超不可置信地再看了一眼道路尽头，“施月？”抬头望了一下，好家伙，还真是！

他问：“载着她的龟儿子是谁？”

乐川耸肩：“不认识。”

“我嘞个去！”苏超郁闷得紧，知道施月抢手，但没料到拱白菜的野猪一茬接着一茬，稍不注意就被别人钻了空子。

“不行，我得给江哥说说。”他拿起桌上的手机和车钥匙，车就停在路边，戴好头盔之后翻身上车，一溜烟儿就跑没影了。

乐川刚从桌上端起椰汁，一眨眼工夫，苏超已经消失在了街头转角。

“超哥你等等我啊！”

贺兴邦平时不会过问明楼的事，他在全省都有地下暗桩，江肆只要每月前几天准时汇报明楼的收益就行。每月的汇报大多数时候都是通过电话或者视频的形式；但是今天，贺兴邦特意要求江肆到红园一趟。

贺兴邦只有贺霓杉这一个女儿，对她说是千依百顺也不为过。江肆曾在贺霓杉身边待过几年，很清楚这点。

到红园的时候，他把钥匙交给保镖，配合管家检查身上有没有危险武器。确认无误之后才被放行。

进红园后，管家恭恭敬敬地为江肆引路，全程不敢有一丝怠慢。只有绕过前厅水池的时候，悄悄提醒：“江哥，大小姐今天也在红园，正和老板下棋。”

江肆轻抬下颌，表情看不出喜怒：“嗯。”

红园的路他最熟悉不过，贺霓杉成年之前他一直陪她住在这里。贺霓杉睡觉不喜欢一个人，经常让他守在门口，一守就是一整晚。有次打盹儿直接摔下二楼，骨头裂了好几根。

刚到红园的时候，江肆不敢忤逆贺兴邦和贺霓杉一句。

他很清楚，他的命从来都不是在他自己手里，贺兴邦轻飘飘的一句话可以让他瞎眼，自然也可以让他神不知鬼不觉地在这个世界上消失。他必须唯命是从。

好在江肆聪敏机警，又有别人没有的胆量和气魄，对数据敏感，很快就成了百乐门核心人物。除了不愿意配合贺霓杉的事之外，他绝对是一个完美的下属。

贺霓杉喜欢江肆不是一天两天的事了，所以贺兴邦才想大力培养江肆做他接班人，一边提防他，一边培养他。

主楼是一个二层的小别墅，门口立着十来个保镖，身上穿着统一的黑衣黑裤，见到江肆个个恭敬地叫了声江哥。

江肆进来的时候，贺霓杉穿着居家服，脸上素净，正坐在椅子上，手里捏了一颗黑子。看见他来，她笑着扔掉棋子，自然地走到他面前："爸爸，阿肆来了，这下你可难不倒我了。"

贺霓杉引江肆到棋盘前，指着局上大杀四方的白子问："阿肆，接下来要走哪一步？"她亲昵的态度像是江肆把她轰出明楼的事情从未发生过一样。

江肆几乎没有看她一眼，往贺兴邦身后站去，拒绝的态度很明显。

贺兴邦注意到了他的动作，同样也是面不改色，随手将白子扔进棋盅里，合上盖子。

"好了，霓杉，下去吧。"

江肆从不因为贺兴邦就对贺霓杉刻意迎合。

贺兴邦自个儿也是矛盾的，既看不惯他的倨傲，又喜欢他不像别人一样虚与委蛇。

贺霓杉才不想走，拉着江肆的手臂撒娇：“阿肆，我带你去后院看狗，从美国高价买回来的斗牛犬，你肯定会喜欢。”

贺兴邦端起茶杯，吹了口茶汤，不动声色。

江肆立在原地纹丝不动，贺霓杉无形中加大了手上拉他的力度。当着贺兴邦的面，江肆也半点面子都不给她。他利落地扯开她的手，转身看向贺兴邦：“贺董，我来汇报工作。”

贺兴邦淡然地坐在木椅上，凉在一旁的茶水味道淡了，咂了下嘴，他突然俯身看着眼前的棋局。

没两分钟，他捡起贺霓杉丢掉的那颗黑子，四之十二，扳！

“你看，这局棋不就破了？”他摆手，把女儿打发出去，“行了，你要看狗自己去看，我和阿肆有事要谈。”

等她走后，贺兴邦才正视江肆，这是他亲手养大的狼崽子，别说霓杉，就连他偶尔也猜不出来江肆到底在琢磨什么。

“听说前些天有人在明楼闹事？”

江肆面不改色，语气轻飘飘，听不出喜怒：“几个市井混混，随便就打发出去了。”

“噢！”贺兴邦点头，“打发了就好。”他似乎没把这件事放心上，走到一旁的真皮沙发上，从抽屉里抽了根雪茄出来，管家从一旁送来打火机，点燃。

江肆透着白烟，依稀可以看见他冰凉的眼神。贺兴邦语气悠远，似在怀念过往：“这些天总想起以前，你的眼到底是我冲动了。江兵欠我的钱，总归不关你的事。”

江肆勾唇，无所谓道：“一只眼睛而已。”

他继续说：“你说要为父还债，确实做到了。是我伤的你，你想要补偿可以直接开口。”

贺兴邦吐了一口烟，眼神如鹰眼般注视着江肆的每一个反应。

“不需要。”江肆直接拒绝。

贺兴邦在他的脸上完全找不出一丝可以称之为憎恨的情绪，仿佛伤了右眼对他而言，真的不值一提。

贺兴邦顿了一下，忽然笑出声。他在烟灰缸里抖了抖灰，跷起二郎腿："说正事吧，明楼生意怎么样？"

……

两人简单聊完，贺兴邦乏了，雪茄也抽完了一整根："今天先这样吧，要不要去后院看看斗牛犬？"

江肆摇头："明楼还有点事，贺董没别的吩咐，我先过去。"

"嗯。"贺兴邦起身，看着江肆离开。

等江肆走远，二楼走廊里才走出一个人影。容貌和贺霓杉八分相似，但眉目相对温婉，她怕冷，初冬就裹着厚厚的坎肩："霓杉没本事驯服他。"

贺兴邦抬头看了眼自家夫人，再看向江肆背影的时候表情阴鸷。

03

淮序中学的冬季运动会今年因为操场维修，定在了 12 月。

施月体能不好，便报名志愿者，为班级服务。

分到她头上的是报男子 5000 米长跑的周扬，一个一米八几的体育生，宽肩长腿、皮肤黝黑，说话糙里糙气，但因为性格爽快，在班级很受欢迎。

李淼淼分配的任务是举班旗和敲鼓，振奋人心。

班旗的标志是她自己设计的，说要在运动会上惊艳所有人。施月好奇地看过去，蓝色旗面迎风飞扬，可以看见若隐若现的红色旗徽。旗面题字：文者称雄，武者称霸。高二（1）班，雄霸天下！

好……好狂妄。

比赛还没开始，还没到李淼淼的用武之地，她把旗帜收起来，跟在施月身边看施月忙活。

施月嗓子恢复的事情在年级上已经不算个秘密了。当传出一班班花恢复嗓子的时候，好些男生下课时间还会特意聚集在一班窗口那里，看看她是不是真能说话了。

施月很无奈，不过还好，现在她说话除了比别人慢些，音调什么的都与常人无异。

江肆带她去复查几次，顾医生都说没有问题。当然治病这么顺利，更多的还是要归功于江肆。

“热心市民”李淼淼扛着旗子，居然一本正经地给周扬科普跑步姿势，一副哥俩好的样子。

什么身体正直向前，脚尖自然落地，动作放松之类的。她把旗帜放在一边，手脚并用地给周扬示范。

周扬手里端着施月递来的葡萄糖水，听得头疼：“李淼淼，我好歹是正儿八经的体训生，这些还用你教？”

李淼淼举着旗帜晃荡，语气恶劣得让人想打人：“我这是怕你比赛掉链子。”

校运会时间有限，好几个项目同时进行。

上午举办的是女子800米和男子5000米，下午是拔河、跳高、跳远、铅球。

施月的工作就是照顾好周扬，所以她尽可能跟在他身边，担心临时找不到人或者发生什么紧急情况。周扬乐得多个小尾巴，时不时就回头瞅她一眼。

女子800米比赛开始，李淼淼去了观众最前方，各班志愿者疯狂欢呼，击鼓声，口号声，一浪接着一浪。

李淼淼挥舞了几下旗帜，拿起鼓槌击鼓：“一班加油，一班加油！”

隔壁班不甘示弱：“三班加油，三班最棒！”

李淼淼狠狠地看了那边一眼，加大了击鼓的力度，海豚音重现江湖：“一班加油，一班加油，打垮三班！一班加油！”

三班没料到还有这么不要脸的，沉默了两秒，也跟着吼：“打垮一班打垮一班，三班加油！”

女子800米结束，再过半个小时就是男子5000米。

施月看了眼时间，不断往学校门口张望，她昨晚发消息让江四哥哥来操场找她，今年的梅花开得早，她做了个梅花香包想送给江四哥哥。职工院长大的孩子，对梅花总有种特殊的感情。

男子 5000 米比赛开始前五分钟，江肆还没来。

施月失望地收了眼，走到自己的位置，把水倒好，一杯一杯整齐地排在桌面上。还没倒完，忽然听见操场角落传来一阵骚动。

施月顺着声音望去。远处，江肆立在淮大墙头，往下跳，后面跟着苏超、乐川还有一群她不认识的男生往学校里走。施月见到江肆来了，心里的石头也落下，专注起眼前的事情来。

苏超跟在江肆后面，嬉皮笑脸地打趣："江哥，什么时候对高中生的运动会感兴趣了，还特地跑这一趟。"

江肆神情冷漠，长腿迈一步，苏超得快走两步才能追上。

大概知道比赛快开始了，江肆就近坐上运动场台阶两侧的场椅，苏超他们也随便在后面一排找了个位置坐下。

苏超注意到学校滚动屏上的字样，"啧"了一声："男子 5000 米。"这应该算是运动会最具有看点的一个项目了吧。

5000 米，大概要绕操场跑十二圈，速度不能太快也不能太慢，绝对是体力和爆发力的双重考验。

江肆不动声色地望了眼周围。不消一会儿，就找到了场上给选手递水的施月。江肆的视线停在她身上，打算等比赛结束再过找她。

长跑比赛，气氛不如刚才的女子 800 米激烈。

观众席上的人都在聊天或者整理下场比赛需要的物品，江肆整个人都慵懒地靠着椅背，抽着烟看着场上的施月。

从他的视角可以看到施月像只蜜蜂似的给男生端水扇风。

"慢点喝啊！"施月紧张地看着同学，自己第一次照顾人，唯恐哪里没弄好，想了想，又补充道，"别呛着！"

江肆将施月紧张地表情看在眼里，眼底不禁划过一丝笑意。

没一会儿就该周扬上场了，一道枪声划过长空，赛道上的一行人开始奔跑。

不少人半圈过后就开始匀速奔跑，还有些人一开始就慢悠悠地跑着，准备最后两圈冲刺。

只有一班的周扬和三班的张开，这两人从一开始就拼尽全力，你追我赶。刚开始，张开被周扬远远甩开。李森森高兴极了，蓝色的旗帜被她挥舞得只能看见一道残影。

赛点拉长，周扬体力渐渐不支，和张开的距离越来越短，眼瞅着就要被超车。

李森森“哎呀”一声，旗也不挥了，鼓也不敲了，指着赛场上的两人。

“月月！你给周扬喊个加油！”别人不知道，她还不知道吗？周扬暗恋月月好久了，月月喊一声加油，周扬铁定比打了鸡血还亢奋！

班长听出端倪，也跟着撺掇：“月月，快给周扬加油！他是咱们班唯一的希望了！”

就在施月犹豫的工夫，周扬已经被张开超了过去。情急之下，施月索性闭着眼睛，视死如归地喊了句：“周扬，加油呀！”

周围地同学都“咦”了声，揶揄地看着施月，模仿施月的音调，一起喊着：“周扬，要加油喔！”

周扬脸颊绯红，在众人的起哄声里，他破天荒地没有吭声，埋头加速跑过施月身边。

少年斗志昂扬地继续奔跑，柔软的风吹过他的头发，标着号码牌的马甲随风飘扬。周扬越跑越兴奋，最后双臂张开，大声喊了出来：“施月！”

起哄声此起彼伏，江肆脸上的笑渐渐消失。

施月下意识找寻江肆的身影，看见了坐在观众席上的江肆。没等她招手，就见他收了视线，起身步下台阶，直直地离开了操场。

施月失神的同时，周扬冲出终点线，大家惊呼：“耶，喜提第一名！”

班长对施月的美人计表示满意，笑眯眯地拍了拍她的肩膀：“施月，干得漂亮！”

施月呆呆地点了下头。

班长嘱咐：“周扬今天是大功臣，记得给他喝糖水呀！”

施月心里惦记着江肆，轻声说：“好。”

比赛结束，施月端着葡萄糖往终点方向走。

周扬腼腆地看着她："月月，我……"

施月赶忙鞠躬，下意识用手语表达，又想起周杨并不懂，才磕磕巴巴地吐出："对，对不起，我刚才没有别的意思。"

看施月着急的样子，周扬懂了，也没生气，尴尬地笑了两声："哈哈哈，没事儿，我就说嘛！"

周扬抬手指了指大本营："我先过去？"

施月看了眼他发颤的小腿，问："需不需要我扶你？"

"不用。"周扬摆手。

转眼只剩施月一个人留在原地，她看着江肆离开的方向，猜他现在一定是在淮大天台。她见过很多次他靠在围栏上抽烟的模样。食指和中指间猩红一点，薄薄的烟雾在喉间翻滚。

比赛结束了，这里暂时用不到她。施月干脆离开学校，去了淮大。连着爬了七层楼，总算在顶层看见了一片熟悉的黑色衣角。

苏超不知道被打发到哪里去了，此刻天台上就只有江肆一个人。

施月站在楼梯口喊了一声，没有人应。

烟雾从江肆立着的地方飘散出来。

施月没着急过去，而是站在楼梯口解释："刚才是班里同学让我给周扬加油。"

她也不知道自己为什么那么害怕江四哥哥误会。她知道他在听，温吞地说："我没有别的意思。"

江肆吸烟的动作一顿，风吹过他的衣角，掀起小小的弧度。

他侧过脸，把烟头扔掉，抬脚踩上去。

"月月，你不用哄我。"他误不误会无关紧要，没必要特意追来解释。

施月红了脸，两只手紧张地在身后绞来绞去："我没骗你，我说的是真的。"

初冬的太阳，耀眼却没有温度。江肆看着站在光里的施月，沉默良久，出声道："我知道了，你先回去。"

施月小心观察着他的面部表情，害怕他生气，又怕他真不在意。江肆眼底的情绪看不清是喜是怒，语气更是平静。

她踌躇着上前，站到他对面。

江肆身上一股烟味，实在算不上好闻。而施月，她刚靠近江肆，就带来了一阵梅花香。

江肆眼神失焦片刻，他大她四五岁，那些该懂的不该懂的他通通都懂，可施月还是白纸一张。

她一抬眸，正对上他的眼睛，江肆慌乱地别开脸。施月又靠近了一点，气息近在咫尺。

"我给同学加个油，就不理我了？"

江肆心头像被猫抓一样，当他意识到了这种可能后，江肆表情就越来越沉。

只要施月和别的男人在一起，他就控制不住烦躁，他明明不配，明明不该来。那些自以为隐秘的心思忽然被人揭开。

江肆喉咙干涩，无力地狡辩："你想多了，我没有。"

施月拽着他的袖口轻晃："有没有都没关系，江四哥哥你在我心里永远是排第一位的。"

江肆不得不承认他被轻易地哄好了："香包呢？"

施月这才反应过来，从兜里掏出一个紫色的小香囊。香囊经过特殊处理，散发着淡淡的梅花味道。

"给！"她大气地把香囊递到江肆面前。

他们的相处模式像是反了过来，小时候一直是江肆竭尽所有送施月小礼物，而现在，却是施月看见什么都想送给他。

她想的一直很简单。江四哥哥受的苦难太多，如果她能抚平一缕忧愁那她就讨他开心一寸。

运动会结束，高二（1）班喜揽三金五银一铜。

很快，期末考试到了。施月一如既往地名列第一。这次是全市统考，她总分远超第二名十七分，语文作文好几个老师都给出满分，还作为范文打印出来分给全班同学学习。

寒假第一天，班级组织了集体聚餐，地点定在淮序有名的自助火锅店。不止他们班，学校很多班级都把聚餐地点定在了这里。

学生数量多，现场嘈杂得不行，不是这个坐错了地方，就是那个上错了菜。

施月来得早，刚到就被班长拉来当了壮丁，帮着同学点菜，去楼下接人，安排同学入座。

别看她说话轻声细语的，但做事很有条理，别人也愿意配合。

班级聚餐，一学期也就一两次，难免会有人想率性而为一次。

男生闹哄着，周扬起身，举起一杯酒高兴地说："祝大家寒假快乐，也恭喜施月拿了全市第一，给咱们班争光！"

大家齐刷刷地起身，各自手里都拿了一杯酒水，嬉笑着打趣："恭喜施月，转学第一学期就成了咱们班镇班之宝！"

施月脸红到耳根子里。李淼淼在她旁边大气道："替我家月月谢谢你们了。"

一来一往，施月喝了不少酒。

啤酒下肚，施月只觉得呛人，苦涩的味道顺着喉咙滑入胃里。

起初觉得难喝之外，并没有太大的不适，坐了一会儿，后知后觉地发现自己脑袋有些晕乎乎的。

李淼淼敬了一圈酒回来，察觉不对劲。她推了推施月的肩膀："我的宝，你怎么把自己折腾成这样了？"

施月晕乎乎的，扶着桌子起身，甩了甩头，说："我没事，我去趟洗手间。"

李淼淼虚扶着她："你能行吗？醉没醉啊？"

"没，没醉。"施月摇头，脑袋甩得像拨浪鼓，"我马上回来。"说着，她退出座位，往洗手间的方向走。

李淼淼看着施月顺利进了厕所，这才收回眼神，开始了新一轮的社交。

施月跌跌撞撞地走到洗手间，脑袋晕得不行，她撑在外用的洗手池边，俯身接了一捧水扑在脸上。

冰冷的水激得她猛颤一下，意识逐渐清晰，抬头的时候，从镜子里看见她背后立着一道人影。

“王……”她记不太清名字。

王清远看着她，揶揄道：“小施老师还会喝酒？”

施月甩甩头，勉强让自己说话清晰一点，问他：“你也来这里聚餐？考试成绩怎么样？”

王清远“哟”了一声，一脸惊奇地看着她：“医学奇迹呀，现在不结巴了？”

“我是在问你成绩。”施月有些生气。

王清远满不在乎地耸耸肩：“就那样。”说着绕过她走到洗手台前，把手伸进水龙头下方，冷水哗啦啦地冲出来。

“托小施老师的福，这次进步了一名，倒数第二。”王清远先是笑了一下，语气平淡地“感谢”，“多亏小施老师的悉心教导。”

施月知道那一个月的补习有多水。他的作业都是她写的，那他成绩估计也不会有什么提升。

没理他的嘲讽，她认真说道：“下次让王叔叔给你找专业的补课老师，中考很重要。”

王清远关了水龙头，直起身，右手从她耳边擦过，在她背后的抽纸箱里抽了几张纸巾过来。

他把手擦干，然后才回答：“我觉得小施老师就挺专业的。”

施月一脸抗拒地退后半步，拉开两人的距离，推脱道：“我很忙。”

王清远被她的模样逗乐，把卫生纸扔进篓里，松散地笑出声：“行了，下次不让你抄作业了。”

醉酒的施月眼睛红彤彤的，王清远瞥了她一眼，抬脚往自己班的位置走去。

吃得差不多了，大家转移阵地准备去 KTV。施月有点难受，想先回家。

她和同学们都站在门口，同学等车，她等人。

突然，一阵轰鸣声起，穿着黑衣黑裤的江肆骑着摩托在餐厅门口转了一百八十度大弯，停在马路边。

原本叽叽喳喳的同学都沉默了。淮中离淮大那么近，不少人都偶遇过江肆。

“过来，我带你回家。”江肆朝她的方向招手。

餐厅门口死一样的寂静。

众人的视线不由得在施月和江肆身上来回移动，早知道施月和他关系不一般，但万万没想到这么不一般！

江肆居然特意来接施月回家。

施月这才回过神。她喝醉了难受，没太在意别人看她的眼神，回头给李淼淼打了招呼，再给大家说了声再见，把毛绒小包包递到江肆手里，然后踉跄着爬上江肆的车，因为头晕，所以搂江肆的动作很紧，脑袋晕乎乎的，施月不自觉就地贴趴江肆在他背上了。

江肆闻着鼻尖那道若有若无的酒味，知道她醉了。好在施月几乎把他当成了她抱着睡觉的玩偶一样抱着牢牢抓着，他这才敢上路。

众人看着摩托车车影，他们都不敢相信，那个冷漠残忍不好惹的江肆居然会这么温柔，毫无棱角地，只为一人收敛锋芒。

王清远出来时刚好看见施月被人载着离开。

这是江肆第一次来施月家。

林望舒进房间帮施月收拾，江肆立在客厅一角看照片。从施月出生到现在，每一年的照片都贴在那里。被贴在正中间的那张，是她歪着脑袋在雪人旁比“耶”，雪人身上还插着红色梅花。她也穿着红色，喜庆可爱。

这张照片他知道，拍照的时候他就立在一边，林姨让他一起拍，他看着自己旧得发白还短了一截的裤子，垂着头拒绝。

相片里的月月掉了两颗牙齿，唇边一点梨涡，星星眼，笑起来和现在一样可爱。

江肆眉目舒缓，一张一张地看过去。

林望舒收拾完，伸手探了探施月额头的温度，确定只是微醺没有别的问题，这才帮她把被子掖好，抽身去客厅给江肆倒水。

眼前的小伙和记忆里的江肆天差地别。以前的江肆瘦巴干黄，沉默寡言，有人欺负他，他是能忍则忍。而现在的江肆，健瘦干练，一身劲装匪气冲天。

林望舒实在很难把他和当初备受欺凌的小男生联想在一起。

她倒了杯温水递给江肆。江肆赶忙接住。

他面对林望舒的时候，从来都是抬不起头的。她见过他的狼狈，知道他最不堪的过往，也是在落难时少有的给他温暖的人。越是这样，他越怕林望舒见到他现在的模样。

林望舒没那么多想法，拉他往沙发上坐。

“月月之前跟我提过，你在淮大念书，没想到是真的。几年没见了，都长这么大了，怎么也不过来看一下姨？”

江肆违心道：“有点忙，没来得及过来。”

林望舒笑着点头，感叹：“是啊，这个年纪的男孩子都忙着读书，忙着挣钱；再过两年，就该忙着结婚生子了。”

江肆没接话。短短几年，林望舒老了很多。原本清丽的脸上爬出道道皱纹，乌发中间长出了银丝，眼神也不似年轻时候光亮有神采。她还穿着多年前的毛衣，袖口旧得起球。

“阿姨老了，头发都白了不少。”林望舒见江肆在看他，温和地指指头发自嘲。

江肆挪开视线，笨拙地安慰：“没有，和从前一样。”

林望舒摇着头笑：“果然是长大了，都学会安慰人了。”说完似是发觉什么，凑近了些，指着江肆的眼睛，“你的眼睛……”

江肆赶忙低头，默了一会儿，解释：“不小心伤到了。”

“怎么伤了眼……”林望舒“啧”了一声，心疼地问，“能治好吗？眼伤可不是小事情。”

周围突然安静下来，江肆低着头，半晌才答：“应该不能了。”

没等林望舒再问，他紧接着道："林姨，我先走了。月月明早可能会头疼，您多看顾一下。"

林望舒措手不及，起身看他："不多坐一会儿？"

他"嗯"了一声，开门，快步下楼，身影没入黑暗。一直到走出小区的那一刻，他才倏然脱力般地松懈下来，颓然地靠坐在小区门口的石阶上。

尽管他什么都不在意，但依然害怕林姨会用那种可怜的眼神看他。

就像他从来不让施月走他右边，害怕缺陷毫无遮掩地暴露在她面前一样。

他怕林姨会问，你怎么成了个瞎子，本来已经够可怜了，你怎么还瞎了？怕林姨会说，她绝不会让月月嫁一个不健全的人。

潜意识作祟，他和施月在一起的时候，总是会忘记自己的缺陷。但见到林望舒的那一秒，他顷刻间被拉回现实。

醉躺在床上的施月在梦里也不老实，伸手往空中胡乱地抓扯着。一个名字卡在她的喉咙里，呼之欲出。

第四章

2008年秋霜·缘定栖霞寺

我想去淮大，想和你在一起

01

春节是林望舒带着施月回云山老家过的。

初春回家到现在大半年时间，施月见江肆的次数屈指可数。他像是故意躲着她似的，就连淮大的天台也没有再出现过他的身影。

还有另一件意外的事，是王清远成功升学淮中本部。

施月本来已经忘了这个人，有天经过篮球场，一颗球径自砸到她头上。王清远从远处迎着风小跑过来。

他脸色挂着笑，眼神明亮。明明说话时一副阳光积极的样子，但表情却莫名让施月觉得这小屁孩肯定又憋了一肚子坏水。

青春期的少年生长很快，去年她给王清远补课的时候，他只比她高半个头，脸蛋也略显圆润，如今她却是只到他的肩膀那里。

男生往她面前一站，高大的阴影将施月整个人笼罩在身下，压迫感十足。

王清远很满意这种用身高碾压对方的快乐，吹了下额前碎发，笑着看她："好久不见啊，小施老师。"

施月礼貌地朝他点头，也同样回了一句："好久不见，王清远。"但是现在是在学校，她提醒，“不要叫我老师，你叫我名字就好。”

王清远了然一笑，依旧是嬉皮笑脸到让她想打人的语气：“哦，行吧，月月姐姐，没想到吧，我也考上淮序高中了。”为了考这所学校，那大半年他可没少吃苦。

施月微蹙起眉，被“月月姐姐”四个字恶心到了，一本正经地看着他：“确实没想到，恭喜你，但是，请你叫我全名。”

王清远还能说什么，没等他反应过来，身后一大群男生突然一窝蜂围过来，和他勾肩搭背靠在一起。

“清远，你认识？”

“王清远，你也不看着点投，把同学砸坏了吧？”

施月听出来了，他就是看准了她在这里才砸过来的，她避开热热闹闹的几个人，转身就想离开。

王清远忙拉住她，紧接着拐了那人一肘，笑着把篮球扔回场上：“快滚吧你们。”

一群男生哄闹着又跑开。

“你，还有事？”施月看着他。

王清远不自然地转移话题：“对了，怎么不见你男朋友？”他有点幸灾乐祸，试探道，“分手啦？”

施月不知道自己哪里得罪了这个“二世祖”，总缠着她不放。她白了他一眼，转身往教室走去。

路过天台的时候，不由自主地往那边望了一眼，看见和他相像的背影，心头猛地悸动，但紧接着失望。

一想到江肆好几个月没来找她，她次次找他也都被苏超敷衍回来，她心里就忍不住失落。

今天和往常不同，原本应该安安静静的教室此刻鸡飞狗跳。班长和学委一人拿一沓资料站在讲桌后面，求爷爷告奶奶：“同学们，想想办法吧。”

施月看情况不对，悄咪咪回到自己位置，尽可能降低存在感，然后问前排同学：“怎么回事？”

前排同学没来得及回答，周扬先咆哮出声：“两位姐，我是真不会表演，你们想赶鸭子上架，也得找只多才多艺的好鸭子呀！”

李淼淼转身替施月解惑：“文艺会演，每个班必须安排一个节目。”

班长和学委在讲桌上煽动半天，群众没给一点正面反应，无奈只能“暗访”。

入学做自我介绍的时候，每个人都恨不得把自己吹上天。什么特长是管状花目旋花科植物根部高温质变研究，还有爱好是地表物质的探索与开发。真到这时候，也不得不承认，咱那说的是烤红薯和玩泥巴。

兜兜转转，问到了施月这里。

没等班长开口，施月乖乖坦白：“兴趣看书，爱好看书，特长背书。”

“班长，如果你愿意的话，我可以上台给大家表演一个倒背三字经！”施月说得诚恳。

班长彻底没辙了：“同学们，唱歌跳舞的节目咱班得拿一个出来吧！”

大家看她实在没辙，终于起了点恻隐之心。

“不然咱来个集体大合唱？朗诵什么的，比单人活动好多了，也不会尴尬。”众人附和。

班长也跟着赞同。

很快，这个集齐了全班意愿的节目方案就被老师驳了回来。原因是，高中部三十八个班，目前报出的节目已经超过二十个是集体大合唱或朗诵了。

宋老师一脸无语，怎么，你们这是串通好了？

“那怎么办？”李淼淼这个暴脾气忍不了了，直白发问，“宋老师要咱们表演啥直说吧。”

班长在一旁拍板敲定：“既然要表演，咱们就演话剧吧！”

文艺会演对施月并没有任何影响，她依然该上课上课，该回家回家。偶尔路过和江肆一起逛过的饰品店的时候，会忍不住停下脚步看看。

而王清远总是时不时出现在她周围，永远是那副欠揍的表情。有时莫名其妙地掏出一个发夹往她头上戴，有时骑着自行车一把抢走她的书包，害她跟着他追两条街。

更多的时候，是施月留在教室里看书，王清远趴在窗台上，所有人都在看他，他抓着练习册大喊着让施月帮他讲题。

学校关于施月和王清远的谣言愈演愈烈，有人说她们是父母离异的姐弟俩，有人说她们是青梅竹马，还有人私底下揣测，说王清远对施月有意思。

王清远性格开朗，长得好看，在学校能和所有人打成一片，人缘很好。

但施月依旧有些魂不在舍。她几次给江肆打电话，都被苏超接了。他说江哥很忙，具体忙什么、什么时候忙完却说不清楚。

她本能地感觉到一丝难过，心里闷闷的。

一切似乎什么都没变，又好像什么都变了。

情爱在心底，尚未萌芽便被连根拔起。

话剧表演确定好剧本，班里举行了一次角色投票，结果是由施月扮演话剧里的白雪公主。

她长得好看，气质脱凡出尘。一想到公主的扮演者，全班同学一大半推举施月。只有少部分同学想着反串效果，把票投给了周扬。

班长念到周扬名字的时候，可把他吓了一跳，哭爹喊娘地求大伙放过。施月被选，和周扬一起松了口气的，还有即将扮演王子的李森森。

收到施月会扮演白雪公主参演话剧的消息时，江肆正和苏超几个人围着台球桌打球。

江哥心情不好，这个大家都知道。

苏超用巧粉擦拭好球杆，等江肆进了颗球，这才说道："江哥，小月亮今早又打了个电话，说想见你。"

江肆动作顿了一下，又继续打球。

苏超实在想不明白江哥的想法，干脆坐到一边，自顾自地说道："我也好久没见过小月亮了，不如抽个时间，咱们去淮中看看小月亮的话剧？"

江肆淡淡看了他一眼，随着手下动作，"啪嗒"一声，黑球进袋。

苏超接着道："不知道谁演王子，不是说白雪公主要王子亲吻才能苏醒来着？”

江肆把球杆往旁边一扔，冷冷地问：“还打不打？”

苏超难得硬气，抱着球杆没有动作。是真不信江肆没有意思，他问：“江哥，真不想去看看？”

江肆沉默着捡起扔在一旁的外套穿上：“不想。”

苏超撇嘴看向乐川：“你信吗？”

乐川自然不信。

江肆懒得搭理他们，穿上衣服，径自离开包厢。他们不懂，是因为他和他们从来都不是一个世界的人。他从小生活在泥泞里，见惯人间百态，看透了这个世界。

他无所谓自己算不算坏人，自然也没有当好人的习惯。

打架的时候拳拳见肉，恨不得要了对方的命，受伤了只会藏起来独自舔舐伤口。

他漂泊过，流浪过，被打过，被骂过。睡过大街、住过桥洞，饿的时候和狗抢吃的，渴到至极，能为一口水给别人下跪。

他吃过最糟糕的东西，见过最肮脏的人。也知道，人们对于他这类人向来是避而远之的。

他骨子里流淌着和赵美云同样的血脉，生来便被世俗所抛弃、嘲弄。

赵美云被生拉硬拽游街的时候，他何尝没有想过，他也曾被这样对待。那些不堪回首的往事，好像从来都没有过去。任他再怎么伪装都无济于事。

只要有一个见证过他不堪过往的人站出来，他就恨不得钻到地底下去。

这样劣迹斑斑的他，怎么敢沾染月亮？

苏超从来不知道江肆心底的想法，在他心里，江哥是一个无所不能，没有软肋的战士！从来没有江哥解决不了的问题。

见江肆离开，苏超赶忙追上去。他满心以为江肆想通了，开心道：“江哥，文艺会演下午两点才开始，咱们现在过去还来得及。”

“不去淮中。”他说。下一秒，江肆定在原地，施月出现在他面前。

几个月不见，施月瘦了很多，本来就水汪汪的眼睛越发显大。

江肆不说话，她也闭着嘴不吭声。

苏超突然想起自己今早告诉过施月球馆名字，但他没想到她会找过来。苏超尴尬地挠了挠头，打招呼："你怎么过来了？"

少女素面白净，眉眼清致，没理苏超，看江肆的时候眼里带着点恼意。

江肆微低着头，无奈地问她："你怎么过来了？"

一声话瞬间击破了施月内心深处的倔强。她强忍着眼底水光，声音带着哭腔："你为什么要躲我？"

"没躲。"江肆神色微动，看着施月委屈到想哭的样子，他想告诉她，他想她想得快要疯了，可话到嘴边，又变了个味道，"我这边有点忙。"

施月冷笑，眼泪不争气地从脸上滑落，她指着球馆招牌，质问："这就是你说的，很忙？"

说到这里，连她自己都觉得自己有些无理取闹了。她是他的谁？不过就是小时候做了两年邻居，她凭什么要求他围着自己转？

江肆咬着后槽牙，心脏像是被针扎过似的，锥心地疼。半晌，他才僵硬地出声："别哭了。"他想帮她抹眼泪，但她不让他碰。

施月说："你不要过来。"

江肆只好立在原地，等施月整理好情绪。

"抱歉。"她平静了不少，擦干脸上的泪，冲着苏超和乐川道，"我先走了。"从头到尾都没再看江肆一眼。

直到施月拦下一辆出租车离开，苏超才忍不住出声："江哥，这下好了，施月彻底对你死心了。"

苏超挥挥手，冲乐川使了个眼色："江哥你不去学校我自己去了啊，人小月亮都亲自过来找了，我可不好意思不去捧场。"

乐川这个人精怎么可能不懂。他赶忙朝前跨了半步，附和："好啊超哥，咱俩一起去。"

两人对视一眼，苏超越过江肆身侧，坐到摩托车上："江哥，走了！"

江肆往兜里掏出烟盒，打火机点火，他垂头，视线落在烟尾，短暂吞吐了两口，手还在抖，然后不耐烦地掐灭烟头。

冷淡的神色一丝不变，但心上的兵荒马乱从施月出现的那一刻起就没停过，他扔了烟，黑色短靴踩在光影里，抬脚往外走。

高三（1）班的节目在正数前几个，节目顺序紧挨着高一年级王清远的钢琴独奏。

施月底子好，班长只用粉底液略微遮瑕，然后给她描了下眉毛口红。

后台准备的同学，眼见着施月脸上的青涩缓缓褪去，眉目间的风情被展露，千娇百媚。

李森森惊叹几声："月月，你这也太好看了。"

施月睁开眼，镜子里的自己皮肤白皙，眉如远黛，唇色桃红。她看着镜子里的自己，仿佛都有些不认识自己了。

"太美了！"班长对她的妆容满意极了，拉她去换上礼服。

很快就到了王清远独奏，他一身干净利落的黑色西装，如王子般坐在表演台上。钢琴响，头顶一束白光径自打在头顶。空气中的尘埃仿佛浩瀚宇宙里的颗颗星辰，随着他的琴音上下浮动。

王清远的手指落在琴键上，琴音如流水般倾泻而出，伴着曲调，台上响起他英文朗读的声音。施月都不知道王清远的英语口语这么好，字正腔圆，情绪饱满。

曲子到了尾声，王清远看见被人簇拥着的施月，眼底闪过惊艳。

她穿着洁白公主裙，头戴钻石王冠，脚上踩了双不算高的水晶鞋。看得出来她很紧张，双手紧扣，裸露的肩膀勾起，微微战栗。周扬给她披上校服，施月礼貌地道了声谢。

王清远不高兴地看着施月，琴音下沉。钢琴曲调突然从轻松欢快，变得沉重迟缓。

台下不断有观众感叹："王清远真是帅！"

然而不管台下的观众有多激动疯狂，施月自始至终都看着别的地方，没给王清远一个眼神。

最后一个音，他几乎用了平时好几倍的力气，琴键被按压发出的闷哼声像是被人用重锤敲过。表演结束，王清远起身，华丽地鞠躬谢幕。

等王清远下场之后，幕后工作人员把王清远使用的钢琴搬下去，换成了话剧需要的道具。

全场灯光忽然熄灭。舞台上，鹅毛一样的雪片阵阵飘落。

王后周扬坐在道具屋子里缝制衣服，屋外忽然吹来一阵狂风，他的手被针刺破，鲜红的血从指尖渗出。

他抬头看向窗外，看见皑皑雪地里，乌木般的荆棘丛里开出像血一样鲜红的花朵。

王后福至心灵，向神明祈祷："希望我的公主皮肤像雪一样洁白，双唇和玫瑰花一样红润。"

背景音乐停下，舞台上灯光熄灭，隔了三秒，画面切换。

王后躺在床上，身边多了个精致可爱的小公主，头发如墨，唇红肤白。

观众对白雪公主的剧情不感冒，但对一米八几的周扬反串王后的剧情喜欢极了。台下时不时传来阵阵笑声。

快到施月出场了，班长双手合十，嘱咐道："白雪公主，你一会儿躺下的时候千万不要乱动。"

施月点头。

场景又一次切换，一百八十斤的恶毒继母从魔镜那里得知白雪公主是世界上最漂亮的女人，特意制作了一颗毒苹果，准备毒杀白雪公主。

白雪公主出场。

入口处突然有光柱落在施月身上，白色的纱裙变得更加亮眼，她的肩膀像珍珠般泛着晶莹的光，纤细的天鹅颈让整个人都变得矜贵优雅，漆黑如墨的头发披在肩上，王冠上的宝石熠熠生辉。公主提着裙摆，踩着音乐的节奏翩翩起舞。

不少认识施月的人都睁大了眼，知道施月漂亮，但没想过这么漂亮呀！

苏超就坐在台下，看见施月的时候也跟着愣了下。

舞蹈结束，施月径自走向继母，按照剧本吃下毒苹果，然后倒地沉睡。

她按部就班地完成表演。

然而在施月看不见的角落，江肆已然赶到。

他拿开门的刹那，正好是施月走上舞台的那一刻。

光柱落在施月身上，周围星星点点的尘埃在光影中上下浮动。施月气质清冷，遥远得好似天边触不可及的月亮。

所有人都震惊于她的华丽蜕变，唯独江肆，忽然有一种释然的感觉。以往都是他一人偷偷地私藏月亮，而现在，月亮归于天空，被所有人仰望。

02

前台到幕后混乱不堪，好在中途班主任赶来镇场，整个表演这才完美落幕。

表演结束，李淼淼戴着王子头套，往后台一路暴走，嘴里絮絮叨叨："谁扇的风，老娘裤衩子都要被扇飞了。"

施月提着裙摆下场，刚到后台，就见着了苏超。

"聊聊吧。"他说。

施月习惯性地看了眼他身后，并没有看见江肆的身影，眼神微暗了些。

"别看了，江哥不在。"苏超眨了眨眼，揶揄道，"小月亮厉害呀，几句话把江哥的心扎成了一瓣一瓣的，江哥现在指不定正在哪儿借酒消愁，治疗情伤呢！"

"什么伤？"施月疑惑地看着苏超。

"情伤啊！"苏超见她一脸懵懂，笑不出来了，"你不知道江哥喜欢你啊？"苏超无语地看着她，"江哥怎么对你的，你心里没数？"

怎么对她的？施月脑海里轮转着江肆送她回家、帮她暖手、小时候背着她踩在雪地上一步一个坑的画面。

看她似乎有了反应，苏超没忍住问："你，应该也喜欢江哥的吧？"

她当然是喜欢他的，可是江四哥哥只把她当妹妹，不然也不会故意躲她那么多天。施月情不自禁地说出来。

"放屁！"苏超恨铁不成钢，"如果不喜欢你，他为什么要大老远跑去桑庄找你？如果不喜欢，他做什么天天跑去天台看你？如果不是因为喜欢，为什么他谁都不理的性格，会对你随叫随到？”苏超本以为两人之间是心照不宣的关系，谁知道江哥居然从来没向施月表露过心意。

苏超最后叹了口气，放软声音：“他之所以不来找你，大概是不敢吧。”面对施月的时候，江哥一向㞞得令人发指，也不知道对付他们的那股狠劲儿是从哪里来的。

施月回想起冬夜街灯下立着等她的人，还有天台上遥遥地守着她的身影。小时候即使他过得再怎么拮据，也不忘在节日里给她买糖。重逢后，他总挂在嘴边的那句：“别怕，我在。”

每个画面都伴着热浪，滚烫地落在她的心尖上。

苏超“唉”了一声，抽出根烟咬在嘴角，点火的时候感叹：江哥一颗九曲玲珑心，起码长了两百八十个窍，怎么栽在施月身上。

看施月难过，苏超叹了口气，告诉她：“江哥就在外面，快去吧。”

表演散场，同学们陆陆续续离开学生活动中心。施月一身没来得及换下的表演装在人群中尤其显眼。她迷茫地看着眼前的人群，四处张望。

“怎么不换衣服就出来了？”江肆问她。

施月提着裙摆转身，正撞见江肆逆着光朝她走来。他的声音不像苏超那么咋呼，也没有乐川的轻快，总是平淡的，让人听不出情绪。

施月低头看了眼自己的裙摆，尴尬地挠头：“急着找你。”

两个人对视着沉默。

施月被他看得怪怪的，忍不住摸一把脸。

“怎么了？”她不解地看着他。

话到嘴边，江肆又咽了回去。把视线从她身上挪开，往四周看，落在了说说笑笑往这边走的学生身上。

王清远身边跟着好几个女生，他的视线若有若无地往施月身上瞥，对上江肆满眼的戾气，少年不服输地回视回去，轻笑了声。

“刚才的表演怎么样，没丢脸吧？”

女生们顶着星星眼夸赞：“超级棒，有机会可以再听一次吗？”

“可以啊。”王清远偏头回答同学，视线忍不住往施月这边瞟。

路过施月身边的时候，他亲耳听见，施月对江肆说：“我拿到保送资格了，我要去淮大！”

施月本来今天去找江肆就是想说这件事。

她低着头，耳朵发红：“听森森说，淮大有很多社团，学校很大，有咖啡厅，图书馆，有湖，有塔，有花圃，有走不完的落满树叶的长路，是不是？”

江肆没有吭声，漆黑的瞳孔里倒映出施月的模样。她讲起淮大的时候整个人都欢快起来，眼睛会发光。

“是不是啊？”她又问。

江肆哑着嗓音“嗯”了一声。

施月本来就是学校的种子选手，而淮大是全国排名前几的重点大学，校风好离家近，挺好的。

如果没有施月此刻轻飘飘的一句话，他肯定不敢想歪。

声音轻飘飘地拂进江肆的耳道里，冷不丁地让他浑身一颤，僵硬的感觉顺着神经蔓延到了全身，他惊愕地看着她。

她一字一句继续说：“我想和你在一起。”

03

施月的十八岁生日快到了。

王清远不知道从哪儿知道这个消息，同学小聚的时候，突然问了句送女生什么礼物好。

这可在他们朋友圈子里激荡起不小浪花，大家伙儿争相给他出谋划策。

“首饰、娃娃、玫瑰花，或者给她来个烛光晚餐，带去海边吹吹风什么的。”

“送戒指耳环，没有女生不喜欢首饰的。”

王清远听了一堆注意最后这个让他灵光乍现。

他一拍手，轻笑道：“也不是不行。”

似乎想到了更好玩的事，王清远站起身，捡起沙发上的外套和钥匙。

“单我买了，你们继续。”说着，他迈着步子往对面走。

那里是卖定制珠宝的地方，一行人看他往楼上走，倒吸了口气：“王清远不会当真了吧？”

一直到王清远离开，几个同学都没收回眼神。

11 月 9 号，江肆没来学校，提前通了电话让施月放学跟着苏超走。

施月下午有一节体育课，上完这两周最后几节课，她就不来学校了。她和江四哥哥约好一起去嘉平玩，当是她的毕业旅行。

上完体育课，她热得浑身冒汗，脖子耳根红了一片，李淼淼她们几个有说有笑地走在前面去后街买水。

施月落在后面，慢吞吞地走着。路过器材室的时候，施月一把被拽到了器材室里。

李淼淼她们几个有说有笑地走在前面，丝毫没注意到队伍少了个人。

施月瞪着眼前的少年。

“王清远，你是不是疯了？”

王清远挑衅地笑，怕她真的生气，很快就晃到施月身后：“别怕，送你个东西。”

施月刚要转身，眼前忽然出现一条项链，小指头大小的碎钻亮得耀眼，从她的头顶上方缓慢下降，最后落在她脖子上。

王清远出乎意料的温柔：“生日礼物。”

施月反手去解，发现那个锁扣极其复杂。折腾了好一会儿，她居然解不开，扯了两下，也没反应。

“没用的。”王清远适时出声，“这东西只有我能解开。”

施月真的被王清远挑衅生气了，她冷着声音质问他：“你这是做什么？”

王清远耸耸肩，半开玩笑半认真道：“喜欢姐姐的人太多了，我给你戴上这个，好随时提醒你，还有我的存在。”

他从来没叫过别人姐姐，却一直姐姐姐姐地叫她，在别人面前一副正经模样，到她这儿又死皮赖脸。

施月只觉得荒唐，压低声音："快给我解开。"

王清远站着不动，施月又扯了几下，脖子勒红一大片。

"再不解开，我告诉你爸去。"她威胁他。

王清远"扑哧"笑出声："乐意至极。"他根本不怕他爸妈，要不然当初被请家长的时候他爸也不会那么无可奈何了。

施月低头，手里攥着那根银质项链，眉头微蹙，贝齿下意识咬住下唇。

"别这样。"王清远低垂着眸子，看她真要生气，眼里闪过一丝慌张，却还是嘴硬，"不就是一个普通的生日礼物吗？"

"你真的很烦！"施月一把推开他，头也不回地往操场跑去。

下课之后，施月飞快地离开学校。

她现在怕王清远怕得要命，不知道王清远下一秒会不会从哪个犄角旮旯里冒出来，堵着她做一些莫名其妙的事。

惹不起还躲不起吗？

苏超见到施月从校门口出来，高兴地"嘿"了一声。他来了好一会儿了，担心施月放学找不到人。

施月接过他递来的头盔，听见他说："江哥在家里等你，听说还准备了蛋糕，小月亮，江哥难得这么贴心啊。"

施月抿了抿笑意，把头盔戴好。

上车之前施月看了眼周围，最近总觉得怪怪的，发现好几个眼熟的身影好像总守在她身边似的。

苏超神色如常，驱车带她去到江肆常居的公寓。

刚出电梯就闻到了阵阵饭香。施月邀请他："好香！一起去吃饭吧！"

苏超把她送到门口，难得没有调侃她："不打扰你们，我先走了。"说着就从兜里掏了一条挂书包上的水晶坠子塞到施月手里，"生日快乐。"坠子沉甸甸的，很好看。

施月又道了声谢，送苏超进电梯。

苏超刚进到电梯，脸色便沉了下来。这一路江可安排了不少人守在施月身边。

三天前，贺霓杉替贺兴邦传话，让江肆去红园一趟。纵观整个百乐门，贺兴邦信得过且有能力的后辈，只有江肆一个。

可他吩咐的事太过危险，江肆第一反应是拒绝，但贺兴邦承诺事成以后给他们几人三成分红。

那天大厅气氛波谲云诡，两方谁也猜不出对方是什么意思。眼看着贺兴邦的脸越来越沉，最后关头，江肆应下了这门差事。

也是那天贺兴邦众目睽睽之下，直接把施月摆到了台面上，问：“听说你最近对一个叫施月的学生很上心？”

贺兴邦看着江肆，打趣道：“没别的意思，只是任务危险。你要是真在意那女孩，最好和她保持距离。”

离开红园的时候，江肆的脸阴沉得很，他快步往外走，苏超跟在后面好几次想开口却不知道说什么。

等苏超苦笑着从电梯里走出来的时候，江肆早已离开。

乐川还站在楼外等苏超，他听江哥的吩咐，去银行开了几个账户，往里面存了一大笔钱，虽然不知道江哥这是在做什么，但是服从江哥的命令几乎成了他俩的本能。

苏超替江肆可惜：“前些天才约好和施月一起去嘉平玩呢。”抬头望着楼上，叹息，“我们放她鸽子，她不会生气吧？”

乐川幽幽道：“超哥，保命重要！”

施月站在门口理了理头发，这才敲门。等江肆从推开门就看见施月一脸痴呆地看着他。

从施月的视角看，江肆今天穿着灰色居家服，袖口挽到手肘上方，和往常的穿着格外不同。玄关口落下来的灯光让江肆的手泛着冷感的白，匀称颀长的手掌握着门把手，见到施月时，黑色的眸子微眯。明明是清冷平淡的表情，可偏偏眼底波纹微荡，随着楼梯口灯光闪烁，江肆脸上起了光影明暗的变化。

他望了一眼她背后："怎么傻了？还不进来？"

施月尴尬地点头，从他身前经过，进到玄关处，低头看了眼脚下。

江肆把门合上，弯腰在鞋柜里抽出一双粉色毛绒拖鞋，单膝跪在施月面前，帮她把鞋带解开。

"不用。"施月摆手，"我自己来。"

江肆避开她的手，抬头时灰色的右瞳里带着促狭的痞气，一瞬间将施月的心攫得死死的。

胸口的小鹿，咚咚地撞着心房。

他笑了下，揶揄道："小时候不还爱这样？怎么现在反倒不习惯了？"

施月噘着嘴，表示抗议，那是她小时候不懂事。

江肆撑着膝盖起身，话题一转，道："厨房离不开人才让苏超去接你的，要不要尝尝鱼汤？"

施月想起上次的鱼汤，赶紧点头。

到饭厅一看，奶白色的鱼汤翻滚着，散发出阵阵香味。除了鱼汤还有好几道菜，色香味俱全。

饭桌上已经摆好了两人的碗筷，纯白浓稠的鱼汤鲜甜诱人。施月也没客气，走到饭厅坐下。等他把汤盛好了，她接过来嗅了一大口："江四哥哥，你厨艺真好。"

江肆也在她对面坐下，调羹递给她："你先尝尝。"

施月反手把汤碗往江肆面前一递，舀了一口递到他嘴边："你先尝尝！"

江肆目光幽深，就着她的手含下一口鱼汤，鲜甜的味道迅速在舌尖蔓延开。随后他将视线落在施月头顶，看她低着头小鸡啄米似的喝汤，冷硬的眉眼逐渐变得温和，灰黑色的眼里含着笑意。

吃完饭，江肆把碗筷简单收进厨房后，又从冰箱里端出一个蛋糕放在施月面前。

六寸的巧克力蛋糕，配色简单大方，铺满施月爱吃的水果。

房间的灯被一一熄灭，施月坐在厚厚毛毯上，江肆俯身把数字"1"和"8"的蜡烛插好。

“许个愿。”他就坐在施月身后，修长的双腿随意张开，拢着她去点亮蜡烛。

“咔嚓”一声，打火机响。明黄色的烛光摇曳，两人的脸上都映着黄色的烛光。

施月没忍不住看了一眼江肆，这种氛围，让她想起小时候。她没有急着吹蜡烛，而是轻轻趴在江肆腿上，仰头看他：“江四哥哥，你有没有什么愿望？”

要说他的愿望，只有一个，就是月月永远平安喜乐。偏偏这个愿望不能宣之以口。所以他迟疑了会儿，还是摇头。

施月只当他是不愿意说出来，不高兴地哼了一声，转过身，双手合十，虔诚地许了个愿。

“许了什么愿望？”江肆问她。

“不告诉你。”

江肆拿出礼物，时下最新款的手机，价值一万多元。她惊得瞪大眼：“太贵了，我不能收。”

江肆道：“收下，以后我找不到你的时候，就打这个电话。”

一个蛋糕被他完美地分成了六份。

施月尝了一小口，抱着碟子甜得嗷嗷叫，脖颈间闪烁着一道银光。江肆左手帮她端着盘子，右手滑进她的衣服领口，小指一勾，项链被他勾了出来，带着她肌肤的温度，滚烫灼热。

项链底部坠着的钻石璀璨夺目，底座上赫然刻着三个字母——WQY。

江肆问她：“这是？”

“江四哥哥，能给我取下来吗？”

江肆抬起右手，用手背轻轻蹭了蹭她红透的脸颊，指腹流连着挪到她后颈。用力一捏，锁扣变形成一颗废铁。

钻石跌落在地毯上的一瞬，施月仰头，攥紧江肆领口。江肆不敢多动弹，低头看着在怀里作乱的人，视线在她面庞上移动。

两人对视。

窗外不知何时有人放了烟花，“嘭嘭”几声，天空抽下无数道彩色光线，转瞬即逝，又格外绚烂。

施月踮起脚尖，微微仰起脸庞，江肆的心尖微颤，情不自禁地俯下身。

烟花在空中炸开，客厅有了极致的白紧接着立刻坠入黑暗。

04

缘，本就妙不可言。

嘉平的佛山因形状酷似佛像而得名，从隋唐时期便有得道高僧在山顶的寺庙修行，后来寺庙逐渐扩大，如今成了嘉平市的地标性建筑。

每年山上烧香拜佛的人不计其数，求姻缘求财求平安求子。人人都有欲望，人人都逃不开世俗。

施月坐了接近五六个小时的绿皮火车来到嘉平市。第一站准备打卡这座千年古寺。

山脚下，施月看着和江肆的聊天记录。

从生日那天起，他们就再没见过面。苏超说：“江哥最近很忙，等工作完成，会回来见你的。”

因为气温太低，施月的睫毛上凝结出银色雾花。她给江肆编辑了一条信息，把沿途的美景通通化作文字，描述给他。

最后她说：“有机会，我想和你一起来看。”

江肆没有回复。

施月收了手机，抬头望向四周。

佛山分前山和后山，前山是被开发的商业化景点，有缆车这些。后山则是比较原始的山路，曲线距离是前山的三倍不止。

只想打卡拍照的游客大多选择从前山缆车上山，真正有所求的信徒才会虔诚地从后山一步一个脚印地爬上去。

纷纷扬扬的雪花从空中飘落。施月正准备上山，没承想却瞧见个眼熟的身影，她险些背过气去。

“走哪边？你自已选。”王清远优哉游哉。

施月攥紧拳头，深吸了好几口气，才怒道：“你怎么这么阴魂不散？王叔叔不管你旷课的？”

“死了魂魄才会散。再说，我爸哪管得了我。”王清远直接无视她抗议的态度，抬手指着后山，“走后面吧，刺激！”

施月不吭声，自顾自地往前山走。

王清远从善如流：“那我也走前面。”

施月站定：“你到底想什么样？”

“上山一趟。”王清远回得很快，追了这么一截路，他有些累了，耸耸肩道，“不是说嘉平市的寺庙最灵？山顶有个寺庙，我们去求一签，要真没缘分，我以后绝对不纠缠你了。”

施月警惕地看着王清远，王清远从来没这么好说话过，她问：“如果有缘呢？”

他笑得狡黠：“月月姐姐也觉得我们有缘？”

“得了吧，那我宁愿青灯古佛度过此生。”

王清远视线落在她被冻得通红的鼻尖上，摸摸鼻子，解下围巾霸道地裹到施月脖子上。

突如其来的温暖让施月缩了缩脖子，下意识想取下来。

王清远冷笑着威胁：“戴围巾还是戴别的，你自己选。”

施月动作立刻停住，警惕地看他一眼，生怕他又掏出什么链子拴自己身上，赶紧老老实实地把围巾戴好。

本来他俩就不是为了求神拜佛才来这里，栖霞寺只是施月打卡的其中一站，所以，相比陡峭难爬的后山和眼前人工开凿的近道，施月果断选择了后者。

王清远望了眼山尖古朴威严的庙宇，对她说：“走吧。”

路上风雪不断，石阶上染了水汽。施月谨慎地扶着护栏，一步一步往上爬，心里默默思索如果她现在转身逃跑甩开王清远的可能性。

但事实摆在眼前，以王清远这执拗的态度，让她觉得就算是报警把他抓了，他放出来的第一件事也绝对是来继续缠着她。施月胡乱地想着，心思百转千回，竟默默许起愿来。希望，待会儿王清远抽支下下签，气死他！也希望她能抽一支上上签，还有……等她回到淮序的时候能见到江四哥哥。

佛山每九十九阶就有一个供人歇息的亭子，走过七个石亭，便是传说中的千年古寺。从上面可以俯瞰佛山以下的全部风光。

这个季节，佛山漫山遍野都是秃秃的树干，树枝上偶尔会挂着一两个冰柱子，山下潺潺小溪已经干涸，空中窸窣地飘着白雪。

施月伸手接了一片，想起古诗里的一句，喃喃道："他朝若是同淋雪，此生也算共白头。"

王清远回首，正好瞧见施月凝视着雪出神的模样。少女皮肤白皙，乌黑的头发上沾染朵朵雪花，眼神澄澈，似承载了星辰大海。

"还不走？"王清远叫了一声。

施月倏然回神，指尖的雪花已经融成了一滴水。

两个人闷头往上爬。

经过石亭的时候王清远自发停下脚步，等她休息。

雪越下越大，本来地面只是有点湿润，到后来，台阶上的雪已有一指深，踩在上面雪花"嘎吱嘎吱"地响。

同行的游客越来越少，不少人在半山腰选择了放弃。

"太冷了，回家吧，下次再来。"施月听见耳边有人这么说。

最后一对同行的夫妻俩相互搀扶着返回，向上的人只剩他们两个。

两个人心照不宣地继续往上爬。

冬日的枯枝毫无生命气息，乌黑的枝丫上垒着厚厚的一层雪。

登至山顶的时候，已经过去了整整两个小时，前山尚且如此，后山更不知道多恐怖。

迈了太多台阶，施月的两条腿控制不住地发颤，抖得筛糠似的。最后一截路几乎是王清远拽着她上来的。他说来都来了，半途而废多丢人。

施月站定在入口处，望着眼前高八九米的红墙镌刻着美丽的佛纹，尖耸的屋顶驻守着一排脊兽。庙里传来僧人诵读佛经、敲磬撞钟的声音，鼻尖也隐约能闻到香火味道。绿瓦红砖，庄严肃穆。

寺庙前有小和尚拿着竹扫帚清雪，万万想不到这个时候还会有人登顶，忙小跑过来："施主。"

施月看着眼前的小师父，礼貌鞠了一躬："小师父，我们是从淮序过来的，想参观一下。"

想到寺庙森严，她忙补充了句："顺便上炷香。"

小和尚把扫帚靠在石兽上，双手合十，同样回了一礼："施主，今天雪大，你跟我过来烧了香，早些下山吧。"

施月向小师父道了谢，便跟着他往殿内走。

此寺名为栖霞寺。

寺门口摆放了一箱拱游客朝拜的竹立香，入寺前小和尚给他们拿了一份，解释："香代表戒定慧，戒定真香。供香的时候双手捏举，高过头顶，默念心中所想，礼完之后，方可把香置于香炉之中。"

施月点头表示知晓。

寺里最大的庙宇名为朝圣殿。殿里种植了好几株黄腊梅，香味袭人。

此刻淡黄的花瓣微微透明，梅枝上落着白雪，一路攀顶而来的施月发梢也挂了不少雪。

小和尚离她很近，笑着说："施主身上梅香弥漫，是有缘人。"

施月听闻从兜里掏了个香包出来："是这个味道？"这是初冬她亲手做的，没想到香味经久不散，正和院子里的腊梅交相呼应。

"正是。"小和尚捏着香去火烛前点燃，然后把香递到施月手里，神色认真，"施主奉完香可以去前院抽个签，树下打盹的老师父可帮你解签。若是平常天还可以在寺里逛逛，不过今日雪大，施主解完签还是早些回家吧。"

施月点头。

小和尚转身又给王清远也点了三支香。王清远不信鬼神，这次过来纯属为了缠着施月。他极不情愿地接过香，觑了小和尚一眼，迈开步子站到施月身旁。

两人并没有进殿，在殿外对着肃穆的佛像恭敬地拜了三下。

“好了。”小和尚等他们把香插进子炉里，腼腆地道，“你们去找老师父吧，我也要继续扫雪了。”

等小和尚走远，王清远问：“你许的什么愿？”刚才他眼瞅着她和小和尚你一句我一句的，硬是一句话都插不进去。

施月的视线从佛像上挪开，一边找路一边道：“你问这个做什么？”

“我只是想知道，”王清远目不转睛地盯着她看，不放过她一丝表情，他缓缓道，“你的愿望里，有没有我。”

施月抬头看他，一脸坦白。

王清远强硬地拽着她脖子上的围巾，一副她只要回答得让他不满意，他就不让她走的表情。

施月用力抽回，把围巾取下来扔给他，语气不好：“没有。”

王清远面色不好，又气又委屈。

施月强调：“抽了签赶紧走！”她还得赶下一个行程，不想在这里和他吵架。

施月朝小和尚指路的方向走去。

长廊的栏杆覆盖着一层厚厚的雪，随着风越吹越猛，雪越下越大，四散的雪花如柳絮因风飞起，远看，一排红瓦一层雪。

院子中间种着一棵几百年的老榕树，树下有老和尚揣着手小憩，树上挂满了红色丝带。

丝带在风雪中四处飞舞的样子，让她想起那晚的烟花。

“师父。”施月走到人前，轻轻叫醒和尚。

老和尚浑身抖一激灵，抬头看有人过来，用眼神询问他们。

施月问：“还解签吗？”

老和尚把手从揣着的袖口里抽出来，朝她伸出手，亲切地笑：“抽了什么？”

施月把刚才抽中的签递给他。

“几年空座莫人招，今日新花上嫩条。千里有缘千里会，他乡异域也相交。”老和尚念叨签文，下颌微收，眼睛却向上看她，笑眯眯道：“这是上上签。求什么的？姻缘？学业？还是钱财？”

此话一出，施月眉眼舒展，心里一喜。她刚才许愿的时候，心里只有一个人。除他之外，别无他求。

王清远表情也变了，回头盯着施月看。

老和尚看她的表情大概能猜出一二，轻咳了一声，把签文妥帖地收回竹筒里，慢悠悠道：“既然是上上签，那施主所求的，必将是好的结果，耐心等待，施主会心想事成的。”

语罢，他看向王清远，问：“小伙子，你要抽吗？”

“呵。”王清远不屑。

老和尚脾气倒好，看出了王清远心底的不服，却没生气，笑得依旧和蔼可亲。

老和尚还想说什么，就看着王清远把施月拽着走了。

施月问：“上了山，烧了香，现在你满意了？”

王清远侧过身看她：“应该是我问，现在你满意了？”

“回家之后我把项链还你，你自己收好，挺贵的，掉了可惜。你也别再缠着我。”

王清远持续嘴硬：“总有你求我的时候。”

施月没忍住翻了个白眼儿，心下却暗道这辈子都不可能。

两个人拌着嘴离开，出寺的时候都傻眼了。眼前白茫茫的一片，下山的出口被人用红色封条拦了下来。

刚才扫地的小师父还在寺门口，见她们出来，着急地冲施月道：“雪太大，已经封山了。”

毕竟是陡峭高耸的石阶，真要在雪天摔一跤，怕是半条命都要没有。雪大封山能理解，但施月担心的是他们现在怎么办。

小和尚无奈地挠头：“只能住寺里了。放心，我们有储备物资，政府也会想办法尽快接你们下山。”

怕施月她们擅自离开，小和尚补充：“听师兄说，后山情况更惨，雪崩了，滚了好几块大石头下来，还把游客给砸了。”

施月后知后觉地拿出手机，举过头顶，手机信号微乎其微，几乎可以说是没有。

“什么鬼运气？”王清远没有克制情绪，憋了一路，此刻总算找了个理由发泄出来。他拉着施月就要走，“不是有缆车？咱们坐缆车下去。”

小师父连把人拦住：“不行，风雪太大，缆车也停止运行了。”

施月挣脱出王清远的手，安抚地拍了拍他的手臂：“拜托师父帮我们安排一下住宿问题。”施月叹气。

没有信号，她没办法联系到林望舒，但怕她太过担心，施月硬着头皮打了 110，让警察叔叔帮忙转达，她在山上一切都好，等解了封就能回去。

林望舒比她想象中要冷静很多，千叮咛万嘱咐让她不要逞强，相信救援人员，切忌单独行动，乖乖在那里待着。

施月连连点头称是。

点开和江肆的对话框，聊天依旧停留在她两个小时前发出的照片那里。

05

另一边。

江肆一个人待着，身边战战兢兢地立着几个小姐，旗袍加身，纤腰肥臀。女人脸上都化着浓艳的妆，丝绸质地的旗袍衬得身材丰盈圆润。

江肆背对着她们坐在软椅上，眼睫低垂，指尖点着一根烟。

另外一边，贺霓杉不知疲倦地联系江肆，一通接着一通电话，甚至不惜搬出施月威胁。

江肆的脸越来越冷，看准时间，把手机扔给旁边的几人，起身扯下一旁的外套推门而出。同一时间，几个女人慌张地接住手机，按下接听。

阵阵引人遐想的吟哦声在房间内响起。贺霓杉气到爆炸：“江肆，你在做什么？”

无人回应。另一种声音却始终没有停息。

江肆按照约定时间赶到交易现场，这次货数量巨大，巡逻和放哨的人数是以往的好几倍。

FV团伙生性狡猾谨慎，交易时从不露出真实面目，且团伙资金充足，内部各式各样的人才齐聚。

交易计划三个月前就制定了，但FV不停更改交货地点，直到三天前才确定在靠近城东的无人荒郊交货。

毕竟货量很大，贺兴邦不敢掉以轻心，不止派了江肆，还把他的心腹杜云舍一起派了出来。

要知道杜云舍是曾跟着贺兴邦一起出生入死的兄弟，从年轻相伴到现在。不到万不得已，贺兴邦不会让他冒险。

杜云舍作为门中老大哥，所有人皆对他毕恭毕敬。他刚到现场，立刻嘱咐："老板很重视这笔交易，一会儿大家小心一点，千万别出纰漏。"

室内光线阴暗，冬天烂尾楼里水汽很重，风雪被吹进屋内，上楼的时候还有人险些踩滑。

杜云舍始终牢牢握紧腰间的枪。有人小声提醒："这地方几天前就被兄弟彻底检查过了，是绝对不会有问题的。"

杜云舍立刻喝道："小心驶得万年船，任何时候都不许掉以轻心。"

江肆穿着一双皮靴，黑色的工装裤包裹着他劲瘦的大腿，墨镜遮住外人窥视的视线，眼神却在木屋周围不动声色地扫视。许多隐秘地点早已卧上狙击手，耳朵微动，感受浅浅的呼吸声从四面八方传来。

他回头。身后有人上前："江哥怎么了？有问题？"

江肆摇头，语气冰冷："把东西看好。"

楼上传来笑声，杜云舍神色一凛，越过江肆率先上楼。

这次他们只带了很少的兄弟，周遭几乎全是FV的人。他们个个全副武装，手里驾着机枪。

废旧的工厂二楼视野宽敞，除了四根支撑屋顶的柱子之外没有任何的遮挡物。

FV戴着面具，身体懒散地靠在木椅上，说话时声音不男不女，一听就知道安装了变声器。他问："东西带来了？"

杜云舍使了个眼神，身后立刻有人把货物交上，黑色皮箱打开，里面袋装物品。

“很好。”FV 满意地笑了，饶有兴趣地看着他们，“贺兴邦倒是放心，就派你们几个人来，不怕我谋财害命？”

杜云舍身后的几人面面相觑。

杜云舍面无表情，淡淡道：“我们的人没进来，但把守了所有关口。我出不去，这货，你也带不走。”

FV 低笑，拍手叫好：“这点钱，倒不至于。”

杜云舍也是冷笑：“先生，贺董说了，东西不重要，能和您做上朋友，才是百乐门最大的荣幸。”

这句话俨然取悦了 FV，他一挥手，身后立刻有人把相应的货款拎上来：“钱都在这儿，要点点吗？”

杜云舍伸手，没等他接住皮箱，屋外突然传来一道叫声。

FV 蹙眉：“谁？”

与此同时，FV 联盟的人立刻把枪眼对准声源处。他咬牙，变声器发出的声音阴冷得像地狱里爬出来的恶鬼：“你们带人来了？”

“没有。”杜云舍立刻举手投降，态度严肃，“我们不是第一次合作了，请您相信我们。”

百乐门人反应迅速，立刻拔枪对准 FV，双方僵持不下。

江肆却忽然笑出声，挑眉：“我如果是你，绝不会把子弹浪费在盟友身上。”江肆痞笑着勾唇，弯腰，把小腿上绑着的匕首拔出来，插在桌上。

FV 犹豫片刻，缓缓抬手，让手下把枪放下。

贺霓杉带着人从最外层赶来，声音张扬跋扈：“江肆，你以为你躲这里我就不知道了？你出来。”

有人把枪头对准贺霓杉。

杜云舍皱眉，虽然不解，但还是第一时间阻止 FV 开枪：“这是我们小姐，自己人。”

话音刚落，身旁忽然有人倒地，额心一点红色血迹逐渐弥漫，双目怒睁，死不瞑目。

所有人脸色大变："小心，有埋伏。"

周围枪击不断，似有人早就埋伏在暗处，每一枪都有一人倒地。枪支装着消音器，短时间内很难判定是哪个方向开的枪。

FV 立刻掩护领袖退到安全区域 .

场面混乱，一粒子弹迎面射向杜云舍，他猝不及防，浑身僵硬着倒退两步。好在江肆及时把杜云舍拉开，子弹打在杜云舍的手臂上。

杜云舍被江肆拽着，步子踉跄，左手捂着受伤的胳膊，咬牙道："走。"

百乐门的人立刻撤退。

杜云舍不忘冲到最前方，救出贺霓杉躲到屋后。他手里捏着枪，找准时机就往身后开枪。

"杜叔，你怎么在这儿？"

"小姐，别问了，快走。"

贺霓杉初时被吓了一跳，但好在贺兴邦从小便给她佩了真枪，射击课也从不落下。这种情况她不是第一次见，很快就进入了状态。一面回击，一面掩护杜云舍离开。

警方乘胜追击，来时的人一个接着一个倒下去。

江肆扶着杜云舍，飞快爬上车。身后枪林弹雨，电光石火间车身已经被击穿了无数个洞。

杜云舍浑身大汗，伤口止不住地往外冒血，他推开江肆，自己握住方向盘，踩下油门，飞快地往小路上跑。

警方从树林里穿出。

"穷寇莫追。"穿着伪装服的特警队长看着越野车逐渐驶远，回过身，吩咐，"清点赃物。"

警方这次来得又快又准，两三下便打得百乐门溃不成军。不止他们，就连 FV 组织也损失惨重。听说组织头目也中了一枪，生死未卜。

回到红园时，杜云舍的脸早已惨白一片，医生连忙为他止血处理伤口。

跟着出去的兄弟没一个回来，报信的人刚上楼，就见贺兴邦气冲冲地把人踹出来。贺兴邦看着杜云舍的伤，把视线落在江肆身上，质问："怎么回事？"

江肆身上沾满了淤泥和血渍，脸颊一道血痕流下。他缓慢拿起手边的打火机，"噌"的一声，一簇火苗从气孔冒出，点燃一根烟，咬在嘴角，语气冷淡："有内鬼。"

贺兴邦狐疑地看着他："什么意思？"

江肆拧着眉，静默两分钟，陈述："地址改了几次，警方的人不可能摸过来。"

贺兴邦追问："你认为内鬼是谁？"

这次的交易地点除了江肆和杜云舍，没人知道。他死死盯着江肆，不放过他眼里可能出现的一丝的破绽。

空气死寂。

贺兴邦俨然已经怀疑到江肆身上了，可他依旧是一副坦坦荡荡的模样，眯着眼，猩红的火星一路烧到底，他抬手吸了一口，冷白的雾袅袅升起。

贺霓杉脸色惨白，思前想后，她终于带着哭腔承认："爸爸，是我。"

她忽然意识到，是自己把人引过去的。地址是她偷听到的，她以为他在外面偷会情人，她不知道是进行秘密交易。

贺兴邦脸色铁青："胡闹！你知不知道你害死了多少兄弟？"

贺霓杉哭着解释："我就是过去找阿肆，我不知道，我之前和他通过电话，但是……"

江肆垂眸，视线落在贺霓杉身上，神色冷淡："贺霓杉，贺董应该知道，我不会接你的电话。"

可当时分明听见他和别人……贺霓杉忽然觉得自己是个笑话。

杜云舍已经醒了一会儿。听清来龙去脉后，他犹豫着开口："老板，确实是突然袭击。如果不是江肆，我今天也回不来了。"

贺霓杉不傻，知道自己被人当枪使了。但事情非同小可，见贺兴邦明显还在怀疑江肆，她终于委屈地哭出声："爸爸，都是我的错，你不要怪阿肆。”

被人算计她也认了，她只想江肆活着。

“霓杉！”贺兴邦低吼。

贺霓杉“扑通”一声跪下，双手揪着贺兴邦的衣服：“爸爸，我真的知错了。”

贺兴邦强压下火气安抚杜云舍，语气还算温和：“你好好休息。”看向江肆的时候，他的声音冷了几分，“你也回去，这件事我还要再查查。”

江肆点头，转身离开。贺霓杉想叫住他，却又不敢。

“把大小姐关起来，没我的允许，不准踏出红园一步。”

江肆回明楼第一件事就是给施月打电话，电话响了好一阵子，但始终没有接通，短信发出去也没人回应。

苏超忙不迭告诉他：“施月出事了！”

施月在山上住了三天，禅房里什么都没有，连被子都只是薄薄的一层，夜夜冻得她睡不着觉。

这几天风雪不断变大，地面的雪已经积到半人高度，每天清晨施月都参与到寺里扫雪的工作中。王清远则立在屋檐下，生无可恋地看着他们。

施月难得有心思打趣他：“千方百计跟过来，怎么还不乐意了？”

王清远抱着手臂优哉游哉看她：“姐姐，你有危险第一时间挺身而出，陪在你身边的人是我！我才是你所求的人。你喜欢的那个人，现在都不知道在哪逍遥呢！说不定他连你被困在这里都不知道。”

施月打住，让他闭嘴。

扫完雪去食堂吃饭。

她时刻把手机揣着，每到一个地方就掏出来刷刷信号。毕竟她连着消失好几天，也不知道江四哥哥会不会着急。

手机意料之中地没有信号，她收了手机，端起小碗慢腾腾地喝热粥。

虽然没办法进出，但寺里的各位师父依旧按部就班地忙自己的事情。外界风雨与他们无关，整个庙宇与世隔绝，一派宁静。

好并不容易挨到傍晚时分，也许是漫天的风雪看不到尽头似的下，施月终于后知后觉地开始焦虑，看着纷纷扬扬的雪花和越来越厚的积雪，眉头紧锁。

到第五天，她整个人已经瘦了一大圈，王清远精神状态也萎靡下来。都是娇生惯养的人，没受过罪。在这里吃不饱睡不好，每天晚上冷得发抖，要用热水还得去伙房取，可不得变憔悴吗？

寺里除了他们俩，还收留了同样被困在这里的人。他们也是病恹恹的，稍有点精神就守在山口等救援人员。

今夜尤其冷。施月吃完饭早早地回了寮房，刚准备脱鞋上床，忽然听见屋外一阵骚动。

“有人上山了！”

“真的？几个？是救援人员？”

施月听到这些话的时候鞋也不脱了，赶忙开门抓住路过的几位师父：“你好，确定是有人上山了吗？”

小和尚尴尬地扯回自己的袖子，双手合十：“是的，我们正准备过去看看，施主要不然一起？”

施月点头。

冰封的雪山屹立在夜空中。山与山之间，不仔细看压根儿看不出那儿有个人。

前山被封，后山被堵。他不知道从哪里凭空踏出了一条路，在这个积雪堆积到结冰的山路上，一步一步坚毅地向上爬。

施月好似有预感似的心狂跳不止，猛地说了句：“我下去看看。”然后说走就走，去厨房拿了火把打着电筒就往来人的方向走。

他已经独自走了很长距离，距离山顶也不过还有十分之一的路程。施月的心紧张得怦怦直跳，远处的身影熟悉得让她想哭。

施月刚要翻越围栏，被王清远一把拽住：“你不要命了？”

施月一把挣开他的手，飞快地越过封条，义无反顾地往山下冲去。

她浑身凉透了。其他人想拦被她躲开。

人工修建的台阶不能走，她只好爬到山坡上，那人注意到她手里的灯火，转移路线朝她汇聚。奔波好几十米，终于在一条短道上相逢。

施月气喘吁吁地停在原地，嘴里哈出的热气在空中变成白雾。她眼里泛着激动的泪光，合着猛烈的心跳声，整个人怔怔地望着眼前人。雪色与月色之间，他是第三种绝色。

黑色的身影如天神般降落人间，手脚上擦伤无数，就连脸上也挂了彩，每一根发丝都狼狈不堪。背上简单背了个包，膝盖上一大摊淤泥干涸的痕迹。她从未见过江肆如此可怖的模样，脸色苍白如纸，眼睛布满红色血丝，额角挂着汗渍。

两人对望，江肆一贯冷漠疏离的眼里皆是失而复得的惊喜。

不敢相信他竟然徒手爬上这么高的山峰。

“江四哥哥……”施月怔怔地看着他，一时间百味杂陈，说不清是高兴还是心疼，只鼻尖酸涩，眼睛微红。

此刻他再也控制不住，抬脚向她走来。施月颤了一下，红着眼奔到江肆面前，看着他满身的伤，想抱却不敢碰他。

江肆一把将她拥入怀里，力度之大，仿佛是要将她摁进自己的骨血。

第二次，她第二次平白地在他的世界里消失。

失去她的那种痛楚，比之前的每一夜更甚，他该是知道，他这辈子都逃不开她了。江肆抱着她的手不断地收紧。得知施月被困在山上，他脑子里只有一个念头，哪怕是死，他也要死在找她的路上。

枪林弹雨里他没有怕，被贺兴邦几次威胁差点丢命的时候，他也没有怕，但这次，他真的怕了。

施月紧紧地回抱着他，牢牢地攥住他的外套。

半晌过后，江肆才渐渐平息。他低声说：“好险。”

施月要抬头看他，却被他强行摁进怀里，紧接着又听他说道：“幸好。”

好险，差点再也看不到你，幸好，你没出事。

施月鼻尖一阵酸楚，心上像是突然缺了一个口子，歪歪扭扭地漏着冷风，只有无限靠近江肆，才能短暂地堵着那个口子，收获温暖。

所有无名的喜欢此刻被冠以爱的名义。

她比平时任何时刻都清楚，江四哥哥对她而言，今生今世都忘不了了。所以她越抱越紧，像是落水后抓住一根浮木，全身心交托在他身上。

但这个程度还不能让施月满意，还不够，远远不够。

江肆没有出声，他搂紧施月。两人额头抵着额头，彼此间呼吸交缠。

不知过了多久，山坡上忽然一道声音："看，他们在那里！"

老和尚领着一群小和尚从寺里下来帮忙。起先听说有人爬上山了，他们还不信，仔细一看，吓一大跳。

一行人跌跌撞撞地从山坡上滑下来，平常他们上山捡柴惯了，身手还算可以，倒也没受伤。

老和尚穿着练功用的灰色长袍，着急忙慌地朝两人方向看去。

老和尚发现江肆的手肘和膝盖处有些细小的伤口，赶紧招呼人过去扶着。三省小师父到了江肆跟前，和他对视一眼，又不禁倒退半步，直觉得这人不简单，踌躇地看向老和尚求救。

老和尚双手合十："施主，天色已晚，先到寺里避避风雪吧。"

江肆岿然不动。施月原本藏在江肆怀里，看三省师父过来，忙拽了拽江肆的衣服，从他怀里退出来。她低着头介绍："江四哥哥，他们都是栖霞寺的僧人，这些天多亏他们收留我。"

再看向路旁的一行人，施月红了脸，声音轻轻："师父们，这是我哥哥江肆，特意从淮序那边过来找我的。"

有了施月解释，江肆表情缓和了许多。三省师父拘谨地朝江肆鞠了一躬，道："江施主，山里危险，您请移步到寺里歇息吧。"

施月也点头："江四哥哥，咱们先回寺里。"声音娇软。

江肆不自觉多看了她一眼，从她手里接过电筒，牵着她的手，转身对三省道："请师父带路。"

见他体力还行，行动也算灵敏，三省也便没有扶他。

从没见过顶着这么大风雪还能从落霞山底爬到山顶的。就算是人工修葺的后山山路，风和日丽的天气，一个年轻小伙子爬上去也得累得直不起腰。

三省迈开步子，快走回老和尚身边。

老和尚望了眼后面跟着的两人，了然地点头，领着众人走在前面。

一群人浩浩荡荡地来，又浩浩荡荡地回去。

回去的路为了照顾两人，师父们特意挑好走的地方，把路给他俩踩实了。绕是绕了点，但胜在不用爬坡。

怕她摔跤，江肆一直小心护着她。施月先是被他牵着，然后逐渐变成十指紧扣的姿势，最后，他拉着她的手揣进兜里，一点子温暖浇熄了雪夜天的刺骨。

夜色寂静，圆月悬照，风雪不止。

一行人风尘仆仆地赶回寺庙，抵达的时候，每个人身上都沾满了雪粒。

山里确实凶险，好些地方积雪都堆到人半腰的高度了，稍不注意就会踩空。

他们一群人结伴着走这么一小截都要了老命，真难想象江肆一个人是怎么走上山的。施月累得不轻，好几次江肆要背她，都被她拒绝了。

和尚们冷得原地蹦跳，把身上的雪花抖落下去，顺便活络活络筋骨。老和尚也冻得不轻，嘟囔："去伙房烧点热水，大家一会儿洗个热水澡再睡。"

洗热水澡怕是奢侈了些，不过烫烫手脚是必需的。

江肆注意到门口坐着一个人影，王清远半弓着身坐在门口石阶上，手里拿着一截枯树枝，枝条有一下没一下地在地上抽。看他的模样，就算是下一秒直接往山下冲也是有可能的。

江肆忍不住蹙起眉头，扣着施月的手不断收紧。同样是男人，他读得懂王清远看施月的眼神。

"你在那儿做什么？"施月叫他。

师父们已经陆陆续续进了院子，外头只剩他们三人。

王清远回头，见江肆立在施月身后，两人紧扣着的手自然也逃不过他的眼睛。

他哼了一声，半点不觉得意外。早就猜到了这个时间敢冒险上山的，除了江肆就没有别人。他只是觉得有些无力，任他千方百计费力讨好，但只要江肆一出现，施月还是会毫不迟疑地奔向江肆。

施月皱眉，把手从江肆兜里抽出来，走到王清远面前，蹲下身看他：“还不回屋？是准备今晚不睡了？”

“不睡了。”王清远猛吸一口气，逞英雄道，“他既然能上来，我就能下去。要是活着的话，我也会找人来救你。”

施月无言以对：“王清远，你是十七岁，不是七岁，能不能对自己负点责？赶紧回房睡觉。”

这雪下个没完，像是永远都不会停。

看江肆进寺，王清远下意识去牵施月的手，没等碰到她，右手便被江肆一把按住。施月后知后觉地转身，发现两人之间硝烟味十足。

江肆没兴趣为难一个乳臭未干的小屁孩，他只是桎梏着王清远的手腕，眼神凌厉，说话的语调比地面凝结的冰块还冷：“我说过，她不是你能招惹的。”

“是吗？”王清远冷笑，反问江肆，“我偏要招惹，大不了你再卸我一条胳膊？”

江肆凝眉，捏着他手腕的劲不断加大，大到王清远五官逐渐扭曲。

听对话，好像他们之前已经瞒着施月打过照面了。但看他们水火不容的模样，施月无奈地反手握住江肆的手，并把手抬起来，十指交扣，故意露给王清远看。

“王清远，我和江四哥哥已经在一起了，你要是想发疯我也不拦你，进门之后我就去找老师父，看你被抓回来是关柴房还是锁茅房，正好，腾房间给江四哥哥住了。”

寺里的房间不够，施月今晚本打算是让王清远和江肆住在一起。

王清远挣脱江肆的手：“我偏不。”说着，他恨恨地瞪了江肆一眼，就跑了。

“看来今晚，你得和小师父睡了。”

江肆没有异议：“都行。”其实不睡也行。

施月知道他累，领他去后厨接了壶水。

山里断电了，想用热水只能去伙房领，等不及的也可以在院里烧。江肆接过师父递来的水壶，没让她动手。他帮她把热水拎回寮房，看见房间里简单到极致。施月注意到他的视线，忙解释道：“其实还好的，我晚上穿着衣服睡，不冷。”

江肆没吭声，卸下背包放在地上。

背包里设备一应俱全，定位仪、护膝、手套、常用药还有手电筒和刀具。他把最底下的一小块方毯抽出来，整整齐齐地铺在床上。

塑料瓶里倒满开水，然后塞进被褥里。

施月看着他做这些，突然回想起苏超说的，江哥最近有很多工作，抽不开身。施月问：“工作忙完了吗？”

江肆顿了一下，淡淡地“嗯”了一声。

施月想起刚才他和王清远对峙那幕，就忍不住想笑。

江肆起身的时候，正好见她盯着他，眼神清亮，眉梢娇俏灵动。他看着她，问：“想什么呢？”

施月笑着问他：“怎么总和王清远计较？”想到他刚才严肃的表情，她忍不住低声调侃，“以前怎么没发现，老坛酸菜都没你那么酸。”

江肆反手攥住她的手，等收拾完床铺，才转身看她：“你刚才说什么？”

施月重复：“我说，怎么和小孩计较。”

“下一句。”

“以前怎么没发现。”

“再下一句。”

“老坛酸菜都没——”施月顿住，赶忙绕了个圈，笑眯眯地勾他的脖子，“我说我的脚有点酸。”

“不对。”江肆没有压制自己的情绪，他朝施月步步逼近，纠正施月的话，“你说，我酸了？”

施月立刻解释：“我不是那个——”

话被堵在嘴里。施月惊愕地睁大眼睛，手肘尚且抵着江肆胸膛。

寮房的油灯忽明忽暗，灯芯在火里噼里啪啦地响着，昏黄的烛光映出施月姣好面容。江肆揽着她的腰，逼着她步步后退，直至抵在门上。

门外风雪呼啸。

他帮她把碎发别过耳后，指腹若有若无地划过她脸上每一处细节，沿着五官细细描绘，温热的气息洒在施月耳垂上。没有技巧，他秉持着最真实的想法，吻渐渐落下。

施月没有说错。

他酸了，酸得要命。

施月住的寮房是一个四四方方的院子，四面都是房间，统共住了十几个人。

这个点，大家都来往于厨房和盥洗室。门外偶尔会路过一两个人，呼啸的风雪里时不时响起一阵窸窸窣窣的说话声。

隔了好一会儿，施月才红着脸推开他。她喘着粗气，说话也磕磕绊绊，尴尬地看着水盆："水，水凉了。"

江肆"嗯"了一声："我去给你重新打。"

不得不说，有些人的心理素质天生就好。前一秒还意乱情迷，把人欺负到腿软，后一秒立刻又变得衣冠楚楚，强吻了人还面不改色。

"不用了。"施月做不到像他那样坦荡，声音软软的，细听还有点含羞带怯。她清了清嗓子，不自然地看向别处，"没那么冷，简单洗一下就好。"现在过去打水，一来一回加上排队的时间，不知道要等多久。外面天寒地冻的，她不想累着他。

江肆点头，从包里拿出药膏，朝她招手。她的脸尚还泛着红晕，头发微乱，眼睛湿漉漉的，像蒙了一层水雾。

"帮我上药。"除了亲密时稍显霸道，其他时候江肆几乎不会勉强施月做任何事。

施月接过药膏，看着他脱掉外套，露出里面的纯色内衫。厚厚的冲锋衣下，他的手肘、肩膀、脊背，包括小腹部位，都沾满了深红的血渍。

伤痕累累，触目惊心。施月拿着药膏，心疼得无从下手。

迟迟等不到她的动作，江肆沉默两秒，自顾自地把袖口挽到肩上，把伤口暴露出来，方便她上药。

江肆怕坐脏了床，席地坐在床边，背靠着床沿。

知道不能耽搁，施月红着眼从管里挤出一块药膏，小心翼翼地往江肆伤口上抹。清清凉凉的药被她仔细地揉开。

不痛，倒是痒得不行。他不是没受伤过，平时大多都是苏超给他上药，再疼他也受得了。

但是他发现，比起苏超那种活人当死人治的手法，小奶包边哭边上药的方法似乎更加磨人。

江肆腰上的伤最严重，爬山时不小心磕到了刀锋石，冰天雪地的也感觉不到痛，等发现的时候血迹都干了。

这边施月上药的时候简直不敢多用一分劲，水葱似的手指在他的腰间滑上又滑下，轻飘飘的，触之即离。

手指移开的时候，施月明显听到江肆从喉咙里发出浅浅的闷哼。

“用点力吧。”江肆低头握住她的手，往下一个伤口带。

屋顶上有雪融化，滴滴答答地坠下去，形成一小片水洼地。梅花树上的积雪被人当作宝贝收了起来，说是来年拿来煎茶最是一绝。

施月从床上睁开眼，周遭的声音不断传进耳朵里。栖霞寺的夜又长又冷，这几天她基本是彻夜难眠，但昨晚，她睡得异常安稳。

施月起身，掀开被子。视线落在床上的那张深灰色的方毯上，她又往被窝里看了一眼，里面赫然塞了一瓶装着温水的矿泉水瓶。施月猛地下床，穿好鞋子就往外跑。

隔壁房的一对中年夫妻正在院子里砸冰块儿，看她出来，乐呵呵地招呼：“妹子醒啦？快来帮帮忙！”

“阿姨，我还有事，一会儿来帮你！”施月着急忙慌地跑出院子。

今天和往常不太一样，一路上她都被人好奇地打量着，施月硬着头皮和熟人打招呼，谁知道他们也是一副笑眯眯的表情。

顶着压力，施月从盥洗室走到食堂。一路都没有看到江肆，她正准备找小师父打听，就见江肆站在食堂最前端分发馒头，身姿板正，冲锋衣袖口沾了不少面粉。

江肆刚把东西收拾完，就见施月走过来，江肆领了一份早餐，跟着小师父到施月面前。

“施小姐，你哥哥真厉害。”三省师父忍不住夸赞，“今早扫雪，他一个人比我们三个人的速度还快，扫完雪还帮着来食堂做早饭，太感谢了！你尝尝，这馒头就是江先生亲手做的。”

三个人找了处空桌坐下来。

施月接过小师父递来的馒头，咬了一口后诧异地看了江肆一眼。想来是江肆手劲太大，这馒头吃起来很有劲道，就是有些费牙。如果可以的话，她更愿意称呼它们为石头。

小师父又递过来另外一个，笑着说：“这是我做的，你也尝尝，点评一下。”

施月不好回绝小师父的一片好意，只能把江肆做的那只放进碗里，接过小师父的。她尝了一口，发觉馒头松香软绵，甜丝丝的，很好吃。

小师父殷切地看向施月：“怎么样？味道还行吧？”

施月诚恳地点头：“好吃。”

小师父又问：“江先生做的呢？”

江肆抬眸，视线落在施月身上。面对两道视线的夹击，施月硬着头皮道：“也好吃。”

“那你多吃点。”三省师父放心了，乐呵呵地吃着馒头喝稀饭。

施月吃一口三省师父做的，再吃一口江肆做的，好几次被噎得说不出话。

三省师父吃过早饭还要去做功课，饭桌上只留了施月和江肆两人。

她喝着小米粥，视线总忍不住往他那边乱飘。江肆一直认真吃饭，看她吃不下，伸手把碗里剩下的另外半只馒头给吃了。施月咬不动的，在他嘴里，三两下就咽了下去。

见他吃完停下来，施月也赶紧跟着放了筷子。

山里气温低，吃完饭大家就总想着回房间睡觉。江肆送她回寮房。

他脸上的擦伤已经从青紫变成了淡淡的黄色，施月没见过身体素质这么好的人，一晚上就恢复了大半。就是不知道身上的伤怎么样了。

想到昨夜给他上药的情形，施月脸上迅速爬起一层红云。像是要甩掉脑子里那些莫名其妙的心思，施月特意找了个别的话题，问他："江四哥哥，你怎么知道我被困在这里的？"

江肆眸光微闪，随口回了句："听苏超说的。"

"哦。"施月点点头，很快又有了新的疑惑，"苏超怎么知道我被困在嘉平的？"

江肆好笑地看她一眼，胡乱找了个理由："可能是在新闻上看的吧。"其实他岂止知道她在栖霞寺，就连她出发时坐的哪辆车、几点走的，和谁一起，他都一清二楚。

在贺兴邦调查施月过后，他派了不少人来她身边守着，唯恐被贺家人钻了空子。可惜，躲过了人害却遇上天灾。

江肆不想深谈，把她送回房间。刚准备离开，忽然注意到她时不时揉捏后背的动作。

"腰疼？"他问。

施月呆了一下，他又问："怎么弄的？"

在江肆的连番询问下，施月涨红了脸，下意识看向寮房的门。木门背面确实有几条凹凸不平的格子。

江肆顺着她的视线看过去，眉心不自觉蹙起，懊悔道："下次换个地方。"

有那么一瞬间，施月突然觉得眼前的江四哥哥仿佛变了一个人。

以前他从来不会说让人脸红的话，两人之前的关系既亲密又点到为止。现在的他，像是冲破了某种心理防线，坦坦荡荡地当着她的面说，还有下次！

施月好喜欢现在的江四哥哥。

她忽然有些好奇，他是什么时候开始喜欢她的。心里话被不自觉抵问了出来，江肆嗓音哑哑的，轻声诱哄："你猜猜。"

"我生日那天？"他沉默不语，看来不是。

施月又猜："艺术会演？"

江肆点明："还要更早。"

施月困惑了，脑海里细细搜索："一起玩游乐场的时候？一定是这个！"

比她知道的更远更久，但她不需要知道。江肆配合她"嗯"了声。

施月的手机没电了，刚好江肆带了备用充电宝。帮她把电充好，他从包里捡了双手套，说："我去后山帮忙铲雪，你待房间里别出去。到点就去食堂，知道吗？"

施月想跟着去帮忙，被他一把捞了回来。一想到又得关房间里一整天，施月整个人蔫头耷脑的。

"乖一点儿。"江肆抱着她，耐心哄，"回来给你堆雪人。"开门的时候冷风裹挟着白雪从门缝里呼呼地吹进来，他快速出去，把门合拢。

施月翻滚着趴到窗口看他。江肆一身劲装，迎着风雪一往无前，像个救世大英雄。她失神地看着他的背影，像只小蘑菇似的栽那里就不动了，连窗边什么时候多了个人都没注意。

"小姑娘。"清晨砸冰锥子的女人出现在窗台边。

施月有气无力地喊了声："阿姨。"

两人隔着半开着的窗户，女人把手揣进袖口里，脖子上系着厚厚的羊绒围巾，上半身随意地倚在墙上，盯着远去的江肆看。

"你男朋友？"她问。

施月温吞地"嗯"了一声。

女人双臂交叉抱在胸前，一副过来人的姿态，语气耿直又老练："我听说昨晚的事了。啧，现在的年轻人好厉害。我们家那个别说大雪天为我爬落霞山了，我窜稀窜得要命的时候，不跟我抢厕所都算好的。就是雨水稍微大点儿让他出门给我买杯咖啡都难。"她由衷夸奖，"你男朋友，真的不错！"

这世上纯粹爱着另一个人的人本就不多，更遑论为她不惧生死。

施月微微笑起来："叔叔知道您这么说他？"

"那倒不知道。"女人笑眯眯，"我只在背后吐槽，在他面前，绝不多说一个字，他不知道我有记账本，还觉得我大度呢。"

"阿姨很聪明呢！"

"那是。"

施月等着江肆回来带她堆雪人。到下午的时候，扫雪的人陆陆续续回来了，她出门去找他。

江肆就立在不远处，等所有人都进去之后，朝她招手。她迎着风扑过去把他抱住："好冷啊，给你暖暖！"

江肆低头看着施月，伸手捏了捏她肉肉的脸，凑到她耳边问："后山有几棵橘子树，要不要过去看看？"

施月惊喜："师父们栽的？"

江肆摇头。他刚才问了，寺里的人说是野生的。没占据主要路段，他们也由得那树越长越高。

橘子树很争气，不仅果子甜，而且颗颗水分充足，圆润饱满。每年丰收的时候结的果子能把树枝给压折了。

可惜今年受暴雪影响，低温环境下，果实虽然转色快速，早早就变黄了，但养分积累不够，导致橘子汁液丰富味道却很淡。有些表皮还冻了一层厚厚的冰。

江肆不确定她会不会喜欢吃，怕她满怀欢喜却败兴而归，所以提前解释。

谁知施月非但没觉得扫兴，反而兴奋得很。也是，被困在寺庙里那么多天，现在终于有个地方能让她玩，怎么能不高兴呢！

好在离饭点还有几个小时，施月毫不犹豫地跟着江肆走。

寺里有专门通往后山的路，早上已经把雪给铲干净了，现下一路畅通无阻。

江肆牵着她到后山，往下一看，台阶蜿蜒曲折地连接着山顶和山脚。此间白茫茫的一片，宛如冰雪世界里的梦幻仙境。

他捏了下她的指腹，拉着她，往另一条较为平坦的小路走去。刚才他铲完主要干道，特意把这里也清理出来，一条窄窄的灰色地皮格外显眼。

江肆指着路的尽头："看见没？"

施月抬头，看向江肆指的方向。

那里种了大片的莴笋，因为雪太厚了，菜叶被冻得烂成一片。果树就在菜地中央，枝叶裹了一层冰衣，上面挂了许多手指长度的冰锥子，黄澄澄的果子就藏在叶子中间。

“哇——”施月惊叹地往前跑了几步，菜地里长了好几棵，近看才发现，每棵树都密密麻麻地结满了橘子。

江肆跟在她后面，忍不住勾起嘴角。他走上前，在施月围绕着一棵棵橘子树打转的时候，握着树干摇了摇，簌簌的雪和冰衣从树上落下。剥去雪皮的橘子树更加金光灿烂。

施月笑眯眯地回头看他：“可以摘吗？”

江肆点头。他自然是无所谓，不过知道施月讲究，白天特意问了师父们，他们说只要别砍树，随他们摘光都成。

本就是自然的馈赠，谁都做不得这树的主人。

得到江肆默许，施月踮脚摘了一颗。没人修剪的果树比一般果园的高大许多，她能够着的也就那零星几颗。

在施月摘下其中一颗之后，江肆抬手，避开那些明显被冻坏的果子，又给她揪了一个下来。把橘子掰成两半，递到施月面前。

施月小心翼翼地掰了一瓣塞进嘴里，本来已经做好了被酸掉牙的准备，没想到——“好甜！”施月剥了一小瓣递到江肆嘴边，“快尝尝。”

江肆低头含过那一瓣，刚入口就听见她问：“是不是，是不是？好甜！”

橘子新鲜但果味很淡，远不如平时商场里面买到的。不过，人如果一开始就在心底降低了对某件东西的期待值，就会变得格外容易满足。所以，即便是被冻了这么多天的橘子，施月吃起来口感也不觉得糟糕。

看她一脸满足，江肆眉眼温柔。低头，把剩下的橘子喂给她。

施月捧着脸，觉得甜味儿从嘴里渗进了心底。一连尝了好几瓣，她忽然支棱起来，勤快地穿梭在几棵树周围，抬手就是一颗，把自己和江肆的口袋塞得满满当当的。

两人把摘来的果子送到寺里，给大伙儿当饭后点心。

休息时看施月和大家伙儿聊得高兴，江肆起身去了后厨，直到开饭的时候才出来。

三省师父端出一大盆馒头放在桌上，特意选了最白最圆的一个，递给施月："月施主摘橘子辛苦了，尝尝这个，肯定好吃。"

施月眼尖地看着江肆手里同样端了一盆馒头，果断拒绝小师父的好意，往江肆那边走。

她想去拿江肆手里的，被他躲开："吃你喜欢的。"

"我就喜欢这个。"施月摇头，从盆里拿起一个馒头，凑到嘴边轻轻咬了一口。被风吹过的馒头表皮又冷又硬，她含在嘴里，嚼了好几下才咽下去。

见江肆不说话，她埋着头，温吞地解释："我喜欢这个馒头，更喜欢做馒头的人。"

吃完饭，施月又去拿了两个馒头，连带着摘来的橘子，一起给王清远送了过去。

他今天一整天都没去过食堂。施月知道他闹脾气，在门口敲了敲，屋里没有动静，她直接喊话："王清远！别装死！"

果然王清远就过来开了门。

寮房内，他一身黑色的羽绒服捂得严严实实，灰色的围巾裹在脖子上，比平时多了几分狼狈。

开门的时候，他的视线停在地面，而后缓缓上移。施月一身浅蓝色布衣，衣袍下身形均匀有致。墨发用一截梅花枝簪上，红色的花苞成了头上唯一的点缀。她眼神清亮，短短一夜就恢复了朝气。

王清远没好气道："找我做什么？"

施月端着碗，瞧他这么憔悴，不由得放缓了声音："给你带了馒头和水果。"

王清远本来不想要，但又饿得慌。挣扎片刻，最后故作平静地接过碗，顺手把房间门再打开了些。

"外面冷，进来。"

施月应了声，抬脚走进去。主要是她得看着王清远把馒头吃了，省得他浪费。

王清远的视线停在她脸上，注意到她从脖颈到耳尖都泛着粉色。施月刚好站在窗边，柔柔的雪光衬得女孩的侧颜温柔又好看。

“快吃吧。”她开口催促，“山上天气冷，不多吃点身体扛不住，而且这馒头硬了也不好吃。”

至少她还是关心自己的。王清远心里稍微安慰了点，拿起馒头一口咬下。

施月继续道：“这是江四哥哥做的，硬是硬了点，但是味道还不错。”

王清远忽然对手里的馒头彻底失去了胃口，他把东西扔回碗里，冷笑：“姐姐，你不会真以为江肆是什么好东西吧？你知道他背着你在做什么勾当？一个小三的儿子，是靠什么买房买车，你真不想知道？”

王清远虽然只是一个高中生，但男孩子天生对一些东西特别好奇。他的朋友们偶尔私下开玩笑，总会提到江肆的名字。提起他的隐秘的过往，提起他负债跳楼的赌棍父亲，提起他的母亲，还有他时不时出入明楼出手阔绰的样子。这些事串联在一起，很难不让人怀疑江肆的钱来路是否正当。

施月脸色难看。她之前是纳闷，也问过，但江四哥哥让她不要多想。他虽然在淮大读书，但是已经签了工作，而且收入不菲，毕业后会直接到公司上班。

王清远满脸鄙夷。

“见不得江四哥哥好是吧？”施月把馒头夺了过来，“好心当成驴肝肺，你如果不想死就自己去厨房吃饭，以后我不会再给你送东西了。”

王清远死死盯着她，看她离开。明明他也喜欢她，但她就是看不见。

施月帮他补课的那段时间是他最快乐的时候，从一开始抗拒，到后面每天眼巴巴地去她楼下接她。

王清远最见不得的就是她笑眯眯地喊江肆哥哥。为什么她那么喜欢江肆？班级聚餐那晚，他看着江肆来接喝醉的施月回家，那时才发现，她坐摩托车是会牢牢抱紧江肆的。

但他接送了她一整个月，她从来没挨过他一下。看着施月全身心信任江肆，他嫉妒得发狂。

施月气冲冲地往厨房走，刚好碰见三省师父。

三省师父叫住她："月施主，听说救援队已经赶到山下了，最迟后天，你们就能回家了。"

施月脚步停住，一时有些反应不过来："后天？"

"是啊。"三省师父看着她笑，"雪终于停了，今晚老师父给大家准备了篝火晚会，大家聊聊天，算是纪念这段不一样的旅程，您可千万要来呀。"

施月心不在焉地应了一声："行。"然后才想到，下山的话，是不是她又得恢复好几天甚至一两个月都见不到江四哥哥一面的相处模式了？

莫名地，她有些烦躁。

施月回到寮房歇了一会儿，醒来的时候发现已经天黑。她简单收拾了一下，沿着寺庙内墙走到小师父说的位置。

广场上聚了好些人。

地面团了一堆柴，香客们围着柴火一圈坐着，寺里的师父们则挨着给大家分发食物。

老师父坐在离火堆最近的地方，穿着黄色的海青服，火苗晃得他的脸红彤彤的。等人差不多来齐了，老和尚这才双手合十，说："风雪停了，明日会有人上山接应，大家后天便可下山。感谢施主们陪栖霞寺众僧度过时艰。佛祖有言，布施者必获其利益，乐为乐布施后必得安乐，缘分二字，妙不可言；望诸位施主今后能广结善缘，阿弥陀佛。"

老和尚语速很慢，让人听得很舒服。

话音刚落，就有人同样回了一礼："大师客气了，这几日多亏师父们照料，辛苦了。"

"是啊，谢谢师父们。"

一众和尚赶忙双手合十，面露微笑。

施月刚到场就被三省师父看见。他叫着她的名字，给她让出一个蒲团："月施主，到这里来。"

少女五官小巧，鹅蛋脸，身上穿着寺里特有的衲衣，灰蓝色的棉服穿在她身上，自有一种不食人间烟火的味道。

施月坐到三省师父身边，随着人员的不断加入，院子里渐渐坐满了人。

火堆噼里啪啦地响，有人闲谈：“我们是小学老师，放寒假刚从云山出来，想沿着这边好好玩一趟的，没想到刚来栖霞寺就遇到了雪灾。”

施月外婆也是云山人，很容易就听出了她的口音。云山人发 chuáng 音，是念 cóng 的腔调。妇女语速很快，在座一大半的人都没听懂，只有施月听了个大概，视线越过火焰，问她：“那老师您接下来有什么打算呢？是回家还是沿途继续游玩？”

对面的人笑着看她：“回家，不玩了，在寺里这几天也玩够了。”

有人附和：“是啊，全国大范围降雪，到处都道路不通，也不知道怎么回事。”

几人有一搭没一搭地闲聊。

师父们在火堆上煮茶，就地取材，用的是院里梅花上积的雪熬的。清新的茶味融合了淡淡的梅花香气，香远益清。

“好茶。”有人忍不住夸赞，“寺里的东西喝着都和外面的不同，可惜太冷了，不然我都想长居在这儿了。”

大家都被逗乐，施月笑着抬头，却瞥见长廊尽头靠着古墙的江肆。

她收了笑，赶紧把茶水放下。

三省师父看她突然站起来，顺着视线也看到了江肆：“江施主，过来烤火？”

江肆扬了扬手里的烟头，示意不方便。

施月注意到江肆只要一个人独处的时候，必然会点燃一根烟，有时候也不抽，就这么夹在手指间里，能夹到它缓缓燃尽。

看她过来，江肆把烟灭了，烟头揣进裤兜。

施月回头看了眼人堆，知道他不喜欢人多，问他：“要不要出去走走？”烤火烤得她满脸通红，正好透透气。

江肆点头，走在她跟前。

夜色犹如被泼了墨般漆黑，月亮高悬，繁星点点。这是在淮序万万见不到的景色。

周遭黑漆漆的一片，静谧的丛林里时不时传出水流潺潺流动的声音，还有风吹过树枝卷落积雪的声音。

江肆白天来这里扫过雪，他对周围的环境了若指掌。

“这里真的很美，如果能在这生活，也挺好的。”施月问他，“你喜欢这里吗？”

江肆淡淡的，把挡路的树杈拿开：“还行。”没什么喜不喜欢。

施月之前有很多话都憋在心里，忍了很久，还是忍不住问：“回淮序之后，我还能天天见你吗？”她知道他忙，可就是不想十天半个月见不到他。

“想我就打电话，好不好？”江肆耐心哄人。

施月瘪着嘴，闷闷地跟着他走。沉默的半分钟过去，施月又委屈巴巴地去勾他的手。江肆默默攥紧她的手，两人无声地走到路的尽头。

这里有一棵沐浴在佛祠千百年的古树，月光如瀑倾泻在树冠上，古树泛着荧光，就像是沉睡森林里的古老神明。

月光很温柔，衬得施月浑身晶莹，肤若凝脂，仿佛在发光。

“月月。”他低唤一声。

施月抬头应他。

像是承诺，他说：“等忙完手里的事，再带你回这里，好不好？”

他知道施月喜欢这里的一切，师父们都很好，淡泊平静。闲来无事就在梅树下下棋、喝茶。这样的日子，也是他想要，却不敢奢求的。

施月点头，沉溺于江肆此刻的温柔……

风雪停了，信号也逐渐恢复。

苏超那头几天联系不到人，好不容易打通了电话，嘴上不断叨叨：“江哥，出大事了！”

江肆面无表情：“有事快说。”

“贺兴邦最近不知道怎么的，突然查起明楼的账，咱之前不是被端了几笔生意吗？他要你去红园一趟。”说真的，苏超心里有些发怵。

“随他调查。”江肆落下一句，然后切断电话。

救援团队按着原定时间赶到山里。

栖霞寺的僧人穿着统一的衲衣立在寺口。老和尚立在最前方，一身黄色僧服，双手合十，低下头为大家诵经祈福。

三省手里端着寺里准备的早餐。离开时他们奉上的依旧是清简的食物，但却是他们能给的最好的。

众人一只手握着馒头，一只手不舍地和他们挥手道别。

连施月也红了眼。天下无不散之宴席，即便再不舍，还是得走。

只见落霞山道上一高一矮两道身影沿着来时的路离去。

身后绿瓦红砖，丝带漫天飞舞。

第五章

2009年初春·江肆生日快乐

月月，人的一生爱一个人就够了，
请你回应我，信任我，接纳我

01

大雪连绵数日，好不容易天气回暖，窝了好几天的市民纷纷出来透气。大街上人来人往。

施月被江肆带到路边等车，顺便给她买了杯奶茶，全糖加奶盖。

营业员把吸管插进奶茶杯里递给她的时候，她立刻捧着杯子吸了一口，甜甜的奶味在口腔散开，里面还有葡萄冻和芋圆。她满足地嚼嚼，捧着脸嗷嗷地叫好喝。

江肆刚付完款，现在正联系苏超过来接人。

“江四哥哥，”施月小心翼翼地挪到他身边，得寸进尺道，“不够，可以再来一杯吗？”

最后的结果是江肆就着她的手，含着吸管喝了一大半。施月有蛀牙，不能吃太多甜食，他忍着口腔里的甜腻，囫囵吞枣地灌了自己大半杯。

苏超赶了过来。风尘仆仆地下车，身后跟着好几号人，个个都是施月没见过的生面孔。

他带人走到江肆面前，除了苏超，其余几人皆恭恭敬敬地喊了一声江哥。

"江哥。"苏超面色难看，压低声音，"听说贺董发了好大的火。"没人的时候他一向称呼贺兴邦全名，今天却一反常态，说话也不似往常随意。

交易失败的事还没个结果，江肆又一句话不说消失好几天，大批的货卡在关口没人敢收。

换作其他人，贺兴邦早要他好看了。

江肆点头，沉着脸扫过苏超身后的几人，很明显，苏超被贺兴邦控制住了。

苏超苦笑，他被监视了好几天，江哥前脚刚发消息过来，百乐门的人后脚就把讯息转发到了贺兴邦手上，然后一大帮人跟他过来接人。明摆着要把江肆"请"回去。

江肆回头看了施月一眼，吩咐乐川："送她回去，然后去明楼报到。"

施月眼巴巴贴回江肆身边，蹙着眉："又要离开了吗？"

"我还有事，你乖乖回家。"江肆揉着她的头发，"改天过来看你。"

她还想再说，意识到气氛不对，叮嘱他："那你记得给我打电话。"她被困这么几天，要赶紧回去看看妈妈。

江肆点头，看着乐川的车走远之后，他这才冷下脸，神情和刚才判若两人："贺董怎么吩咐的？要捆还是？"

几个人急忙低头："不敢。"

苏超："江哥，贺董在红园等你。"

江肆冷冷地扫过面前的几人，语气暗含警告："什么该说，什么不该说，你们懂吧？"

几人面面相觑："江哥放心，今天的事不会有人说出去。"贺董只吩咐把人带回去，其他的他们自然不会多嘴。苏超事先提醒过，张泽坤的下场大家都没忘呢。

苏超绕过车头，去了驾驶位。

江肆上车后忽然出声："施月的事，我不希望百乐门任何一个人知道。"

苏超打了个激灵，心都跳上了嗓子眼儿，给自己系安全带的同时，毫不迟疑地回答："您放心，江哥。"

苏超透过后视镜偷看了江肆一眼，他正闭着眼睛假寐。

他轻轻吐了口气，驱车上路。

等路况趋于平稳之后，江肆才缓缓睁开眼，眼神深邃，冷得吓人。

贺兴邦对他态度一直是模糊的，在明楼做事一天，施月就多一天危险。

有些事必须提上日程了。

苏超中途送他回了一趟公寓，把身上的脏衣服换下，洗完澡出来的时候，便是苏超也忍不住吞咽了下，感叹："江哥，不怪杉姐对你念念不忘，真的。"

得益于赵美云良好的基因，江肆五官得天独厚。但他不是柔弱书生的气质，略显宽松的T恤下，包裹着结实的胸膛。

苏超知道自己说了浑话，没等江肆开口骂人，立刻笑嘻嘻地帮他打开公寓的门："走吧江哥，看你这样，我敢保证今天杉姐又会拼死护你了。"

贺霓杉在苏超眼里俨然就是块万能的免死金牌。

不过今天不一样。刚到百乐门，就听见里面传来一阵阵刺耳的惨叫，一声更比一声凄厉。

苏超被人扣下，江肆被管家带去斗兽场。这次管家没有多言，和他划清界限的态度异常明显。

圆形广场四周设置了数百个座位，广场和观众席之间竖着手臂粗的铁栅栏。

贺兴邦坐在观众席正中央的位置，贺霓杉在他旁边，梨花木茶桌上摆着水果和茶水。

底下广场上满地是血，周围凌乱地散着几块破碎的布，斗犬被人引开，工作人员迅速进去把伤者抬下场。

这是贺兴邦前几年想出的新玩法。凡是欠了百乐门钱的，均可以选择下到生死台赌上一场。只要坚持半小时，无论输赢，欠款都一笔勾销，否则，欠款加倍。

从开设生死台到现在，过关的只有不到三人，且这三人都落下了终身残疾。

刚被抬下去的这个人，当初因为家中亲人生病，昂贵的医疗费让他一时想岔走了歪路，在明楼欠了好几十万。江肆一直瞒着贺兴邦。

贺兴邦今天安排这一场，是在提醒他，他的小动作他都知道了。他所拥有的一切都是贺兴邦赋予的，只要贺兴邦想，随时可以收回他的一切。

江肆眸光微闪，视线从伤者身上挪开，走到贺兴邦面前。

端茶的侍者只穿着一身透明的红纱，该遮不遮，该露不露，身材性感火辣，他刚过来，侍者立刻奉茶。

贺霓杉冷笑着瞥了侍者一眼，手里的葡萄往前一扔，咕噜咕噜地沿着台阶滚了好几层。

侍者这才惴惴不安地退下。

贺兴邦抬眼看向江肆，面上看不出什么，食指和中指并拢，点了点茶桌，道："坐。"

江肆在贺兴邦左手边坐下，在嘉平市受的伤还没好全，他的脸上结着痂，贺兴邦不出声，他也没说话。

侍者过来给贺兴邦续茶，他端起茶杯细细品茗，过后才似笑非笑地问："派人将你请过来，不会生气吧？"

江肆语调平淡："是我的问题，走得匆忙。"

"走得匆忙。"贺兴邦饶有趣味地将这几个字重复一遍，面上不显山不露水，帮江肆把茶倒上。

"我倒是不知道，什么人、什么事，能让你这么着急，连明楼都不管了？"贺兴邦往贺霓杉身上瞥了一眼，语调上扬，"是女人？"

尽管是猜测的语气，但贺霓杉的视线还是直直地朝他扫了过来，表情很冷。

江肆低着眸子，攥起茶杯。贺兴邦掀起眼皮，好整以暇地看着江肆："看来我猜对了，不知道什么时候能喝到大名鼎鼎的江哥的喜酒。"

江肆："没有女人。"语气笃定。

贺兴邦笑了："没有女人？"他不再说什么，视线穿过铁笼，看向里面的斗犬。

此刻斗犬正暴躁地在笼中徘徊，口水在黄褐色冒着腥臭的獠牙上滴答滴答地滴落。

“结束得太快了。”贺兴邦有些遗憾，“它还没尽兴，我也还没尽兴。”

江肆抬眸，同他一起看向笼中。

贺霓杉似乎明白了他的意思，脸色难看地叫了他一声：“爸。”

贺兴邦偏头看她，笑道：“你在担心什么？爸爸难不成还能架着人往里走？”尾音上翘，是威胁。

江肆读懂了他的意思，起身，骨骼分明的右手在衬衣第一颗纽扣处拧了拧，解开扣子，然后看向他：“贺董既然没尽兴，那就让我来试试。”

贺霓杉瞳孔睁大：“江肆你疯了？”底下的狼狗十个壮硕男人一起上尚且没有胜算，就他一个？

贺兴邦哈哈大笑，满意地看着江肆鼓掌：“真是我亲手养大的狼崽子，够胆！”他承诺，“只要你挺过十分钟，明楼的事，我和你一笔勾销。”哪怕他让百乐门损失了上百万，他也不计较了。

贺霓杉尖叫，声音接近变音：“爸！你答应我不为难他的。”

“闭嘴。”贺兴邦的脸沉了下来，混浊的眼睛阴鸷地盯着自家女儿，“我要的是听话的狗，不是会反咬主人一口的狼。”

贺霓杉轻咬下唇，脸色一阵青一阵白。

江肆冷笑，黑色长裤衬得身姿挺立。就是这样的他，迷得贺霓杉越陷越深，难以自拔。

外套被整个脱下随意扔到一旁，江肆单手撑在栏杆上，利落地往台阶下跃。

下面的人迟疑地看向贺兴邦，在得到默许之后，为他开门。

贺霓杉浑身都在颤抖，身后多了两人，分别扣住她的肩膀。她带着哭腔求他：“爸爸，你放了阿肆吧，他不是故意的。他这么进去，会没命的。爸爸，阿肆出事，我也活不下去。”

不是她小瞧江肆，实在是被激怒状态下的斗犬战斗值会比平时高出好几倍。看似十分钟是贺兴邦放水，实际上可能不到五分钟江肆就会当场毙命。

贺霓杉的话贺兴邦丝毫不为所动，他端起茶杯，慢条斯理地喝了一口。

厚重的锁链被解开，穿着防护服的饲养人员用铁叉抵着斗犬防止它蹿出，其他人快速开门让江肆进去，然后立刻将锁链重新锁上。

笼中只剩一人一狗对视。

这条狗长一米四，高一米二，浑身黄褐色硬毛，油光水亮像只狼王。

见有人进来，它杀气腾腾地在场内徘徊，后腿后置弯曲，前肢内倾，呲着牙，喉间发出呼呼的声音，口水长流。

斗犬辗转了好几个地方，眼睛瞪着江肆。

江肆摆出战斗姿势，他始终信奉武力能征服一切，包括畜生。他上身微伏，斗犬在试探他的同时，他也在寻找扑倒它的角度。

江肆的反抗姿势彻底惹怒了饥饿状态下的斗犬，它龇了龇锋利的獠牙，前腿前伸，后腿向后弯曲，蓄势待发。

伴随着工作人员的一声枪响，斗犬像受了刺激似的冲着江肆猛扑过来。

贺霓杉吓得紧闭双眼。但想象中的惨叫迟迟没有出现，她惴惴不安地睁眼，见到的画面是斗犬绕着江肆跑圈。

每一分钟就会以迅雷不及掩耳之势冲向他，动作快得人看不清。然而江肆的动作更快，他总能在斗犬冲过来的前一秒转换位置，随即飞起一脚猛踹。

斗犬被踹得后滑了半步，四肢在水泥地上磨出四条爪痕。

你来我往之间，一人一狗战况激烈。

贺霓杉松了一口气，到底还是她低估江肆了。他的身手、敏锐度和判断力远比她想象中要强很多。

一连好几回合，斗犬还没靠近江肆身边就被他一脚踹开。它越来越暴躁，攻击的速度和频率也逐渐加快。

最近一次，江肆一记回旋踢向斗犬，动作却因牵动了腹部的伤而顿了片刻。只这一秒的工夫，就被它揪住机会，死死咬住江肆的小腿，任他拳头如雨下都不松口。

江肆吃痛闷哼，发狠地捶打狗头。斗犬身体摆来摆去，吃痛的同时也加深了咬他的力道。

贺霓杉捏紧茶桌边缘，精致的指甲扣花了桌面漆料。江肆完全是不要命的打法，拼着这半条腿不要也要把这条狗宰了。

这只咬合力和耐力惊人的斗犬居然在他的攻势下松了口。最后，江肆掐着狗脖，拎起它狠狠地砸向地面。

斗犬匍匐在地上，四肢耷拉着，不断喘气，不肯再起来了。

狼王头一回认输。

02

江肆拖着右腿，踉踉跄跄地走到它面前。

上身的衣服早被撕裂，露出里面的肌肉，袒露的皮肤上新伤旧伤纵横交错。

饲养人员看了眼时间，已经超出贺兴邦规定的十分钟。他在外面喊了一声：“江哥您过来，我给您开门。”

江肆没搭理他。反而是蹲到斗犬面前，从包里掏出根烟，不紧不慢地抽了起来。他越是不说话，越是漫不经心，压迫感越是重得逼人，他掸着烟灰，吞吐，右腿不断往外渗血。

贺霓杉的心抽紧，忍不住唤了一声：“阿肆，回来。”

这次贺兴邦没再吼她。

江肆赢了，赢得漂亮。作为条件，他不会再计较他前几次犯下的错。

然而江肆对贺霓杉的招呼置若未闻，他掐了烟，从裤腿里摸出一把匕首。冷漠开口：“咬了那么多人，你够本了。”说着，手起刀落，鲜血从斗犬脖子处喷洒出来。

全场寂静。

江肆掀眼，意味不明地勾起唇角，双手撑在膝盖上，缓慢起身，语气含着一丝兴奋，他问：“贺董现在尽兴了？”

观战的人不由得激起一阵寒战，安宁太久，他们都快忘了当初的江肆是一个什么人。别说杀狗，这世界上就没有他江肆不敢做的。

贺兴邦看着江肆。眼前的男人意气风发，满脸透着邪气，他侧眸，面无表情地看着自己的女儿，觉得可悲："这就是你要的人？"

留下这么一句意味不明的话，贺兴邦离开了。

贺霓杉咬唇，心里五味杂陈，但看着江肆不断淌血的小腿，情感还是战胜了理智。她快速冲下斗场，抢过钥匙开门。

十几斤重的锁链"啪嗒"一声掉在地上，她小跑到江肆面前，扶着他："怎么样？伤到骨头没？"

江肆避开她的手，拖着右脚，往前迈了几步。

外面的人赶忙过来扶着。

贺霓杉追在他身后，仍旧不放心地拦住他："我带你去打针。"

那狗饮食不忌，浑身上下不知道带了多少病毒，为了比赛精彩，每次赛前还会给它注射兴奋剂。被它咬一口，不是小事。

江肆满脸冷漠，无视她，继续往外走。

苏超早早地就等在外面了，今天这架势一看就凶多吉少，他不放心江哥一个人在这儿。没想到，等他见到江肆的时候，果然浑身是伤，一身浴血。

"江哥，你没事吧？"他快步跑到江肆面前，换下百乐门的人，亲手扶住江肆。

"没事。"江肆说话的时候唇都在颤，脸色发白，额头冒出一阵细密的汗珠。

苏超立刻意识到问题的严重，俯身把江肆背在背上，看着追上来的贺霓杉解释："杉姐，我先带江哥去医院，贺董这边，还劳烦您说说情。"说完拔腿就跑。

江肆的情况不容乐观，贺霓杉听不进去那么多，刚要跟着离开，身后立刻出现四道清一色保镖身影，他们把她拦下，面无表情："大小姐，夫人不许您再接近江哥半步。"

原话是——江肆这人一身反骨，霓杉降不住他，到头来只会把自己搭进去。

苏超一路背着江肆去医院，该打的针打了，伤口缝合，可人就是高烧不退。刚要去办理住院，被江肆拦了下来。他要苏超送他回公寓。

苏超不干，他看见了那个伤口，血肉模糊。这情况，还不住院，等死？

但江肆决定的事，没人能干涉。苏超劝了半天，最后磨不过江肆，只能开好药，然后送他回家。

出了公寓，他越想越后怕，怕江哥哪天死公寓里都没人发现。想到能治江哥的人只有施月一个，索性他开车直接去了施月家。

施月看见苏超的时候还一脸蒙。

她被困栖霞寺的事情周围的邻居朋友亲戚都知道了，听说她回来赶忙到她家看望。这才送走客人没多久，就被他着急忙慌地喊出来。没等她说话，苏超当头就来一句："江哥出事了，小月亮你上车，我带你去见他。"

吓得施月拔腿就跑，坐到车上，她问苏超："出什么事了？"

苏超不敢耽搁，眼神落在后视镜上，打着方向盘的时候飞快解释："受了点伤，这几天伤口不要碰水，医生说他随时会有发热的症状，江哥不肯住院，你过去照顾他一下，发烧严重的话一定要给我打电话。"

施月听得眉头紧锁，怎么才不见多久就又受伤了。

到家之后苏超苦笑："江哥不让我通知你，你自己上去吧，别说是我找你来的。"

施月点头，飞快地冲进电梯。

刚踏出电梯，施月立刻拿出手机给江肆打了通电话。电话那头振动十几声，但就是没人接听。

施月越来越怕，一连给他打了好几通，才终于打通。

她松了口气，就站在门外，问："你怎么不接电话？"

江肆的声音听不出异样，他解释："刚才在洗澡。"

"你在家里？"

"嗯。"

"那你过来开门。"

江肆没想过她会过来，听到这句话的时候下意识低头看了一眼被紧紧包裹着的小腿，一时不知道该说什么好："你……"但也只能无奈地走过去开门。

刚一开门，立刻被扑了满怀。

“怎么样了？”施月撞进他怀里，双手拉着他检查。

江肆确实刚洗完澡，穿着一件松松垮垮的黑色体恤，脖子上挂着白色毛巾，头发还略微带着点水汽。

被她一扑，踉跄地往后倒退了几步，顺势勾紧她的腰。小腿的伤口抽了一下，闷哼一声后，他低头看她，面色平常：“怎么突然过来了？”

他浑身散发着沐浴露的草木香，她踮起脚，自然地拿起他脖子上挂着的毛巾，包裹着湿发，替他擦拭。

施月没敢暴露苏超，眨巴眨巴眼睛，看他：“想你，就过来了。”

江肆任她在他头上搓来搓去，看她看得久了，眉目舒展，忍不住就往她脸上亲。

施月后仰着身子，避开他的吻，笑呵呵地推搡着：“别动，还没擦干。”

她离江肆离得近，连他漱口水的淡淡香味都能闻见。

被他亲得踉跄，手里的毛巾落在地上，她刚要去捡，立刻被江肆拉了回来。他不让她埋头，索性反手穿过她的腰，直接把她整个人提起，放在柜子上。柜子高一米三，施月坐上去，比江肆还高出半个头。她吓得惊呼一声，双手下意识按在柜子的纯白瓷面上。

施月记挂他身上的伤，视线在他身上来回移动。瓷面带来的冰凉触感和江肆身上的火热形成鲜明对比。施月明显能感觉到从他身上传来的温度越来越烫。

一切的动作都自然而然。

江肆抬手，宽厚的大掌按住施月的后脊，迫使她不得不低头与他亲吻，另一只手和她紧扣。

“月月。”江肆搂紧她，“回应我。”回应我，信任我，接纳我，他想要更多。

江肆知道受伤的事瞒不住她，等把她安抚好了，这才抱她下来，紧接着坦白：“今天受了点伤。”

江肆身体随她检查，很快施月就看到了江肆小腿上缠着的绷带，江肆拉她起来。

“狗咬的，打了针。”

施月吓了一跳：“怎么会被狗咬？你没躲开？”

“没注意。”江肆避重就轻，“小伤而已。”

她拉他到沙发上坐着，自己挪了个位置，趴到江肆大腿上，脸朝下探着头仔细研究他的腿伤。绷带缠得严严实实，她碰了下，转着头看他：“很疼吧？”

江肆笑着拉她起来，调侃道，难道他的样子看上去很虚弱？说完起身去卫生间。

这时，李淼淼给她打来电话。

放假后施月很少用QQ，经常李淼淼给她发几十条消息她都没收到，等看见的时候事情已经过去了好几天。

所以这次李淼淼干脆偷用她爸爸的手机给施月打了电话。施月看见号码犹豫了一瞬，反应过来后忙跑去窗台接电话。

李淼淼像喇叭似的号了起来：“无聊啊，假期真是无聊，月月你总算接我电话了。”

“你不是盼放假盼了很久？现在难道又想上学了？”

“才不。”李淼淼噘着嘴，“上学也不好，但是整个假期也太无聊了点，幸好快过年了。”

“是呀。”施月想到过年可以去亲戚家串门，也高兴起来。

“这么多天不找我，月月你不会背着我谈恋爱了吧。”

“你说什么呢！我刚从嘉平回来。”她把前些天的事简单提了几句。

听完后，李淼淼吁了口气，由衷感叹：“好险！”

听到客厅那边的动静，施月从阳台探出半个脑袋：“我在这儿。”

李淼淼听见这边的声音，简单说了两句就把电话挂断了。

施月走过去拉着江肆的手，叮嘱：“你在家好好休息，除夕你要和赵阿姨一起过节吗？”

江肆顿了一下，轻轻“嗯”一声。施月不清楚他和赵美云的相处模式，要说他最怕什么，大概就是被施月发现赵美云的现状吧。

施月拉着他往玄关走。江肆的药就放在鞋柜上，施月穿鞋的时候看见了，打开看了下。

她帮他把药整理出来，按着上面的标注念：“这个外敷，这个口服，这里还有止痛药，吃的时候遵照医嘱。”

江肆伤口严重，他没让她看，但施月整理的时候还是皱起了眉，嘀咕：“怎么这么多药。”

她印象里被狗咬好像只需要打针加吃点抗炎药就行了。

施月把药交到江肆手里，认真地叮嘱：“要好好吃药，爱惜身体。”

他拿了钥匙，牵着她的手：“走吧。”

江肆不管是体力还是耐力在此刻得到了充分展现，长裤把绷带挡住，他看起来像个没事人。

“不要你送。”施月抽回手。

江肆无奈地看着她，半晌，松口道：“走吧。路上小心。”

看着她进电梯，他这才回到家里。

刚进屋，他立刻去到书房打开电脑。贺兴邦已经不再信任他了，明楼的事多半也瞒不了多久。他往邮件里上传了一份资料，阅后销毁。

对方很快给了回复。邮件里有照片有文字，他快速浏览了一遍，确定信息没有遗漏之后，给了准确回复。

对面只回了一句话：“除夕，万事小心。”

江肆呢喃：“我能相信你吗？陈警官。”

03

没几天就是春节，家里买了不少年货，还有福字和对联。饭后林望舒和施月一起把东西贴在门窗上。

施月能感觉得出来，自从搬回淮序，林望舒的状态越来越好。之前在乌溪，她虽然看起来没事，但总会一个人发呆。

这些天，她看着林望舒越来越开朗，还会偶尔和她开玩笑，眼睛也不再透着忧郁，渐渐有了光亮。

傍晚的时候王叔打电话过来，邀请她们除夕一起团年。挂断电话，林望舒神采奕奕，脸上堆满笑。

施月琢磨着，她妈这是不是想再婚了。

她默默思索着如果林望舒再婚的事情，想得太入神，以至于林望舒喊了她好几遍都没听见。

看她半天没有反应，林望舒走过来拍醒她："怎么了，你这孩子，不到九点就犯困？"

施月摇头，搅了搅糯糊，勉强笑笑："没有。"

林望舒倒了一杯牛奶，看着施月喝完，才去洗杯子睡觉。

年前施月接到了老师的通知，告诉她保送的事情已经落实了，只需要节后去学校填个资料，然后选择是留在学校继续上课还是请假到毕业。

除夕夜，王叔叔带着王清远上门拜年。

施月早餐喝了一杯牛奶后，就陪着林望舒去菜市买菜，下楼的时候下起了雪。

本以为经历嘉平的事，她对下雪会本能排斥，但当纷纷扬扬的雪花从天空中飘落，在地上堆起一层的时候，施月还是欣喜地绕着院子跳了几圈。

"好多年没见过淮序下这么大的雪！"

林望舒紧随其后，从楼里出来，白雪也落在她的头发上，施月帮她整理下来。雪花挂在两人睫毛上，哈口气就热腾腾地往上冒。

施月看着林望舒傻呵呵地笑。小时候施卫国经常不在，家里只有林望舒和施月两人。那时候她们住在老医院的职工小区，一下雪，院子里的小孩都撒欢似的往底下冲。堆雪人、打雪仗，玩够了再让院口的老爷爷帮自己折一枝梅花带回家插上。生个火炉，整个屋子又暖又香。

林望舒结婚早，生下她的时候也只是个年轻的小姑娘。记忆里她时常把自己裹进外套里，母女俩一起趴在窗上看雪。

看见满院红花，施月“哇”一声，林望舒也会跟着“哇”一声。施月喜欢堆雪人，林望舒更喜欢。

职工院时常能看见母女俩对打雪仗，施月人小腿短，总被林望舒灌满一身的雪。

林望舒也不怕施月哭，笑嘻嘻地捏雪球继续砸她。玩够了，回家再慢慢帮施月收拾，施月泡澡的时候她就蹲在一边洗衣服，用洗衣液吹泡泡玩。时间越久，那些记忆反而越清晰。

前些年职工院拆了，原来的位置重新修建了一座广场。以前的邻居搬家的搬家，移民的移民，很多都没了音信。

她们现在住的小区虽然环境不错，有保安和有清洁工，但邻居没那么热情，也没有傍晚时分满院子飘荡的饭香，更没有一树一树开得灿烂的红梅。

施月挽着妈妈的手，母女俩往外走。

林望舒笑着帮她把雪花摘下来：“多大的人了，还这么咋呼。”

施月亲昵地挽着林望舒，脑袋靠在她肩上，不知在想什么。

林望舒想起小时候的施月，圆滚滚的，又爱笑，像个年娃娃。

施月伸手接住一两片雪花，侧头看林望舒，眼神悠远而温柔，半晌，说：“妈妈，做你想做的事情吧。”

半个月不见，王清远瘦了不少，穿着红色的羽绒服外套，衬得皮肤惨白一片。他手里拎着给林望舒带来的礼品，进门的时候就被林望舒接了过去。

“说好的空手来，怎么还买东西？”

王林笑着拍了拍肩上的雪：“怎么能说空手就空手？别带得小孩不懂规矩。”

他口中的小孩抬眸，看见施月的时候微微挑眉。

施月低头尴尬地看了一眼自己的衣服，因为是新年，林望舒特意给她选的红色新衣。乍一看，和王清远就像是情侣装。

王林在医院经常能听见林望舒家里的事，知道她们在淮序没什么亲戚，施月也没兄弟姐妹。他推了王清远一把，吩咐：“你没事多跟施月姐姐玩，看人家多厉害，听说都保送大学了。”

施月低着头，含蓄道：“王叔叔过奖了。”

“就是，多来阿姨家玩玩。”林望舒笑着说，“清远成绩也不差，我看将来说不定能上个更好的学校。”

王林：“哈哈，但愿吧。”好歹是过年，他好心放王清远一马，没揭他老底。

王清远笑得温和：“借林阿姨吉言。”

施月忍不住吐槽，又来了。在长辈面前永远一副乖孩子的模样。

“快到饭点了，都别站着了，快坐下吃饭。”林望舒把白色的餐椅拉开，绕过餐桌进厨房端了一锅新鲜的鲫鱼汤出来。

“我来帮你。”王林进厨房帮忙端菜。

外面只剩两小只，王清远也不装了，睨了她一眼，冷嘲：“我还以为你会带那个人来，怎么，不敢？”

施月：“我有什么不敢的？”

“呵。”王清远抬脚走到桌前，自己找位置坐下。

施月懒得理他，去厨房盛饭。

一顿饭意外和谐地吃完。

林望舒让施月洗碗，王林让王清远帮忙。厨房莫名变成了他俩的战场。

施月一万个不愿意，她站在水槽前接水，王清远靠在冰凉的墙上，手里拿着一根香蕉，冷不丁问她：“你就不好奇，为什么除夕夜是我们两家一起过？”

施月低着头刷碗，语气不咸不淡：“不好奇，大人的事我管不着。”

“呵呵。”王清远把香蕉皮扔掉，立在她背后，“姐姐真是个乖女儿。”

施月一把推开他，手里的帕子扔在水槽里，她压低声音：“要么，这碗你来洗；要么，现在立刻出去。”

王清远走了。

施月收拾完的时候连王林都离开了，桌上放着他带给她的红包。

林望舒笑着把红包递给她，没等她开口，就对她道："妈妈这辈子有你爸爸一个就够了，你别多心，王叔叔也是一片好意。"

林望舒抚摸施月的头发，眼神悠远，像是透过她在看别人。

"月月，人的一生爱一个人就够了，今后我们一起怀念你爸爸。"

离开路上，王林和王清远一路沉默。

他很少能和自己儿子这么心平气和地走在一起。

王林看儿子："刚才你妈打电话让你过去过年，你要是有时间，过去一趟吧。"

王清远露出牙齿微笑："不怕我被我妈带走？"

小时候怕他和妈妈生出感情，王林把他看得很严，几乎不会给母子俩单独相处的时间。

王林抬头，王清远正好整以暇地看着他，眼底尽是讽刺。

"你放心，我没那个闲工夫应付我妈。"他冷笑着，"她也没把我要过去的心思，你们阖家团圆、相亲相爱，和我有什么关系？"

王清远加快速度，把他爸甩在身后。

除夕，江肆执行任务，负伤在家休养了半个月。这次苏超没敢告诉施月。

新年后一个月，江肆满二十二岁，施月好久没见他，想得不得了。在帮他庆祝生日的时候，施月再一次见到赵美云。

赵美云来得匆忙，只提了一个蛋糕，踩着高高的高跟鞋，穿着水红色长裙，肩上套着一件皮草外衣。

"岁月从不败美人"这句话在赵美云身上体现得淋漓尽致。

她的皮肤依然白皙，头发乌黑，缱绻地搭在肩头，眼眸泛着盈盈水光，除了手臂的皮肤略微松弛，其他地方毫无岁月痕迹。很难相信她是个比林望舒还大好几岁的中年女人。

赵美云来之前，施月和江肆正在他的公寓里练习做蛋糕。

施月被困在他的怀里，两个人双手交握着往蛋糕胚上挤奶油。江肆的手很稳，奶油拉过去线条笔直。他比她专心，在涂好蛋糕表皮，开始往上面摆水果的时候施月就已经分了神。

她悄悄侧头看他。他的视线落在蛋糕胚上，动作一丝不苟，水果和水果之间的距离刚刚好，中间留出的空位用来写字。

施月放下巧克力奶油，江肆问她："怎么了？"

她犹豫不决："不知道该写什么好，二十三岁生日快乐？还是写永远开心，平安顺遂？"

江肆握着她的手，在蛋糕上画了两个简易小人，一个头顶写着"江"，一个头顶写着"月"。

没等说什么，门铃忽然被人按响。大门打开的一瞬，一抹红裙亮得晃眼。

施月站在江肆背后，猝不及防地和赵美云来了个对视。赵美云挑眉，有些惊讶。

施月认出了人，侧身给赵美云让出通道，张嘴生涩地喊了声："赵阿姨。"

赵美云面带微笑。她手里拎着蛋糕，细软的绸带在华丽包装上打出个蝴蝶结，蛋糕的质感和造型一看就价值不菲。

赵美云没认出施月，很惊讶一向清冷孤僻的儿子身边居然会有女人。她把蛋糕放下，瞧见厨房里的一片狼藉，一块不算好看的蛋糕摆在案上。很快就反应过来这里并不欢迎她，她转身，红唇轻启，笑眯眯地看着江肆，道："儿子，生日快乐。"

江肆面色冷淡，"嗯"了一声，态度不能再敷衍了，半点面子都不给。

赵美云早已习惯了他的冷漠，放下东西，抬脚准备离开。路过施月身边的时候，赵美云停下，温柔地看着她，女孩长相干净清纯，是让人一眼就会喜欢上的模样。

她莞尔一笑，指着自己拿来的蛋糕："味道不错，记得尝尝。"

施月赶紧点头。

直到赵美云离开，施月才放松下来，把赵美云带来的蛋糕拆开。

盒子里放着"23"字样的蜡烛，她把盘子拿出来，看他还在试图拯救之前那个软塌塌的实验品，她叫了一声："江四哥哥，咱们吃这个吧。"

装刀叉的包装太过严实，她在抽屉里找剪刀。看见一把军用短刀，施月没在意，割开绸带后放了回去。

江肆把蛋糕端出来，摆在茶几中间。

“行吧，我们两个都吃。”施月把蜡烛点燃，催着江肆许愿。

他根本没什么愿望，看着她亮晶晶的眼睛忽然福至心灵，江肆低头，阖上眼睛。唯愿一屋两人，三餐四季；朝阳暮雪，与卿白首。

吃完蛋糕，江肆进书房开始工作。

陈警官长时间没收到江肆回复，发消息问他还在不在。

江肆回：“在。”

等他再抬头看天色已暗，施月长时间没动静，他没忍住，抬眸在屋子里四处找她。最后发现她不知道什么时候趴在了玩偶熊上，闭着眼睡着了。

江肆起身，抱她上床盖好被子，视线忍不住停留在施月恬静的睡颜上。

他从来就不是她眼中温柔体贴，予取予求的江四哥哥，脾气好是装的，淡漠疏离也是装的，他暴躁重欲非她不可。在大多数人眼里，他阴暗、野心勃勃，为达目的不择手段，逞凶斗狠的事也做了不少。

人人敬而远之，就连跟在他身边多年的苏超和乐川他也不敢保证到底是不是真心信服他。

只有施月，从小到大始终坚定地站在他身边，只有她才敢毫无防备地睡在他身边。

刚松手，施月就醒了，一副晕乎乎的模样，江肆怕打扰她，现在醒了晚上就难睡了，她却伸手勾住了他。

江肆顺势躺在她身边，抬手在她背上有节奏地轻拍。

施月的呼吸渐渐变得沉重，再次睡了过去。

二十三岁的江肆，生日快乐！

施月想起江肆第一次去她家的样子，那时候的他一进门就僵硬地站在原地，局促地看着地板上被他踩出来的两个泥脚印子。

她吓唬他：“哥哥快擦掉，一会儿妈妈回来看见会生气。”其实林望舒才不会生气，她脾气是职工院出了名的好。

但江四哥哥明显是相信了，他怕了，立刻跪在地上，用袖口去擦地板上的泥水印子。可他刚被几个高年级学生推进泥坑里，衣服上的泥浆不比鞋子上的少。

这么一抹，更脏了。

“对不起，我马上擦。”他低着头，把破旧的书包放在地上，脱下外衣。

他刚准备用外套里层去擦地板，“啪嗒”一声，门锁开了。林望舒看着跪在地上的两个小不点，捂着嘴笑出声：“你们这是做什么呢？”

她看见地板上的泥渍，但没在意，把手里拎着的蔬菜还有排骨放好，回头看他们：“怎么还不起来？”

她看向他，嗔怪道：“怎么把衣服脱了，快穿上。”

施月从地上爬起来，飞扑过去横腰抱着林望舒：“妈妈，今天吃什么呀？”

林望舒揉着施月的脑袋，把江肆从地上拉起来，笑着说：“今天给你们做糖醋排骨，你的江四哥哥第一次来咱们家，好好招呼哥哥知道吗？”她之前并不知道江肆会来，但看她的神情和语气，一点惊讶和不适都没有。

自然得没有让江肆感觉到一丝尴尬。

糖醋排骨啊。他抿着唇，但还是默默摇头：“阿姨我不吃，我先回家了。”

“别啊。”林望舒拦住他，半弯着腰看他，“正好你家没人，你晚点回去也没什么，阿姨第一次做这个菜，你留下来尝尝味道？”

“留下来嘛。”施月晃着他的胳膊。

看着江肆又一次低下头不说话，林望舒这才弯起唇角。

施月牵着江肆坐到客厅，四四方方的电视机里放着他从来没看过的动画片。他家还买不起电视，有点钱就被他爸输了或者被他妈拿来喝酒。

他坐在施月身边，身下的沙发垫着干净的绒绒毛毯，他甚至不敢用力去坐，担心衣服上的尘土会落在沙发上。双手规矩地放在膝盖上，背脊挺直。

电视放到好玩的地方，他也不敢发出声音。施月笑得前仰后合，他最多抿起嘴角，露出一抹微笑。

厨房缓缓飘来一阵饭香，排骨下锅，肉香弥漫。

他默不作声地吞咽了一口口水。他已经很久很久没吃肉了，久到自己都记不清。每天吃的菜都是菜市场打折处理或者别人扔掉不要的，他捡回来还能熬两锅稀饭。越坐，他越控制不住口水溢出，肚子咕噜咕噜地响。

害怕被施月听见，他只敢趁施月放声大笑的时候猛地把满口的唾沫咽下去。熬了许久，林望舒终于从厨房探出头："收拾收拾，吃饭了。"

他立刻从沙发上弹起，走到厨房，视线局促地打量着厨房，想帮忙拿碗和筷子。

林望舒奇怪地看着他："小肆，和月月一起去洗手呀，阿姨这边马上就忙完了。"

他呆了一瞬，迟疑地走出厨房。

施月洗好手，跑去厨房，帮林望舒把糖醋排骨端出来。说是帮忙，其实是她自个儿馋了，忍不住想吃。

林望舒看着这只小馋虫，但还是温柔地表扬她："月月今天乖，知道帮妈妈端菜了。"

他刚把水龙头打开，冷水淌过他手心的时候忽然听见这句，再听见母女俩笑呵呵的声音。

他这才意识到，原来别人家小孩是不会被催着做饭、洗碗和扫地做家务的。原来别人家小孩主动端菜是会受到表扬的。

等他洗完手出来，餐桌上已经摆好了四菜一汤。

糖醋排骨、土豆丝、炝炒四季豆和一盘香肠，汤是番茄鸡蛋汤。难怪这么香。

林望舒把筷子递给他，施月乖乖地拿着筷子没有先动，一直到他出来才听见林望舒说："赶紧吃，一会儿凉了。"

他坐下来，全程只吃米饭。倒是林望舒一直给两个小孩夹菜，语重心长地说："小孩子要多吃菜，营养均衡才会长高高。"

他碗里的菜一点一点堆起来。

林望舒问："阿姨做的菜好吃吗？"

"嗯。"他摇头如捣蒜，从碗里夹了块肉，送进嘴里。肥瘦正好，肉块裹着汤汁，吃了一块，还想吃第二块，第三块。

到盘子里只剩最后一块排骨的时候，施月把它夹给了他。施月捂着嘴笑，说江四哥哥脸都吃脏了。母女俩笑起来一模一样。

吃完饭他主动提出帮忙洗碗，这次不管林望舒说什么，他都不听。埋着头飞快地把碗筷收拾进厨房，接水刷碗的动作又快又熟练。

林望舒心疼地看着她，拍拍施月的背："月月去帮哥哥好不好？"

施月点头，笑眯眯地站到他身旁帮忙……

施月醒来的时候天色已经大亮，厚重的窗帘被风吹起。雨夜后的空气比平时清新了许多。阳光从窗帘缝隙中渗透进来，落在她手臂上，打上明晃晃的印记。

她迷迷糊糊地睁眼，察觉自己不在家里。

简单梳洗完，去到客厅，发现屋子里空空荡荡的，室内干净亮堂。又走到楼下，厨房一片狼藉，榨汁机里残余着没有清理的柠檬肉。洗理台上放着一杯柠檬汁。

人呢？施月左右望了眼，门口放着他的拖鞋，柜台上的钥匙也不见了。

她端起柠檬汁浅尝了一口，果汁酸得过分。她的脸皱成一坨，苦哈哈地咂咂嘴。刚放下杯子就听见门口有动静，回头，江肆手里拎着一杯鲜榨橙汁。

"怎么起来了？"他挑眉，视线从她身上划过，换好鞋，轻而易举就把她团进怀里，伸手接过她手里的柠檬汁换成刚买的橙汁。

"给你买了杯果汁。"

施月不喜欢吃酸的，那柠檬酸得过分，榨完之后他就立刻放弃了让她喝柠檬汁的打算，下楼去买别的了。

施月皱巴着小脸："太酸了，下次咱们换别的。"

早晨九点，阳光正好。

施月捧着平板电脑趴在沙发上，视线落在阳台上办公的江肆身上。有时她也觉得奇怪，明明是一起长大的，但他身上，总有一股与生俱来的疏离感，仿佛什么都入不了他的眼。

此刻他垂眸看电脑，黑色袖管卷起，露出孔武有力的臂弯。比修长的五指更引人注意的是他手腕上长达七八厘米的伤疤，看样子有些年头，伤口结痂很厚，隔着衣服也能感觉沟壑不平。

最近她发现了，他身上大大小小伤痕无数。上次说是被狗咬的伤，昨晚她发现，岂止是被咬，说是被生生撕下一口肉也不为过。江肆不让她过多关注身上的疤痕，施月只看了一眼，就立刻转移视线。

露天阳台被隔壁邻居送的烈焰玫瑰爬了满墙。这个时节枝头还在发芽，施月只等夏天到了，看开满院的鲜花。

剧追到一半，她起身去阳台给花修枝，居然在新芽里发现了今年的第一个花苞。

江肆把她的举动看在眼里，敲键盘的动作停下，倚靠在椅背上。

“你喜欢花？”

施月揉捏花叶的动作没停，拿起水壶给玫瑰多灌了些水，郑重其事道：“虽然将来坟头一定会长，但如果有人愿意在我活着的时候送我一捧，我会很高兴的。”

“呵。”江肆笑得低沉，尾音上扬，似乎真被她的话逗乐，自顾自地又笑了下。

指尖继续在键盘上轻点，他的右眼有视力障碍，长时间看电子屏幕眼睛会止不住酸胀，所以隔一会儿就不得不停下工作，抬手在眼角揉捏。

施月忙得很，拎着水壶，在他面前晃来晃去。

她正去储物柜拿了点花肥，被江肆攥紧手腕，顺势一拉，整个人歪歪扭扭地跌在他身上。他将手机掏出来，点到下单的界面，要多少朵让她自己加。

她看到上面有满屏的红玫瑰。

04

施月离开后，苏超来过一趟。

明楼江肆已经放手交到苏超手里，他跟着江肆多年，耳濡目染，又有乐川协助，日常管理不成问题。

末了，他犹豫着说道：“杉姐好像有事找你，江哥，见吗？”

江肆没说话。苏超缴械投降：“江哥，明楼的事你就不用管了，但是杉姐我是真应付不来。”

“杉姐说让你下午六点前去东交见她，你不去，她就过来。”苏超语速飞快，尽可能地把能想到的利弊都给他分析一遍，“江哥，贺兴邦那边还得杉姐罩着咱们，听说最近百乐门亏了好大一笔。后续还有好几个任务，没有杉姐美言，咱铁定被边缘化，你可别——”

百乐门的黑暗自是不用苏超提醒，江肆比他清楚得多。贺兴邦对他不信任，没有贺霓杉在中间挡路，想必贺兴邦老早就想把他解决掉了。如今即便是有贺霓杉，贺兴邦也是铁了心地想除掉他。

可惜他羽翼已丰，百乐门一大半的人不再对贺兴邦言听计从。饶是贺兴邦察觉到不对，也不敢贸然对他下手。

江肆抬眸，灰眸波谲云诡，变幻莫测。

他换了身衣服去到东交。

苏超和贺霓杉都在这儿，看样子已经等了很长时间。乐川不知道做错什么，被罚跪在地上，身后立着两人，反手扣着他手臂。

江肆到的时候场面一度冷到了冰点，贺霓杉见江肆到场，表情才稍缓和了点。

他和她认识时间不短，分得出她什么时候是真生气，什么时候是做样子，而什么时候又在算计人。

走进包间，苏超一行人自觉退了出去。

贺霓杉别的都没说，横刀直入：“你知道的，百乐门这些年被端了不少生意。现在国外有一批神经性药物，利润很高。我爸爸打算让我接手。”贺兴邦赚钱没有原则，只要能挣钱的事，他都做。

江肆神色镇定，面上看不出情绪，语气平淡地问：“这和我有什么关系？”

贺霓杉深吸了口气，似乎下了很大决心。她盯着他，一字一句道：“如果你和我在一起，以后你可以和我一起负责这个生意。”

不等江肆回答，她又立刻补充："不要小看这个利润，干一笔起码能挣一个亿。"她学乖了，知道卖乖撒泼对江肆没用，开始以利图之。

一个有权有钱还有势力的女人，天下没有男人会拒绝。

江肆也是如此。他第一次没有果断拒绝，表情也不是嘲讽，而是认真地看着她，轻笑："一个亿？"他摇头，"不值。"

果然，贺霓杉笑了，暗想江肆也不是无懈可击，她循循诱导："干这个你还指望没钱可赚？"她承诺，"只要我们结婚，我手里所有的资源尽管你用，以你的头脑，想要多少不是手到擒来？"

江肆慵懒地靠在黑皮沙发上，似笑非笑。

贺霓杉知道他心动了，试探道："一周后，我带你去验货？"

"可以。"

贺兴邦提醒过她，不能让江肆插手这件事，这是百乐门最大的机密。但她无所谓，她觉得父亲真是杞人忧天，江肆这样的人，只会比他们更狠更毒，哪有什么良心可言。

他才是最适合干这个的人，只要能把他拴在身边，他想要什么她都能给。

破天荒地，苏超要带大家去野外春游，毕竟相识一场，还从来没出去聚过。按照往常江肆肯定拒绝，但这次不知怎的，他只沉默了一会儿，随即就打电话和施月确定了时间。

施月很开心，这还是她第一次和苏超、乐川一起出去玩。

一路上施月和乐川最兴奋，一直跟着音响节拍唱歌，沿着河流，穿过森林，越过高山，一路向北。江肆虽然没说什么，但看得出他心情愉悦。

"江四哥哥，你也唱起来啊，大家一起玩！"施月拉着他的手，跟着音乐的节奏摇晃。

"不可能的，江哥怎么可能唱歌。"苏超提高音量，"别说唱歌了，他说话超过十个字的时候都屈指可数。"

下一秒，江肆忽然跟着音量哼了起来，声音虽然小，但三个人都听见了。

施月笑倒在江肆怀里："江四哥哥，你唱歌真好听。"

乐川哈哈大笑，苏超也跟着唱，声音高昂振奋。

小车在蛇形盘山公路上疾驰，歌声穿破云霄。

山高夜凉，苏超一上山就把帐篷搭建好，一共两顶。

他们提前把杀虫剂喷在四周。几个人围着火堆烤烧烤。

在折腾了好一阵之后，苏超才从汽车后备厢搬出了两箱东西，一箱啤酒，一箱烟花。

连不爱喝酒的施月今日也拿了一瓶，四人举杯："愿年年有今日，岁岁有今朝！"

几个人笑着干杯。

喝了一小口后，施月眼神悄咪咪往江肆那边看。他难得没有看她，一整天都心不在焉。

施月缓慢地收回视线，三两下把酒喝光。她最多只能承受这样包装的两罐，喝了一罐，立马饱得打嗝。

乐川笑着说："吃肉吃肉，不能光喝酒，一群人在山上喝醉了可不行。"虽然是初春，天气渐暖，不过还是小心点。

施月醉红着脸，看苏超从箱子里又拿出一罐啤酒，递给几人。

施月刚要接住，就见江肆认真道："不喝了。"

她把酒推了回去，没勉强："那今晚我守夜，你们三个喝。"

也不知道苏超哪里找的山头，周围挺多别人用过的火堆，还有没来得及带走的野炊工具什么的。看样子这里平时会有很多人来露营。

苏超和乐川两个人喝酒没意思，吃饱了就去把箱子里的烟花拆开。

"商家还挺大方，送了我一袋仙女棒。"

他把东西朝乐川扔过去，乐川接住，抽出一根递给施月。

施月就着火点燃了今晚的第一根仙女棒。白色的火花从棍子末端开始迸射，火光把人脸映得格外清晰。

"小月亮，快许愿！"

施月停住脚步，双手拿着仙女棒，闭上眼。等施月睁开眼的时候，一道道火光冲向天空，在空中炸裂出七彩的光。

苏超举着双手欢呼，把喝酒时说的祝语重复了一遍：“祝年年有今日，岁岁有今朝！另外——”他加大了音量，“花不完的钱！”

乐川嫌弃：“超哥，真肤浅！”

施月回头去看江肆，他也正温柔地看着她，伸出双手。

她手里的焰火熄灭，扑进江肆怀里，趁着气氛正热乎，施月也跟着低声道：“江四哥哥，我爱你。”少女羞涩，平生第一次说爱。

江肆笑着揽她入怀，深邃硬朗的眉目逐渐舒缓，一脸满足。

苏超和乐川收拾完烂摊子，把要带走的垃圾打包装好，几个人去溪边梳洗。洗漱用品都带了，水是山下买的矿泉水。

今晚又是烤肉又是放炮，脸上积了一层灰，施月搓了好几遍都觉得没洗干净，多洗了几次后就乖巧地坐在一边泡脚。盆是山下买的，水是用余炭烧的。

苏超和乐川洗漱完相互推嚷着离开了。江肆则回过头，蹲在施月面前，帮她搓脚。

按照原计划，苏超和乐川睡一顶帐篷，江肆和施月睡一顶帐篷。

他俩收拾完过去的时候，苏超和乐川早早地就进帐篷歇息了。施月钻进帐篷换了衣服，江肆在外面帮她装水。

半晌之后，她从帐篷里探头，施月穿着粉红色睡衣，从头到脚都粉粉嫩嫩的。尤其喝醉了，连脸蛋都是粉粉的。

凉凉的小爪子揪住江肆的手，把他往帐篷里带。火堆噼里啪啦地烧着，施月压在江肆身上，她浑身软软的，带着葡萄味的香气。

江肆凑过去闻了闻：“偷吃糖了？”

施月捂嘴转开：“没有。”

“吃了几颗？”

她好笑地伸出两根指头，又莫名觉得被管得很严，气呼呼地看他：“吃两颗糖而已，那么凶！”

他不说话了，手臂穿过她的腰窝，揽她入怀。

“宝贝。”他这样叫她。

从没说过情话的江肆一句宝贝，让施月从心尖酥到四肢百骸。

月亮东升西落。

苏超和乐川决定接力开车下山回市里，施月被江肆抱在怀里补觉。

乐川也困得要命，正坐在副驾驶的座位上补觉。苏超有话要说，刚要开口，江肆便将手指抵在唇上，示意他安静。

一直到车停到施月楼下，施月才悠悠转醒。

江肆要走，施月捏着他的指头不肯放，半晌她才叮嘱："好好休息，最近你精神太差了。"

到家之后，电脑桌上放着一封文件。江肆拿起文件袋，绕开封口处的缠绳，抽出资料，密密麻麻几大页数据。

贺霓杉说的的确不假，贺兴邦挣钱不择手段，百乐门涉及了数不清的黑色产业链。

手机忽然振动，他放下东西。是苏超的电话，开口就是一串山门。

"杜云舍又被人带头截了一顿，新运的货还没出手就被缴了，今年真是流年不利，听说贺兴邦正在红园发脾气……明明是杜云舍的问题，咱们大家都得跟着受罪，江哥你说，杜云舍不会是警察的人吧？"

百乐门接二连三地出事，苏超撇着嘴，低声道："江哥，咱明楼和百乐门是可以划清界限的。贺家的事，要不咱不掺和了吧。"

苏超总有预感，贺兴邦要完了，干这行可不是闹着玩的，一不小心就被抓。

江肆沉声："我有分寸。"

他其实是想劝江肆不要蹚这浑水，话到嘴边，怕被骂，只好绕个弯。江哥以前的经历他或多或少听说过，这样环境长大，从小像软泥一样被人捏来捏去，让他对这世界报之以歌是不可能的。

苏超叹了口气："江哥，不是我不讲义气，真有点累，再过段时间，我想退了。"

这些年挣的钱够他花大半辈子了，以前以为明楼干净，接手的这段时间他越来越觉得不对。

明楼背后不知道掩盖了多少不为人知的秘密。他不想干那谋财害命的事儿。他想随便做点生意，要是能娶个媳妇生个娃，就更好了。

但他也知道，明楼岂是说进就进，说出就出的？天下没这么好挣的钱。

江肆没吭声。

苏超自顾自地安慰："江哥你说到时候我把钱全部退回去，贺老大会放过我吗？没钱也无所谓，大男人有手有脚的，饿不死。"话里话外都是要离开的意思。

江肆忽然道："我可以放你走，答应我一件事。"

苏超惊讶："什么？"

江肆再重复了一遍："我帮你退出百乐门。钱你自己留着，不过有一件事我需要你来做。"

苏超有些激动，又不敢置信，问："江哥，有什么事尽管吩咐！"

直到电话挂断，苏超都没回过神来。

江肆说帮他安排，那自然是没有什么问题，他心里有些忐忑。事成之后，他就自由了！

三天之后，苏超和乐川的档案从百乐门移除。不仅如此，他的账户还莫名多出一百万。

这个钱，足够他在淮序市中心全款买一套三室两厅。

他给江肆打电话求证的时候，施月正一脸霸气把江肆按倒在沙发上，手里拿着睫毛膏往他脸上祸祸。

事实上，他不配合的话，她压根儿够不着他的脸。但江肆没反抗，由着她在自己脸上折腾。

电话在客厅响动，无人搭理。

一通玩闹后，江肆抱紧施月，仿佛有千万道声音在心头咆哮。

"一定要等我。"他说。

她没听清："你说什么？"

第六章

2009年仲秋·失而复得

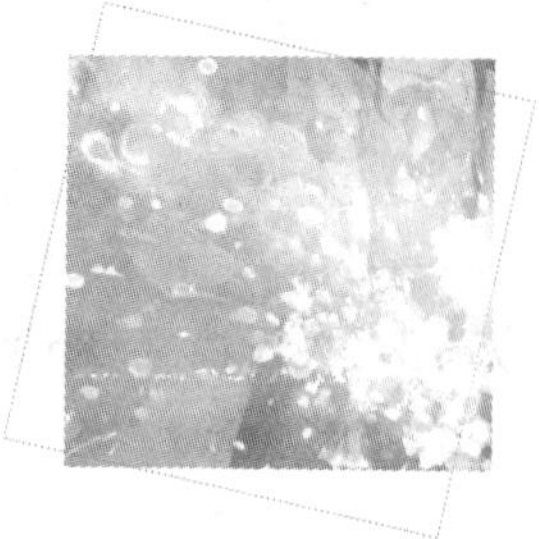

月月，我会努力活下去，因为爱自己就是爱你

01

天亮之后，江肆把施月送到嘉平，开了一夜的车，她蜷缩在副驾驶座位上睡着，裹着张毯子。

一动不动，像只慵懒的猫。

江肆说自己要出差几天，大概率没有时间和她通电话，让她乖乖去找三省师父玩两天，等他忙完了就去接她。

山里气候凉，施月裹得厚厚的，一身登山装站在落霞山前门，望着一眼看不到边的台阶，她了哈口气给自己鼓劲，朝着山顶一步一步往上爬。

没有江四哥哥一起，她累了就原地休息，渴了就喝水，毕竟没有人能在她走不动的时候背她了。

一条路，她从清晨爬到了晌午。

下午三点，江肆打电话过来的时候，施月已经端了小凳子和三省师父一起坐在门口吹风看景了。

山下的溪水潺潺地顺着山间流淌，半山腰处还有一块小小的瀑布，大片的枫树枝叶舒展，如红云一般层层叠叠。

阳光透过云层洒在山上时，“栖霞”二字，仿佛正在觉醒。

江肆似乎能通过电话听到那头传来的古老梵音。

过了几天，施月果然如江肆所言，再也收不到他一点消息。

老和尚拿着收音机，里面正播报一起虎平关搅获一批神经性毒剂的新闻，据说这是一种新型药剂，危害不可估量。

好在犯罪团伙在交易当天被市缉毒大队逮捕，此次行动共缴获毒品 200 公斤，打掉重特大毒品犯罪团伙 2 个，抓获贩毒人员 109 名，摧毁吸贩毒窝点 20 个。

刑警大队队长陈仙童与犯罪分子周旋多年，被评为“全市禁毒人民战争先进个人”，立一等功。

贺兴邦本来已经带着贺霓杉逃了，半路被陈仙童带队拦了下来。纵横淮序市二十多年的龙头大哥一朝下马，算是彻底翻不了身。

施月听到消息的时候，心头还高兴了好一阵。坏人落网了，就不会有那么多好人被骗了。

老和尚看她乐得开怀，打趣道：“这次怎么一个人来了？那个爱给你做馒头的小伙儿呢？”

提到江肆，施月红着脸：“他呀，他很忙，我是个闲人，想你们了就过来看看。”

“外面风大，去里面听吧！”三省师父手里拿着芸豆和白菜，竹编的篮子上挂着水，他掂了掂，水滴从网篮下方滴答下来。

施月点头，端起矮凳朝栖霞寺里面走。

到门口的位置，一阵风裹着春泥的味道席卷而来，带起她满头的长发，长发缱绻，顺着风的方向飞舞，她回头，鼻尖忽然酸涩。

“怎么了？”三省回头看她。

施月愣神片刻，中指抚过脸颊，上面挂着晶莹的一滴清泪。

“我——”她看着指尖的水渍，低头轻喃，“我也不知道怎么了，可能是想到我父亲了吧。”

如果他能看到这条新闻，一定会很开心。

三省师父见不得小太阳一样的姑娘变得恹恹的，忙哄道："国泰民安，普天同庆，今晚给你做烤茄子吃！"

"好呀好呀。"她重新展开笑，抬脚走进寺里。

比起冬天，寺里的香客多了很多，来来往往络绎不绝，虽然寺庙明令禁止用相机拍摄佛像，但依旧有香客拿着手机拍花拍景。

施月从他们身旁路过，雾蓝色的衲衣带起花香。

她小手端着板凳，亦步亦趋地跟着三省师父走。

"小姐。"她忽然被人拦下，施月疑惑地看着眼前的人。

他扬了扬手里的相机，态度诚恳地请求："小姐，我想在这里拍组照片，您方便做个模特吗？"

他站的地方刚好是藏经阁和大同堂中间的台阶，四五个青石板铺成，上面雕刻着莲花。

花样随着日月风雨的侵袭而逐渐变得圆润浅淡，模糊不清。

值得一提的是，在台阶右方种着一棵树，几百年历史了，雪白的花朵在枝头怒放，花瓣层重叠峦，花蕊嫩黄，花叶碧青。见施月迟疑，摄像师谦和地解释："您太美了，您什么都不用做，往那里一站就是风景。"

施月不喜欢被人拍摄，忙不迭摇头，三省师父双手合十，将她护在身后。

朝香客鞠了一躬，两人离开。

路过青石台阶时身后依旧响起一道"咔嚓"声，施月没回头，径自离开。

在山里避了个暑，她回淮序的时候已经是八月下旬。

到家时接到了苏超的电话，他说："小月亮，江哥失踪了。"

九月上旬，淮序市将蓝楹选为市花。

市里开始往大大小小的公园移栽蓝楹树，路边随时都有工人在施工，一棵棵花树从市外迁往市中心。

施月见过蓝楹花盛开的样子，四处都是蓝紫色的花朵，好看极了。

苏超来施月家找过她几次，听他讲，他在离家不远的地方开了个小超市，生意还不错，再过个半年本金就能收回来。

以前总以为苏超是富二代，花钱大手大脚没个计划，就连乐川也是这样觉得的，到头来才知道原来这货竟然是个孤儿。

每次他说回家陪爹妈吃饭，都是一个人拎着香蜡、纸钱往山里走。

施月来找他的时候，他刚好要去游泳。

超市门就这么开着，他脾气不好，加上店里安了监控，几乎没人敢占他便宜，拿了东西都会乖乖把钱放在柜台上的铁皮盒子里。

“天气热了，一天不泡水就难受得慌。”他说。

施月跟着他走，到泳池边抬了根矮凳坐着，头顶有半旧的伞撑着。

等他游了几圈，乖乖上岸坐在她身边，拿了两瓶水。

知道躲不开，他直接开口：“想问什么都问吧，知道的我不会瞒你。”

他把水递给施月。

施月摇头，抬眸望他的时候炙热的阳光落在她脸上，她瘦了很多，一张脸没了光彩。

“江四哥哥会回来吗？”她抬头，语气轻轻的。

这句话她问了无数遍。一开始苏超还斩钉截铁地告诉她会的，到后面他也会犹豫。

而今，苏超手里拿着水，陪她一起坐在泳池边。

“不知道。”他说，“江哥有能耐，不会有事的。”

施月沉默了下，说：“他没有能耐，他所拥有的一切都是拿命换的。你没见过，他身上好多疤。”

苏超的笑僵在脸上。

“对了，你去看过淼淼没？”苏超随口问道。

不知道什么时候，他和李淼淼走在了一起。提起李淼淼，施月眼底勉强有了几分笑意，回道：“还没，淼淼高考失利，填的省外。”

苏超“嗯”了一声，把浴巾扯下，跳进水里的时候吐槽道：“跑那么远，也不知道一年能回来几次。”

见苏超还要再游，施月起身，拎着自己的包，转身要走的时候，忽然被他叫住：“施月。”

苏超浮在水面上，犹豫再三，还是开口道："江哥如果还在，一定不想你这么难过。"

施月鼻尖忽然酸涩，一股泪意汹涌而来，大滴的泪珠从眼底滑落。

苏超看着施月的背影，长叹口气。得知江哥居然是警方的人，他心里真的是五味杂陈。

他终于明白，为什么江哥会把他安排到施月身边，不只是为了保护她，更是给他一个活命的机会。

昔日辉煌的百乐门一夕之间被连根拔起，只要沾到了"毒品"二字，谁都逃不了。

他和乐川，可以说是这次百乐门事件里仅有的两个没有受到牵扯的人。他俩虽在明楼做了七八年事，但犯法的事没怎么沾染，警方给他们开了份无罪证明。他俩的未来一片光明。

江哥留给他的信里清楚地吩咐，让他把定位器交到警方手里。

江哥说他潜伏多年，为的就是拉贺兴邦下马，如今水到渠成，他不会放过百乐门任何一个人。

如果他没回来，也一定要带着陈警官把贺家的人一网打尽，不能让他们有伤害到施月的机会。

那一夜，苏超心惊肉跳，睁着眼到天明。

江哥说，如果苏超愿意，便帮他照顾施月。小月亮生性单纯，容易被骗。如果苏超不想继续留在淮序也行，他还有另外一批人，专门来保护施月安全。那群人不知道他的真实身份，即便他死了，也会有人替他守护施月一辈子。

他要他的月亮，余生尽是坦途。

苏超也是后面才知道，原来江哥是有机会逃跑的，但为了给警方提供准确位置信息，他这才被贺霓杉挟持，至今生死未卜。

"江哥你放心，我一定会守着施月，等你回来。"苏超看着施月的背影，渐渐沉入水底，眼泪和池水混在一起。

施月不知怎么忽然走到了江肆家。她来的次数多，门卫早就认识她了，没等她开口就把门禁打开。

“小妹妹，好长时间没来找过男朋友了吧？”施月笑着点头，嘴角微微上扬。

“江先生好像也挺长时间没回来的，不会是搬家了吧？”

“不是。”施月解释，“他出差去了。”

她从小区口进去，很快就走到楼下，从电梯出来。

她的确很长时间没来了，密码锁上都积了薄薄的一层灰，把食指摁上去，随着“嘀”一声响，数字按键上闪过跑马灯，门锁“啪嗒”一声打开。

屋子里的陈设和她去嘉平前一模一样，就连沙发上的抱枕位置都没有改变。

白色窗纱在空中飞舞。

她往前走了几步，每走一步，都会想起和江肆在这房间里发生的事，屋子里的每个角落都存在过他的痕迹。

他在厨房煲汤的模样，他抱着她看电影的模样，他在阳台朝她招手的模样。

施月坐在沙发上，忽然想起来有一次和他看电影回来。电影院不少情侣亲亲抱抱，他忍了一路，一到家便立刻把将她抱起来亲吻，像要一次吻个够。

再回神的时候，施月已经泪流满面。长时间积压在心底的情绪瞬间崩溃，她捂着脸蜷缩成一团痛哭。

小时候，她什么都不知道就失去了爸爸。

现在，她又什么都不知道地失去了江四哥哥。

她该怎么办，她要怎么办？

02

这一次贺霓杉被吓得够呛，她的行踪被锁，一出现在大众视野立刻就有人来追捕。淮序现在戒备森严，贺霓杉和杜云舍没有别的路可走，只能躲在荆门一座废弃的旧楼里。

江肆被注射了大量神经性药物，每天清醒的时间短得有限，大部分时候都浑浑噩噩地被绑在椅子上。

但无论贺霓杉怎么诱导，他始终没有吐露出一点有用信息。

他从来都是一身伤，旧伤未好又添新伤，衣服就没干过。贺霓杉偶尔恨不得吃他的肉，喝他的血，偶尔又体贴得像是回了红园的时候。

江肆从不开口说一句话，身体像被抽干了血，没有一点精神。贺霓杉是想过他会背叛百乐门，想过他会侵吞贺家的财产，但她从未想过他竟然是个线人。

这些年，她在江肆身边安插了数不清的人。他爱和女学生在一起就在一起，爱去桑庄就去桑庄，她知道只要贺家在一天，他就一天逃不开她的手掌心。她一直胸有成竹，觉得对他的行踪了如指掌。

但事实是，他真正去了哪里、做了什么，她根本一无所知。这些年，百乐门早在不知不觉中被他控制住，连最亲近的管家都是江肆的人。

谁能想到他竟然是个线人呢，毕竟一开始他只是个一无所有的赌鬼的儿子。

他的一切都是贺家给的，没了贺家，他连条狗都不如。

贺兴邦到死都以为江肆最大的野心是将他取而代之，她也一样。

今天没给江肆注射神经性药物，他在恍惚中清醒了过来。贺霓杉拿出一条短信，上面俨然是一个女人被人绑在椅子上的照片，看不清脸。她笑得温柔："阿肆你没想到吧，我把施月绑了，她就在隔壁屋，你想看看吗？"

江肆抬头，动作缓慢，汗水将头发打湿。他冷笑："这不是她。"只一眼他就能分辨。

贺霓杉置若未闻："你的小月亮在向你求救呢，她叫：'江肆，快来救我。'你猜，我会对她做什么？"

江肆嫌恶地看了眼贺霓杉，施月从不叫他"江肆"。

他说："你抓不了施月，贺霓杉，你永远伤害不了她。"

贺霓杉的笑戛然而止，就像是川剧变脸，她瞬间变换了另外一副面孔，冷笑："你很聪明，事事计划周到，为了拉我下马，连自己的命都算了进去。但你有一点疏忽。"

江肆不说话。

面前的大屏幕忽然投放出隔壁房间的画面，他们确实绑了一个人。漆黑的木椅上绕着铁链，地面潮湿污迹斑驳。椅上绑着的人，穿着红色外套，双手以一种近乎扭曲的姿势被人捆着，露出的皮肤雪白，指甲精致。江肆咬牙，是——

贺霓杉哈哈大笑："没错，就是赵美云。"她仇恨的眼光几乎要将江肆剥皮抽筋，"你害了我爸，我就杀你妈。"

屏幕里，杜云舍端了一杯水到赵美云面前。

赵美云别开头，精神接近崩溃："你们是谁？想做什么？"她不是没被人绑过，这种阵仗倒还是第一次。

杜云舍捏住她的下巴："你儿子害了我，现在要拿你这做妈的还债。"

赵美云被迫看着他，美眸怒意横生："呸，我儿子也是你们敢惹的？"

巴掌落在脸上，赵美云偏过头，身体忍不住颤抖，但说话依旧嘴硬："你们敢欺负我儿子，当心死无全尸。"

又是一连串的巴掌。

赵美云明显情绪不稳，铁链在她的拉扯中叮当作响："你们这群狗怎么不去死，休想伤害我儿子，我杀了你们。"

杜云舍掏出匕首，视频被人掐断。

江肆眼底逼出一条红线，冷笑："贺霓杉，你也就这点招数了？"

而另外一边，山体的夹道中有红点移动，警方手里拿着导航器，跟着指示一步一步朝破旧别墅靠拢。窸窣的走动声里有人庆幸："幸好 Sun（太阳）随身携带了定位器，不然短时间根本找不到这里。"

狙击手安插在山里各处。

陈仙童拿着望远镜偷看别墅内的情况，听见队伍里的声音，心里五味杂陈。

"把定位器埋进体内，也只有 Sun 有这个胆子。"贺兴邦打死也想不到，在被斗犬咬掉一块肉的那次，江肆趁机在体内埋了定位仪。所以百乐门无论怎么隐瞒地址，交易的时候都会被一网打尽。

贺霓杉再次打开视频，赵美云已经没了刚才的活力，她垂着头，红色外套滴答滴答地往下淌血，嘴里不断重复着："我儿子会好好的，当大官，出人头地。"

"啧啧啧，原来你有个这么好的妈。"贺霓杉说，"如果不是你背叛我爸爸，她也不会这样，说到底还是怪你。"

"不过没关系，你会有机会给她赔礼道歉的。"贺霓杉已经对他彻底死心，她使了个眼色，杜云舍立刻上前给江肆重新注射药物。

"要进去吗？"警队有人询问。

队长按住手下人："再等等，先摸清里面到底有多少人，避免人质受伤。"

贺霓杉看着江肆眼神渐渐模糊，被她折磨得人不人鬼不鬼，不知不觉，她的心也软了几分，心尖像是被钝刀切割。她喃喃道："是我的错，我会带着你去给爸爸道歉的。"

贺霓杉说："卸了他的双腿，我要让他这辈子只能绑在我身边。"

山间狙击手扣紧扳机："已锁定目标。"

杜云舍捡起地上的刀，一步步朝江肆靠近。他对江肆的恨意不比贺霓杉少，举刀的动作没有丝毫犹豫，手起刀落，匕首狠狠扎进江肆大腿又猛地拔出来。

不等他有新的动作，队长一声令下，伴随着枪响，杜云舍应声倒地。刀刃染血，落在地上，血花四溅。贺霓杉仓皇抬头望向窗外，与此同时，一粒子弹穿破她的头颅。

杜云舍和贺霓杉被当场击毙。陈仙童带队冲进屋里的时候，只看见江肆倒在地上，双腿汩汩地往外渗血。

军训结束，各个部门开始招新。

淮大对学生素质学分要求很高，分数不够不仅奖学金没戏，评优评先也轮不到，最主要的是，会直接影响到拿毕业证。

所以大家对进学生会非常热衷。

施月和几个室友一起坐在面试等待席上，看着面试的人挨着上台做自我介绍，碰到学姐刻意刁难人，可以把面试的同学羞得说不出话。

排在施月前面面试的，是一个戴着黑框眼镜的高个子男生："我叫张超，经济学院新生，来自——"

他的介绍被副会长打断，副会长语气不好："请节约时间，后面还有这么多同学，直接讲特长和爱好。"

新生准备好的台词卡在喉里，呆了片刻，在学姐更不耐烦的眼神里加快语速道："特长是打球。"

学姐语气严厉："什么球？"

"篮球，爱好打游戏。"

学姐："过，不要有游戏瘾的，还有没有想说的？"

不只是台上的人蒙了，台下的人也蒙了，尤其是还没上台作自我介绍的。

施月宿舍的几个人都傻了眼。室友程珊珊压低声音吐槽："这学姐也太凶了吧。"

"我没特长，上台都不知道说什么，要不我们去其他部门看看吧？"

几个人统一意见，最后把视线放到施月身上。

施月抬头看了她们一眼："我都——""行"字还没出口，忽然听见学姐道："下一个。"

下一个就是施月。

众目睽睽之下，退出面试的话怎么也说不出口，施月低声："等我一下。"

偌大的阶梯教室，密密麻麻坐了几百号人，坐在下面的时候还没察觉，走到台上，顶着身后"学生会招聘"偌大的几个字，施月猛地感到压力。

"我……"她刚出声，台下忽然一阵哗然，众人骚动起来，连最严厉的副会长都放下笔，惊喜地看向门口。

顺着大家视线，施月回头。

周许手里拿着面试名单，清隽的脸上挂着柔和的笑。他穿着白衬衫和裁剪合身的西服裤，眼神明亮，熠熠生辉。

"我来迟了。"周许大步跨进教室，瞧见施月的时候不动声色地停了一瞬，而后笑着看向副会长，"沈清，面试进行得怎么样？"

副会长沈清点了点桌上厚厚的半沓评分表，面上没有太大的情绪波动：“面了快一半的人。”

接下来几句话两人压低了声音，旁人听不清楚，多半是在向会长周许介绍哪些是表现好的。

片刻过后，周许坐在面试席位正中，舒了口气。他不是令人惊艳的长相，却是有谦谦君子温润如玉的气质，他往那儿一坐，气定神闲，带着股润物细无声的温和。

施月被人打断自我介绍，一直傻傻地站在台上。

周许和她对视一眼，尴尬地轻咳两声，施月回过神，简洁快速地介绍了一遍自己。

到了提问环节，周许拿着笔，看着台上的施月，语气温和得像三月的风：“怎么想到面试校学生会？我听说你们分院的部门也是今天面试。”

施月老实回答：“因为校上活动加两个素质分，分院只有一分。”

沈清明显对这个回答非常不满，冷着脸正要开口，就被周许压下：“都是小孩子，稍微放宽些，不要太严厉了。”

后面坐着的同学听他这么一说，差点感动得眼泪鼻涕一把流——学长啊你要是早来一会儿，我们也不至于被逼得走投无路，一顿乱说。

周许眼角全是笑意，对施月道：“校上活动很多且都是大型活动，到时候你可别嫌麻烦。”

施月听明白他这是默认自己面试通过，感谢地看了他一眼，慢条斯理地回答：“我会合理安排好学习和参加部门活动的时间，谢谢学长。”

她向坐在后排的几个室友眨眨眼，几个人默默竖起大拇指。

施月问：“学长，还有问题吗？”

周许笑着摇头，默默在她的名字后划了个钩。

“会长，这只是面试。”沈清在一旁提醒，“最后的名单是不是得咱们商量一下再确定？”

周许神情自若，淡定地在席位上拿瓶水，拧开瓶盖喝了一口，然后才看向沈清：“指导老师说这届学生会可以多招募几个干部，你们商量你们的，最后的名单我不会有异议。”

言下之意就是，他只管施月能进就行。沈清笑着问他：“她是你朋友？”

“差不多。”周许放下矿泉水，刚开学他就找施月要了微信。那年在淮序高中图书馆，他和她见过一面，没想到有一天会以这种方式重逢。

他最近要赶一个全国竞赛，部门的事几乎副会长一个人说了算。不过听说施月今天会来面试，他还是特意抽了时间过来。

交代完事情，周许回头看了施月一眼，微微一笑，然后拿着黑色笔记本起身离开。

“月月！”面试结束后同宿舍的几个人一副坦白从宽，抗拒从严的模样。

施月意识到她们误会了，精致的眉毛蹙成一团。“真不太熟，我都说了我有。”

“有男朋友嘛，我们知道！”程珊珊靠在施月肩头，一根手指挑起她的下巴，语气轻佻，“我现在严重怀疑，周学长对你有意思！”

施月坐正身子，不想在这种事上瞎扯：“不管他怎么想的，我不会喜欢别人的。”

几个人适度八卦，聊了几句就把话题转移到了午饭上。

“走吧，想想吃什么？”

施月被她们拉着起身：“欸，你们不面试了？”

许倩：“不面了不面了！副会长门槛太高，我们高攀不起。”

程珊珊是宿舍里的小灵通，她一边分筷子，一边道：“也不是非要去校学生会，我听学长说了，哪怕没有加入学生会，多加入几个社团，学分也是够的！”

其余两个只顾着吃饭，百忙之中才回她一句：“下午不是还有分院面试？看看呗。”

施月来了电话，放下筷子起身去饭馆外面。

上大学后李森森经常和她通话，听说她去的城市天天刮大风，裤衩子都能吹飞。

李森淼今天高兴得不得了，电话一接通就嚷嚷了好几句：“月亮月亮，下课没有？猜猜我在做什么！”

施月笑着猜：“跳舞比赛？”

李森淼更激动了：“你怎么知道？”

“听苏超说的嘛！”

施月立在街边树下，视线落在一旁半人高的垃圾桶上，有一个披着灰色大衣的老人正在翻垃圾桶。她见过老人好几次了，他常年在附近拾荒，身上挂着破破烂烂到处捡来的衣服，层层叠叠数不清到底穿了多少件。

“他话最多。”李森淼不高兴地噘起嘴，提到苏超，她忍不住打听两句，“他在淮序还好吧？”

施月惊讶地笑了：“你不是和他天天通话？”

李森淼：“哪有！”

简单聊了两句李森淼又吵着要给苏超打电话，回到饭馆重新坐下的时候，收到了校学生会发来的录取通知。

周许用QQ特意发来的，学生会习惯用QQ通知信息，用词冗长，施月耐着性子读完：

施月同学，你好！

这里是淮序大学校学生会总务部，恭喜你通过面试，同时也欢迎你正式成为校总务部一员！稍后会有同学拉你进部门工作群，今晚七点请准时在总务部办公室集合。

由衷感谢你参加了学生会的招新面试！淮序大学学院学生会因你而精彩！确认加入校学生会总务部请回复收到，谢谢！

施月回复“收到”，消息发送的时候，临时加了个微笑表情。

周许那边很快回答：“今天表现得很好，欢迎你加入总务部。”

施月有些意外：“我以为我表现得很差劲。”沈清学姐一副不想她加入的样子。

周许毫无停顿，直接发来一条语音。

“别这么想，你表现得很好，今晚在办公室让大家熟悉熟悉关系，不要紧张。”

施月被突如其来的一条语音惊到，犹豫好几秒才点开，听完之后才回了句“好”。

害怕周许再给她发消息，她索性把 QQ 退出。

周许还在编辑信息，聊天框上的头像忽然灰掉，编辑的内容基本都是无意义的鼓励。他低笑了声，把内容删掉。

“周许，今天怎么回事？听说你在招聘会上帮学妹强出头，沈清被气得不轻呢！”

一起布置办公室的同学笑着调侃，他们和周许是一届的，共事一年，说话比较随意。

等把工作交接给新人，他们老一批的学生干部就正式退下了。

周许收了手机，笑笑：“别瞎说。”

“难道是空穴来风，周会长没强出头？”

几个人对视，别有深意地看着周许。

“哪里是瞎说了？周会长不是一向不爱管招新的事？这次您开金口点名要人，今晚我可得看看是啥样的学妹，诱得了周会长这个唐僧。”

周许有些窘迫，红着耳根没有吭声。

03

Sun 今早醒过一次，抬眼望了眼纯白色天花板，什么都没来得及说，又晕了过去。

照顾他的护士过来换了好几次药。他的双腿受伤严重，从入院一直到现在连续治疗了三个月，却始终没有好转。

刑警队队长陈仙童几乎每周都来看他一次，一来就在病床前熬一整夜。

上午医院通知特警队，病人情况不好，陈仙童几乎立刻放下手里的事赶过来看他。

医生看着陈仙童：“患者伤势严重，且被注射了大量损伤脑部神经的药物，随时有可能危及生命。”

陈警官眉头越拧越紧，宽厚的手掌不自觉捏紧拳头，语气浑厚低沉：“没别的办法了？”

医生沉默不语，半晌才艰难说道：“身上的伤已经足够致命，可神经性药物带来的伤害比身上的伤更为严重，要救他实在是太难了。”他没说出口的是，即便人救回来了，身上的毒瘾也很难戒掉。

陈仙童抿着唇，一板一眼：“他是为了群众才伤成这样，务必采用最有效的措施积极救治。”

陈仙童又站了会儿，刚踏出病房，身后病床上的人忽然一阵痉挛，大腿上的伤口迅速撕裂，浓稠的鲜血浸出纱布。

医生大步跨过去，按住他的胸口，拉动呼叫器：“快，伤口再次崩裂，紧急缝合。”

一阵匆忙，江肆从特殊病房转入手术室，他躺过的地方，血淋淋的一片。

陈仙童对江肆后续的情况浑然不知，他回到车上，握住方向盘时忍不住想到他，单手烦躁地在方向盘上猛敲两下。是他的错，不该让Sun以身涉险。

可最后的那场较量，如果没有江肆做线人，他们绝没有机会这么轻松将那伙人拿下。贺兴邦费九牛二虎之力把女儿送走，他当时也没想到，江肆的目标，是贺兴邦全家。

他曾经听说过七八年前的一个类似案子，就是因为放跑了犯罪团伙的一个主要成员，以至于牺牲的警官妻儿险遭报复，在外躲藏好几年。所以看着贺霓杉逃走，江肆想都没想就追着离开，只为永绝后患。

陈仙童这辈子没那么后悔过，当初要是再快一点，江肆不会遭那么多罪。原本健康壮硕的大小伙，被折磨得不成人样，再过不久，还可能成为枯骨一把。

车启动了又熄火，来回好几次，最后一次，他索性直接熄火，开门快步下车，却没在病房里见着人。他咬着牙一路走到医院护士站，找到平常照顾Sun的护士。拉着人，一身特警衣服威严赫赫：“413号病房病人哪去了？”

护士刚从手术室出来，病人此前忽然病危，她帮着送人进手术室。被刑警横在面前，护士停顿一下，立刻如实回答："紧急情况，病人正在手术室抢救。"

这个病人从入院开始就一直是她在负责照料，三个月时间，总共才醒过四次。前两次是修护伤口时痛醒的，后面他情绪恶化，昏迷了好长一段时间，几天前又醒了一次，叫了两个字就晕倒了，加上今天，他情况不好，不知怎得忽然醒了，现在还在抢救。

她在心里偷偷猜测，这或许是回光返照。她见过不少病人，临死前几天总是最精神的，好些连饭都吃不下的患者死前居然突然能下地走路。

家人都以为没事，带回家不到一下午就断气了。

护士把她了解的情况如实说出来，陈仙童抓住重点，立刻问她，"你说他叫了两个字？叫的什么？"

"失约，还是湿雪什么的，我没听清。"

陈仙童很容易便联想到了"施月"两个字。他对这个人名并不陌生。

当初 Sun 作为线人向他传递信息时，他曾经质疑过他。Sun 脑子灵活，三五年就能做明楼主事，不难想象给他个几年时间，他未必不能在百乐门建立更大的事业。

退一万步说，就凭贺霓杉对他的痴迷程度，他想掌管百乐门绝对只是时间问题。

一个未来很有可能黑白两道通吃，令人闻风丧胆的罪犯头目忽然有一天说想改邪归正，还愿意提供线索帮助警方一举歼灭犯罪团伙，任谁都不敢相信。他甚至觉得这是更大的阴谋。

Sun 前期提供的线索他们都没敢相信，但他总有能力猜到警方的想法，把他们的计划一一戳破，又竭尽全力打消他们的疑虑。

最后一次，陈仙童将信将疑地听他安排。如此两年，居然还真把百乐门一锅端了。

队里由他负责和 Sun 联络，Sun 是他见过的，最聪明、最让人望而生畏的人。

一个人，能跑能打不算厉害，Sun 的厉害之处是在于他能掐会算，揣摩人心。

为了让刑警队放心，与警方合作的头一个月，Sun 就把自己的全部财产交代清楚，证明自己没有从明楼牟利，每天发送他的实时定位。

他们做过 Sun 的背调，Sun 的经济来源非常干净。一开始炒股发家，再后来做倒卖投资，什么赚钱他做什么。前两年城东城北几块火热的地皮不知道被谁拿下，还开发成了淮序最大的娱乐商城，调查过后才知道，幕后老板就是 Sun。

这件事除了他配合调查的警方，无人知晓。越是掌握了金钱和权势对是非善恶的界限就越模糊。

这样无懈可击的一个人，他实在想不明白是什么原因让他突然想要改邪归正。

旁敲侧击了很久，终于在有次聊天中，Sun 主动提起，如果有天他死了，请他们务必保护好一个人。

陈仙童倏然惊醒，对！那个人就叫施月！

去年冬天江肆突然离开淮序，冒死去被大雪封住的落霞山，作为他的对接人，陈仙童给他打过好几次电话，奉劝他小心行事，相关部门会安排人清雪，最多三天时间，就能恢复交通，山里的人不会有任何危险。

可 Sun 不听，为了确定施月是否安全，硬是从山脚爬到山顶，一寸一寸地找遍每个地方。

陈仙童醒神，将所有的事情串联在一起，脑子忽然清明。他做这一切，为的就是保护好施月。

陈仙童转过身，往手术室快速飞跑，手里动作不停，给队里的人打电话，语气急切。

“Sun 曾经提过的施月，现在立刻找到她。”

队里的人听他语气不好，着急地问：“是 Sun 出了问题？”

陈仙童语气凝重，很少用这么绝望的语气道：“她可能是 Sun 活下去的唯一希望。”

去年冬天，Sun 冒死也要上山见的人就是施月；如今残成这样，醒过来第一件事也是找她。

施月就是他的命，是他在这个世界唯一的挂念。

队员不敢耽搁："好，我马上去查。"

手术室里医生护士各司其职，就为了将江肆从死神手里拉回来。

江肆的情况不容乐观。伤口发炎导致身体不断发热，再加上之前被注射的大量神经性药物，以至于江肆始终昏昏沉沉，听不清人说话。

手术台上的他，形容枯槁，眼窝深陷，下巴像是用刀削过的锋利，皮肤阴沉发黑，渗着汗珠。如果不是医生还在他身上忙前忙后，他甚至会让别人觉得自己是在看一个死人。

但好在他的求生意志非常强烈，每次病情恶化，别人都替他捏一把汗的时候，他都能神奇地转危为安。

今天也是如此，危机解除，一切都在有条不紊地进行，半小时后，江肆被推出手术室。

陈仙童一直等在外面，看他出来，忙不迭跟着追进病房。

危险来得快去得也快，但这也正印证了医生说的话，江肆昏迷的每一分一秒，都有病情告急的可能，只要他一天不醒，他就一直在生死边缘徘徊。

医生交代了几句注意事项，陈仙童留在病房里看他。江肆躺在病床上，床头挂着吊瓶输液，他的上衣是解开的，浑身连着仪器。床头的检测仪"滴滴"地响。

陈仙童叹了口气，走到床头的位置蹲下，也不管他究竟能不能听到，轻声说道："Sun，我不管你能不能听见，我要告诉你，施月是平安的。你把她保护得很好，从今以后再没有人能伤害她，我会带她来见你，请你挺住。如果你爱施月胜过你自己的生命，那就请你为了她再坚持一次。"

病房除了仪器的滴答声，再没有别的动静，昏迷的人依然昏睡不醒。陈仙童侯了一会儿，颓废地离开。

在他走后不久，病床上的人突然有了反应。连接着江肆的心电曲线出现了很大的起伏，伴随着仪器加频的跳动声，江肆缓缓睁开眼睛。

昏迷数月，他的眼里一片死寂，漆黑的瞳孔映不出一丝光泽。

唇瓣煽动，发不出一丝声音。他在无声地叫："月月。"

04

周许说得没错，大一上学期确实是活动最频繁的时期。

施月同宿舍友一个去了分院纪律部，一个去了校体育部，还有一个人间清醒程珊珊一个部门都没去，自己加入了好几个协会。几乎每个周末都被安排得满满当当的。

校上举办了好几场大型活动，总务部夜夜加班，大家伙儿吃了大半个月的盒饭，终于在活动结束等来会长发话，请大家去鸭肠王聚餐。

这消息一出，可把同学们高兴坏了，做起收尾工作都有劲了许多。

第一次部门聚餐，施月不好不去。

到了才知道，值得庆祝的事不止一件，周会长前段时间参加的 VR 技术运用拿了全国比赛一等奖。这次比赛主要是周许自己领头，加上几个同学打辅助，老师可放话了，他在里面没起到什么作用。一时间头功落在周许一个人身上。

晚上聚餐的时候，总务部的同学比拿奖的周许本人还高兴，喝红脸的不在少数。

"会长太厉害了，庆祝会长国赛取得一等奖，干杯！"

周许默默起身，温和地举起酒杯，补充道："今天主要是为了庆祝校上活动圆满谢幕，这些天辛苦大家了，谢谢，我这个会长反倒是偷了懒。"

整桌人齐刷刷地站起来，手里拿着酒杯，总务部男多女少，除施月之外，大家都是能喝酒的。

施月忽然也想醉一回，所以同学倒酒的时候并没有推辞。

周许额外关注她，看她喝的是酒，特意提醒一句："不能喝不要勉强。"

施月笑着摇头，一杯酒下肚，胃里火辣辣地疼。

不过她似乎体会到了喝酒的好处，脑袋晕乎乎的，那些她深埋着的记忆蜂拥而至，就像是刚刚发生过一样。

沈清坐在周许对面。

周许是出了名的好脾气，对谁都客客气气的，就算是学妹把他堵在宿舍楼下表白，他也能四两拨千斤地把人打发回去，既不给人难堪，又能把桃花掐得彻底。

不过，沈清是例外。不管周许话里话外怎么拒绝，她都装作不知道，继续以朋友的名义待在周许身边。

大家干了一杯过后，沈清独自起身，倒了杯酒，递向周许。“会长，比赛完了，肩上的担子我就安心还给你了。”

周许忙接住酒，笑着看她：“谢谢副会长这学期的关照。”

大家看两个小领导你来我往，台面话一句接一句，不知道谁忽然起了哄：“两个会长不如喝个交杯酒，索性今晚就洞个房！”

沈清端酒的指头抖了一下。大学生聚会，说荤段子不算什么，可这是第一次荤到了周许头上。

周许垂了眸子，收敛笑意，眉头也轻轻皱着，他严肃时，有种不怒自威的味道。说话的人也知道玩笑开过了头，赶忙道歉。

周许和煦地笑，别人看不清他眼里的情绪，只能听见他声音里的清冷：“我是男生无所谓，下次不要在女同学身上开这种玩笑。”

沈清要笑不笑，知道他并不完全是介意别人拿她开黄色玩笑。

周许把酒喝了，然后坐下。一场饭局，总务部十五人，喝翻了十二个，就剩周许、沈清和一个千杯不醉的汉子还清醒着。

周许打了车，把人通通送回宿舍，他盯得紧，折腾了许久到宿舍也不过才九点半。

施月第一次喝醉，和她想象不同，喝醉后该记得的事她一件没忘，她还是那么难过，还是想他。想她的江四哥哥。

十点半，学校停电的预备铃响起，刚好把她彻底惊醒。施月起身，一身酒味。

宿舍里亮堂堂的，程珊珊刚准备去洗漱，瞧见她坐起来，小声问她：“月亮，怎么了？是不是想吐？”

施月摇头，幅度很小，恹恹道："有点渴，我想喝水。"

程珊珊赶忙帮她接了杯温水，刚喝一口，就被她退了回来。

"不喝白开水，我要喝柠檬汁。"

程珊珊哭笑不得："大晚上的，哪里去给你找柠檬汁？"

施月低喃："橙子汁也行"

程珊珊把杯子盖好，觉得她意识不清楚，干脆把她整个人团进被窝里。

"什么汁都没有，睡你的觉，真口渴就喝白开水。"

施月被按倒在床上，程珊珊刚进浴室洗澡，她就翻身下来，给两个室友解释："我下楼去买果汁。"

"还有半个小时熄灯，你来得及吗？"

走廊里施月回了句："来得及。"

床上刚躺下的两人"哎"了一声，还没反应过来，施月已经没了人影。

"不会有事吧？"

"看月亮步子，好像没醉。"

过了好一会儿，程珊珊出浴室发现床上没人了，才惊讶道："月亮人呢？"宿舍门估计都锁了，几个人着急地打电话给施月，电话响了没几声就被接通。

施月尚且还算清醒，眼神清亮，坐在出租车上和司机对答如流，声音比平时大了不少，条理十分清晰。

她解释："我想回家一趟，明早回来。"这个点已经查过寝了，不会有人再去检查。

几个人一脸蒙，只好答应："那你路上小心，直接回家，别耽搁。"

"好。"施月说了谎。其实她是去了江肆家，今天不知道怎么回事，过往甜蜜就像是心口的蝴蝶，扑闪着翅膀要从身体里挣脱出来。她想过来看看。

九月过后她再也没来过这里。她开门，喝过酒后知后觉地发现有点上头，脑袋晕乎乎的。

漆黑的屋子里看不见一点东西。她披散着头发，把外套脱掉，身上还穿着在宿舍时穿的睡裙。她还想再脱，卷到一半，脱力地垂下手。

踉跄地摸去到卧室，眼睛看什么都是重影，她跌在床上，往后一伸，掀开被子，缩了进去。

难得的是，被子里竟然不算冰凉。

睡了好一会儿，接近凌晨三四点时，她被一阵索吻逼醒。眼前有人揽着她，手臂勒得很紧，正抱着她睡着，见施月睁眼，那人顿了一下。

她呼着酒气，呼吸声一声比一声重，看着他呆呆地出神。

“你回来啦？”施月往他怀里凑了凑，声音哑哑的，又忍不住哭，“你去哪里了？我都打听不到你的消息。”

在一起后，他从没让她这么哭过。江肆抚过她的发，轻轻在她背上有节奏地拍拍，哄小孩似的。

施月脸蛋醺红，闷闷地睁眼看他：“我好想你。”

两人视线交错，江肆吻上她的眼。

月光落在她身上，白皙的皮肤像抹了清冷的霜。她说话还带着酒气，低低地道：“你不要走。”这是她睡前说的最后一句话。

雨水渐渐停了下来，直至天空翻出第一道鱼肚白，第一缕阳光已经穿透玻璃，空气都是美好清新的味道。

下午三点，施月才悠悠转醒。

蓝灰色的大床乱得不像话，她摇头，太阳穴一突一突地疼。这还是她头一次醉酒，掀开被子时这才后知后觉地反应过来，她不在宿舍。

手机不知道什么时候关机了，她去江肆书房找了充电器，开机的时候连着“叮咚叮咚”了好几声。

部门的人，班长还有宿舍几个给她发了不少消息，还没看完信息，程珊珊连着又弹了几条消息出来。

“月亮，你没事儿吧？今早怎么不来上课？收到消息回复一声，我们都快吓死了。”

“月亮，再不回消息我要报警了！”

“月亮！”

施月给程珊珊发去消息，报了个平安，然后去浴室洗了把脸。简单把房间收拾干净，该洗的东西洗了，她这才回学校去。

江肆这次是偷偷离开。

回到隔离病房的时候大腿的伤口差点再次裂开。最后他是扶着腿，一拐一拐地走到陈仙童面前。

陈仙童拿着他的病例资料，满眼庆幸。“身上的伤好得差不多了，Sun你真是太棒了。”

当初送到医院的时候医生一度想截肢来着，没想到他不仅挺了过来，还保住了腿。那天夜里医院打电话告知他江肆醒了的时候，他一度怀疑自己是在做梦。

现在人不仅醒了，身上的伤还恢复了大半。陈仙童都快觉得他不是个正常人了。

江肆一声不吭，扶着腿，坐下的时候大腿隐隐渗出一丝血迹。

陈仙童皱眉，蹲下来查看：“怎么一晚上又这么严重了？”本来伤口已经结痂，走路什么的也都没问题。

“没什么。”江肆推开他的手。

陈仙童无奈：“我这不是关心你？”

江肆点开手机，视线冷漠平淡。

陈仙童起身的时候，刚好看见屏幕界面上淮序大学论坛几个大字。

陈仙童哂笑一声：“那么想她，还不见她？”

江肆收了手机，眸光一闪，抬头看了陈队一眼，抿着唇没有说话。

陈仙童掏出包烟，抽了一根咬在唇边，点火时叹了一声：“你要相信自己，不就是戒个毒？我相信你。”他把烟揣回兜里，贴心地解释，“你现在这种情况，还是把烟戒了，就不分你了。”

江肆的脸看不出表情，他的身体已经毁了，他怎么忍心让他的月亮知道。

江肆叹息：“我又冲动了。”明知没有未来，却忍不住一次又一次地接近她。

陈仙童皱眉，听不懂他在说什么，只能安慰：“放心，等熬过这关，你还能和她在一起。”

吸完最后一口，他掸掸裤腿上的烟灰，把烟头摁灭，带出病房。

总务部最近多了很多事情，沈清临时卸担子不干，一些简单的工作被周许分到施月头上。

她和周许的联系莫名多了不少。

校表彰大会即将举行，宣传部忙得不可开交，原本交到他们手里的宣传板报被原封不动地退了回来。周许头疼，扶着额头，无奈地决定：“咱们自己画吧。”

总务部一群糙汉子，唯一心灵手巧的沈清还闹别扭不干了。

大家把希望都寄托在施月身上。想着毕竟是建筑系的，平时拉线稿惯了，画点东西应该是没问题的。

集体任务，施月没有推脱，绘制板报的工作最终落在了她和周许身上。她拉线稿，他涂颜色。

很长一段时间，一到下课时间学校就有两道身影飞奔去总务部办公室。

施月手里拿着在A4纸上绘的草稿，用铅笔顺着板报勾画。板报比她人还高，为了方便，她把厚重的外套脱了，毛衣袖口随意挽起。

周许埋头调色时偶尔抬起头，看她一眼，宠溺地埋头偷笑。怕她着凉，特意把空调温度调高。

施月拿着画笔，时不时用笔端测试距离，然后一脸专注地在板报上涂涂改改。她专心做事的时候，眼里是会有星星点点细碎的光的。

今天天气不错，冬日里难得的暖阳，教室的窗帘大开，阳光透过方形玻璃打在地上，光点斑驳。

周许见她停下动作，问：“画好了？”

施月点头，揉了揉肩膀：“第一部分。”

他温和地笑，眉目舒展：“去那边休息，接下来交给我。”

施月点头，走到角落随便扯了根凳子坐下，趴在桌上，视线跟着周许的笔尖走。

他的声音很慢，和画画的节奏有关。画笔在板报上慢慢地涂绘，他也低着声音，他不擅长和女生聊天，但他喜欢听她说话，喜欢看她精力十足活灵活现的模样。

周许的侧脸温润细腻，落笔沾墨时听见他问："听说你们系前些天有个建筑模型大赛，参加没？"

施月老实摇头。周许画笔停住，有些惊讶："怎么？"

施月也很无奈，提起这件事的时候秀巧的笔尖微蹙："模型做到一半，被室友给坐塌了。"

原来如此。周许好笑地摇头："再做一个就是。"

施月若有若无地看了眼别的地方，底气明显不足。她说："是重新做了一个……"

周许看着她："然后呢？"

她小声回答："听说比赛要拿了奖才加分，被我一把火烧了。"

饶是周许那么好的脾气，长袖再怎么善舞，一时间都不知道该怎么接她的话了。

"不加分就不参加了？"

施月奇怪地看着他："不加分为什么还要参加？"

也对，她参加学生会就是为了加分，周许低下头继续填色，表情一直是温和地笑着："你呀，也该正经点。"

施月偏头不听，向着阳光眯起眼，像只慵懒的猫。

周许没吭声，由着她睡。把填色部分画完了也没叫她，索性自己拿着纸笔，顺着施月画过的地方继续描下去。

门锁"咔嚓"一声，转动了大半。周许惊了下，回头瞧施月，见她没被吵醒，才看向门口。

宣传部的人走进来，看见熟睡的施月，压低声音唤他："周会长，我们部长让我过来搬东西。"

看样子是宣传部忙完了，准备腾出一只手帮总务部完成板报。

周许看着施月已经画了大半的作品，摇头："不用了，谢谢你们部长，我们这边快完成了。”

那人探过半个身子看了眼板报，不得不说，他们画的比宣传部自己赶出来的还要好看。

“周会长，您还真是多才多艺！”

周许转头去看窗边的人影，别人夸他的时候都没有这么开心，他骄傲道：“这呀，是我们小学妹画的。”

施月只睡了不到半个小时，醒来之后发现板报已经画了大半。

周许接过她的草稿，落笔比她自己还要流畅。

“学长，你画画不是挺好的吗？”

周许侧头睨她：“我说过我不会画画吗？”

这倒是没说过，但她纳闷：“那大家怎么不让你画，非要让我……”说到一半，施月顿住，他不经意地看了她一眼，转身就要落笔。

“既然学长都自己画了，那不然我先回宿舍了。”施月小心地从座位上站起来，睡得太沉，她的脸上被压出几道褶子也没发现。

“等等。”周许把她喊停，“你想放学长一个人在这儿？”

施月睁大眼睛：“那我在这儿不也没事吗？”

周许收了动作，把勾线笔递到施月面前：“你来。”

行吧！他这是见不得自己闲着，她拿过笔，沉下心，继续沿着图纸画。

两个人折腾到晚上七点，板报完成了大半，剩下最后一点收尾工作，周许让施月不用弄了。他请她吃饭，然后他自己回来弄。

施月没心思陪他继续熬着，赶忙点头。路过奶茶店，施月踌躇半天，犹豫着问他：“学长要不要喝点什么？”

周许了然，问她：“你喝什么？我请。”

周会长大方，给施月买了五杯奶茶。三杯拿回去讨好室友，施月自己分两杯，双倍快乐。

吃完饭，周会长回办公室做扫尾工作，施月拎着奶茶回宿舍。

路过后街的时候，脚步忽然停住。桥头，一个高瘦的身影背对着她。

她只瞥了一眼，心跳如鼓。

再往前走，那人忽然抬脚离开。等施月匆忙地赶到桥头，又什么都没有，那人像是自己的幻觉。

回到宿舍，施月把奶茶给几个人分了。

她喝了不到半杯，牙齿开始隐隐作痛。她以为自己很喜欢喝奶茶，江四哥哥不乐意她喝的时候，她经常忍不住偷偷去买，被他逮住就是一顿欺负。

但现在，奶茶捧在手里，连喝了几口，发觉味道也不过如此。剩下的那杯没开封的她送给了珊珊。

转眼过去两个月，考试季之后就是寒假，放假前一天部门迎来了第二次团建。

周许这次有了经验，拦着施月不让她喝，自己倒是被部门的人灌得醉醺醺的。

看着周围喝酒的人，施月猛地灌了自己一大杯酒。

“月月。”周许没来得及拦她，眼看着她拿下一个空杯，他懊恼道，“你怎么总想着喝酒？”

施月捂着脸，难得正经地开口：“想看看喝醉了会不会有人送我回家。”

周许讶然一笑：“当然是要送你。”

她也在笑，可周许觉得施月有心事，她好像从来没真正开心过。

这次和上次一样，周许打车，把其他同学送回学校。施月已经放假，她家离学校不远，周许低声嘱咐，让她在席位上等他。

等周许扶着人离开，她才抬头，眼神清亮。

她还想起身去找江肆，刚站起来，一股后劲冲得她立刻跌回沙发上。

有人从暗处靠近，一股冷冷的药香席弥漫，他看了施月几秒，冰冷的手指搭在她额间。

“月月。”他低声叫她。

施月像是听见他的声音，迷糊地睁开眼，看见他。

“又做梦了。”一滴泪从眼角滑落，她喃喃道。

江肆俯身亲吻，咬着她的唇瓣，低声祈求："别和他们走太近，我会嫉妒。"

施月自然没办法回复他。

带着所有的不甘，几近咬牙切齿地问："他会不会像我一样对你？"

"他会不会亲你？抱你？"他卑劣地藏在暗处偷窥她的所有，像只蛆一样，不见天日。

施月似乎听到了他的声音，整个人缩成一团，双手抵在江肆胸前，纤细的几根手指像抓着救命稻草似的紧紧攥着他的衣服。

周许回来的时候座位上只剩施月一人。

他出去送人尽可能地节省时间，本来想着离开五分钟没事，但在外面见不到她，心里总牵挂着，怕她出事。此刻见她安然地靠在座椅上，不由得松了口气。

周许把施月送回家，好在林望舒刚躺上床，还没睡着，她配合着周许把施月扶回房间，把枕头给施月垫上，转过身看周许。

他温瑾谦恭，表情温和，也很懂分寸，进到女生房间也不乱看。

周许先一步认错，态度诚恳得让人压根儿生不起气。他说："阿姨，不好意思，没照顾好月月。"一向坦诚的周许今日动了个小心思，刻意称呼她月月，而不是同学。

果然，林望舒眼睛倏然变亮，脸上立刻挂着笑："你们是同学吗？"

周许摇头，不急不缓地开口："我比月月大一届，我们是部门同学。"

"一个部门的啊？"林望舒想了想，脑子里立刻想到一个人名，"你是周许吧？"

周许不卑不亢地点头："我是。"

林望舒笑意更深："月月提起过你。"她没多说什么，但表情是很喜欢他的样子。

把周许送走，林望舒乐呵呵地合上门，走起路来步步生风。

"叫周许呀，人品不错名字也好听！"

江肆平时没什么异样，毒瘾发作的时候却疼得致命。

陈队帮他在施月学校附近租了个房子，躺在床上一阵阵疼得要死不活的时候，他就想着施月。他想见她，又怕极了她瞧见他犯病时的样子。

知道她部门要聚餐，担心她像上次那样喝得烂醉还到处跑，他没忍住跟了她一晚。

直到看见周许送她上楼。江肆立在施月楼下的树旁，看着楼上灯火通明。

等了好一阵子，周许才下楼。

他在楼下站定，抬头望了眼施月在的房间，温和的眼里全是遗憾。周许笑着摇头："怎么一喝就醉。"

他从上衣兜里掏出一个深紫色礼盒。无奈，本来打算表白的。再望了楼上一眼，周许把礼盒收好，抬脚往外走。

江肆半个身子掩在树后，攥紧拳头。

直至周许彻底走远，他才敢咳嗽出声，从一开始的轻咳到后面的撕心裂肺。喉咙迅速涌上一股腥味，摊开的手心血迹斑驳，青色的血管露在皮肤表面。

江肆抬头看了施月的房间一眼，逆着灯光走进黑暗里。

戒断到后期，他的身体越来越虚弱，陈队几乎日日守在他的出租屋里，害怕他暴毙在家。

刚一回去，他果然着急忙慌地跑出来质问："又去哪里了？"

江肆擦干唇角的血，声音沙哑："出去转转。"

陈仙童一口气差点没提上来："你现在的身体不能外出。"

江肆皱着眉头，不再吭声。

陈仙童调节好自己的情绪，好说歹说，劝道："你还有希望，不要一天到晚出去瞎折腾。要去哪里我可以送你。"

他现在瘦得不成人样，打车不方便。别说司机愿不愿意载他了，就是车速快了一点或者慢了一点，他都能吐个不停。能迁就他的，也就陈队一个。

陈仙童现在是职业熬鸡汤选手，害怕江肆说不活就不活了，和他说话每句都是劝生模式。

"照顾好自己，我队里还有工作，不能一天到晚守着你。"说到这个，他脑子灵光一闪，"要不要我给你请个保姆护工什么的？"

江肆呼吸微弱，瞥头看了他一眼：“我不需要。”

从月初开始停药，月底的时候，江肆彻底吃不下饭，咯血也是常态，磕了碰了没两下就透出一大片瘀青。

陈队把午饭给他端来。为了方便他进食，一日三餐都换成了小米粥。

江肆坐在床上，手里拿着平板，上午扎的针眼隐约还能看见黑色的针孔。他把瓷碗端起，小臂颤抖，从桌面到嘴边的距离，洒了一路。

“你慢点。”陈仙童扶住他的手。

“不用。”江肆推开他的手，喝了一口米粥，没等咽下，瓷碗“嘭”的一声砸在地上。他俯下身，胃里翻江倒海，呕吐物不要命地往外吐，里面还夹杂着血丝。

“Sun。”陈仙童吓了一跳，赶忙跑到他身边，从桌上扯过卫生纸递到他手里。

“没事。”江肆声音沙哑，脖颈青筋连成一片，“帮我再舀一碗。”

“缓缓吧。”陈仙童帮他顺气，地上狼藉一片，沙发上也沾了污渍。看江肆喘息不止，叹息一声，把他扶起，“你先去床上躺一会儿。”

江肆眼皮抖了一下，呼吸越来越沉。

傍晚时间，陈仙童领了个护工上门。到床边的时候，发觉江肆还维持着他中午离开时的姿势。

冬日的雪积在房檐上，雪光照在他脸上，他靠在床头，静静地，像被冻住了一样，表情平和。再细看，才发现胸口有轻微的起伏。

护工吓了一跳。

陈仙童招呼她收拾一下，自己出去给江肆盛粥。

护工点头，在陈队走后环视四周。

卧房布置简约，黑色窗帘质感厚重，地面干净亮堂，卧室里摆着一张实木的原色书桌，在靠床边的柜子上放着一张照片。

相片里的女生墨发乌瞳，眼神明媚得像个太阳，而一旁斜倚在墙上的男生，颓懒散漫，他正低着头点烟，像突然被人叫到名字，歪头朝镜头看来。本来是一张极正常不过的生活照，但因为照片里的两人颜值过高，照片也变得多了几分艺术气息。

屋子里没什么好收拾的，护工走到床头，伸手把照片拿起来擦拭，摆放时啪嗒一声惊醒江肆，他缓缓睁开眼。一双冷灰色的眸子和照片上的人如出一辙，眼神凌厉。

“我，你……”护工吓得语塞。

他面色不善地看着护工，眼神从她身上扫掠过，落在照片上。

“我是陈队请来照顾你衣食起居的，这照片有灰，我擦擦。”护工咽了口唾沫，战战兢兢地解释。

江肆把视线收了回去，淡淡吩咐：“放下吧，我自己来。”

护工赶紧照办，他的眼神漆黑深邃，没有一点温度，吓得她连开口说话都颤颤巍巍。

陈仙童适时进来，见他醒了，把手里的粥端到他面前：“尝尝吧，熬了一下午。”

江肆没接。陈仙童把粥放下，态度随意：“哦，介绍一下，张嫂，我请来照顾你的阿姨。”

他对着张嫂说：“他姓‘江’。”他没说全名，不过这对张嫂来说并不重要。

她点点头，对江肆道：“江先生，有什么需要您就叫我，我先出去收拾了。”

江肆没吭声，陈队给她让了个道，她低着头快步走出房间。

他又强调了一遍：“我不需要。”

“得了吧，我是怕你死在房里没人发现。”陈仙童就近坐到床上，扯开江肆的衣领，“看看，都把自己折腾成什么样了。”

戒断时苦不堪言，精神上的折磨远比肉体的疼痛更加难熬。

他身上已经不止一次出现抓痕咬痕和撞出来的瘀青了，新伤盖着旧伤，浑身没一块好肉。

江肆把衣领扯回来。

休息了一下午，他的精神好多了，他端起粥，三两口喝了个精光。

陈仙童松了口气：“趁着胃口好多喝点，要一直像中午那样，不折腾死也得饿死。”

江肆放下碗，靠在床头闭目养神。

“一会儿带你出去转转？”陈仙童翻看着手机，随口一问：“整天待在屋里，不憋得慌？”

“不慌。”

陈仙童收了手机：“你不慌我慌，不服？站起来打一架？”江肆的人是他从贺霓杉手里抢的，江肆的命是他在医院和死神争的。严格来说，江肆的命一大半都是他的。

他俯下身，按着江肆的肩膀诱惑：“别整天一副要死的样子，想不想见施月？我带你去看她。”

淮大放寒假了，施月整天窝在家里，他几乎见不到她。

江肆沉默。

陈仙童笑出声：“我就知道，想得紧吧？”

他就是这个年纪过来的，江肆想什么他还能不清楚？他拍拍江肆的肩膀，老生常谈：“你把身体养好，一切会好的。”说着他直起身子，出门去叫张嫂准备轮椅。

江肆开口，声音低哑：“别打扰到她。”

“知道知道。”陈仙童摆摆手，“怎么样？要我抱你吗？”

江肆不语，双手撑在床上，起身，两条腿抖得像筛糠一样。步子倒稳，走两步就坐在了轮椅上。他那一坐，更像是跌。

“一生好强的 Sun。”陈仙童推着他还不忘调侃，出门时给他裹上厚厚的围巾，披上风衣。

摸到他胳膊时顿了下。记忆里他的体能一向很好，谁能想到，这才半年，整个人就只剩个骨头架子了。

陈仙童心里发酸，面上不动声色：“走吧，带你逛超市。”

江肆立刻蹙眉，想说什么，却又止住。

陈仙童真把他带到超市来了，推着轮椅，走到哪里都有人让路。他倒是悠闲，看看这个，摸摸那个。

“我是海昌那边的。我们那边最喜欢吃包子面条，手擀面那叫一个筋道，准序吃不到的。”

他拿起一包面条掂了掂：“要不今晚让你尝尝我的手艺？”

江肆看他一眼，直视前方，面上波澜不惊，丝毫没有要搭理他的意思。

陈仙童气笑了：“欸，我说，好歹我比你大十岁，算你大爷辈吧，懂不懂礼貌！”

“得了，行，你是我大爷。”陈仙童放下面条，又推他到别处，“瞅瞅明天吃啥。”

江肆拧着眉，腿上盖着个毯子，被他推着四处乱逛。

超市很大，上上下下好几层。逛到日用百货的时候，他终于忍不住出声：“要逛到什么时候？”

“怎么，累了？”陈仙童挑眉，放下手里的碗具：“大爷别急，叔这就带你回家。”

江肆的手握在轮子上，陈仙童推了好一阵，轮椅纹丝不动，这人，怎么这时候这么大的劲。

他问：“不想回去？”江肆松开轮椅，右手抓在扶手上，攥成拳头，“她在哪里？”

陈仙童笑了，非要逼他亲口承认自己放不下。

江肆恼怒地看他，眼神像淬了冰，换作以前真上拳头了也说不定。陈仙童直起身，嘟囔：“你这人，怎么不禁逗？”

超市开着暖气，刚一出门，就被室外的一股冷风吹倒。江肆的围巾下摆被风吹翻，在空中卷了个圈，又落回他的胸口。

在他的视线对面，施月立在路边，手里捧着一捧花，正开心地和人招手。粉色的围巾绕在肩膀上，同样被风卷起，绕了个圈。

“就是那姑娘？”陈队的声音响起。

两人的视线都落在施月身上，她穿着粉红色大衣，高挑纤细，大衣隐约能看出内里曲线，腰肢不堪一握。

卷发被她卷成丸子头，耳畔落下三两簇，拖起花苞似的脸。不怪江肆念念不忘。

外面的风太大，施月小心护着怀里的花，没一会儿，一辆红色摩托车从路的尽头驶来。

她笑着和来人说了两句，侧身坐上去，被人带走。

一条路，像是把他们分割成了两个世界的人。

“见过了。”陈仙童抖了下轮椅，意犹未尽，“回家吧。”

江肆不出声，被他推着，右手死死抓住轮椅边缘，指节泛白。

“她就是和别人去玩玩，没必要这么气吧？”陈仙童调侃，“只要您吭一声，我带你追上去都行。”

他没出声，陈仙童皱了下眉，忙上前去看。江肆脸上布满了一层汗珠，唇齿紧紧咬着，手掌用力过猛，连甲床都泛着白色。

他冷静下来，推着轮椅走得飞快：“别急，我送你去医院。”

周围人脚步变缓，满脸不解地看过来。江肆浑身抽搐，轮椅压过一个石子，他摔下轮椅，浑身蜷着抖动。

陈仙童看向周围：“帮帮忙，帮帮忙啊——”

05

乐川载着施月赶到苏超家，满地的蜡烛，一屋子烟味儿。

施月咳了两声，在鼻子前挥了挥：“苏超，你这是点蜡烛还是点房子呢？”

苏超抹了把汗，把外套脱了扔到一旁，他扯了下裤腿，往下蹲：“我也不想啊，这什么破蜡烛，点出来全是烟。”

施月把花放下，也蹲下来看。

“你瞅瞅？”他把蜡烛递给施月。

施月无意扫过他的上衣。

还是那件衣服。施月诚恳地看着他：“我劝你去把衣服换了，不然这辈子都别想在淼淼面前抬起头。”

“不是，我这衣服怎么了？”苏超气急，“当初江哥也说。”话音停住。

施月的脸僵了些，很快就恢复了，问他：“江四哥哥说什么？”

“没什么。”苏超重新蹲下来，摆弄蜡烛。

乐川新在外面买了一大箱，踉踉跄跄地搬上楼：“我说还能不能行了，表个白把我累成狗，超哥，蜡烛的钱先结一下。”

“小兔崽子。”苏超一巴掌拍他后脑勺，被乐川一躲，拍下去时已经没什么力道了。

苏超不乐意了：“小东西，我是不能打你了？”

“能能能。”乐川把蜡烛往屋里搬，嘴里一副不乐意的样子，动起手比谁都勤快。

施月帮着把蜡烛拖进来，旧的扔进垃圾袋里。

苏超准备这个表白已经好些时间了，美其名曰，生活太枯燥，他想搞点事来做。实际上是大学诱惑太多，他想先下手为强。

李淼淼这个人来疯，不先预定好，被别人骗得吃了骨头还不知道。

施月等他们把蜡烛摆好，给李淼淼打了个电话。听她说出来看电影，李淼淼还不情愿，嘟囔着要她去她家里接她。

施月笑着答应：“那不行，打车太贵了。”

苏超气得满屋子乱转，一个劲指着自己，拍着胸口无声道：“我出我出！”

李淼淼悠悠道：“你不来接我，我才不去。”

“行吧。”施月勉为其难，“收拾收拾，马上过来。”

陈仙童刚从医院出来，手里还拎着一大包药。他把东西往后座一扔，转身朝驾驶座走去。

医院给江肆开了绿色通道，就诊很快，出来的时候天还没黑。

他靠在座椅上，眼神呆滞，紧盯着前方。

陈仙童以为他不舒服，放缓了语调：“你先睡，很快就到家了。”

江肆没听，依旧直直地看着前方，问：“我还能活多久？”

陈仙童叹了声，不知道该怎么开口。

路程开了一半，他鼻尖有些痒，抬手一擦，满手的红色。

陈仙童赶忙把车停到路边，从前方“唰唰唰”扯了几张卫生纸过来。

“怎么回事？刚从医院出来。”

江肆没应声，脸上意味不明。

“你把头仰起来，别冒一嘴血。”陈仙童见他不动，拍了他一下，“怎么，为个女人就不活了？”

“人家不是不喜欢你。你要是有那个胆子，我现在就把你拉去施月面前，告诉她，你废了，活不长了，问她还愿不愿意接受你。”

“就算是死，最后一段路，让她陪着你，行不行？”

“不行。”江肆抬手把纸扯下，看着陈仙童，一字一句道，“就算是死，我也不会让她看见我现在这个样子。”

“怎么有你这么蠢的人。”陈仙童猛地掏出手机。

江肆意识到他想做什么，作势要抢，被陈仙童一把摁在座椅上。

陈仙童点开微信，翻到施月的电话号码，一边摁着江肆，一边用自己的手机拨通电话。

江肆咬牙切齿，眼睛涨得通红：“我不准。”

“那你可管不了我。”陈仙童在队里好歹也是个队长，不许不准听命令行事这种话他说的多了，别人对他说，一点威慑也没有。

电话“嘟嘟嘟”地响了几声。

每响一声，江肆的反抗幅度就小一点，然后逐渐平息，最后蜷缩在座椅上，整个人裹成个虾。

陈仙童把电话递给他，江肆避着不接。

“喂？”施月拿着电话，和记忆里一样软软的调子。

电话里没有声音，施月停了几秒，声音平静如水：“你好，我是施月。”

江肆猛地一抖，想逃，车门被陈队反锁。他避无可避，施月的声音夹杂着电流音让人觉得有些不真实。陈仙童坚持把手机递给他。

施月的声音温温柔柔，她就站在路边，没有理会苏超的催促，耐心问他：“你是谁？找我有什么事吗？”

半晌，他终于缓缓坐正，脸上血渍还没完全擦干，接过手机，拿在耳旁。

江肆张了张嘴，喉咙一阵干涩，说不出话。

陈仙童拧着眉，好几次想自己把手机抢过来，一句话解决问题。但看着江肆的表情，啧，还是算了。逼急了这货真和他拼命。

施月难得这么耐心，但电话那头始终没有声音，苏超急得走来走去。她犹豫着："我现在有点事，再不说话，我可能要挂电话了。"

苏超催促："挂了挂了，周许说他也要过来，我还得去门口接他。"

江肆的话卡住，又听施月问苏超："学长怎么会来？"

周许不知道什么时候和苏超成了好朋友。

苏超说："我前两天请教他来着，你不是说学校喜欢周许的人一串一串的？我问问他怎么表白显得更有诚意。"

施月起了好奇心："快讲讲，学长怎么说？"

"嘁。"苏超痛心疾首，"他说他也在研究，目前还不知道，让我来问你。"正说着，车来了。

苏超："快快快，电话挂了，去把森森给我接过来。"

江肆这头，电话传来一阵"嘟嘟嘟"。

"该㞞的时候不㞞，不该㞞的时候又……"陈仙童把手机抽回来，"当初你要是不对贺家父女穷追猛打，你也不会失手被擒。"

"别说了。"江肆哑着声音，"最后几天了，我想安静离开。"

施月把李森森成功骗到苏超在的小区，不对，也不算小区。是一排排自建楼房，普遍只有五六层。

楼房前面留着一排排蓝楹树，今年初夏新栽的，这是第一个冬天，树上叶子落得七零八落，光秃秃的枝丫张牙舞爪。雪刚下不久，地面还没积起雪堆。

她把李森森拉着。李森森死活不肯上楼："哎呀，我不去，苏超是不是又搞什么莫名其妙的东西了？他幼不幼稚。"

施月举双手保证："绝对没有！就是来看个电影，碟子他都买好了。"

"鬼扯。"李森森明显不信："他请我看电影喊你做什么？明摆着要算计我，再说这么晚了，天都黑了。”

施月急了，天都黑了，再不上去苏超该指着她鼻子骂人了，她松开李森森，往旁边站：“你是嫌我多余了？”

李森森：“我没。”施月故作生气：“那你上去看，我回家行了吧，不打扰你和苏超二人世界。”李森森着急地解释：“哎！我不是那个意思，我去还不成吗！”

上到三楼才发现，门怎么开着。

往里一看，满地的烟熏蜡烛，从入口就用鲜花开了条路，一屋子白色气球，挂着彩色霓虹灯。

就算李森森神经再大条，也意识到了事情不对，她立在门口，看看里面，再看看施月。

施月把她拉进屋，李森森怔怔地指着地上的蜡烛：“苏超他。”她刚出声，里屋砰砰砰接连响起几道声音，礼花筒射出一连串彩带，在空中迸开。

苏超和周许从屋子里出来，还有高中要好的同学们四面八方地从各个房间一涌而出。

苏超一来就把李森森牵到一旁，而李森森也从一脸疑惑的表情切换成了起哄。

施月愣了，这是什么意思。再抬头时，发现周许已经红着耳根站到了出来，手里捧着玫瑰还拿着个礼盒。

他尴尬地看了眼四周，又看了看施月，眼底透着紧张：“跟网上学的，有点土，你别介意。”

他又说：“叫的都是你们朋友，没给学校同学说，这样你把我拒绝了到学校也不会觉得尴尬。”他已经想到了最坏的结果，却依旧温柔坚定地告诉她，自己其实是喜欢她的。

施月愣了神。周许轻轻握住她的手，眼神坚毅温暖：“高中见你一面，久久不能忘。如果你对我也有一丝感觉的话，给我个机会，让我照顾你。”

听到“高中”两个字，苏超微蹙起眉，往前迈开半步，维护江哥的习惯是刻在骨子里的，听到有人肖想施月那么久，他下意识就想摸刀砍人。

李淼淼拐了他一下，语气不善："你干吗！"苏超的气焰瞬间灭了大半，叹息，江哥已经不在了，他总不能拦着施月去找别人。周许或许就是个不错的选择。

他叹了声，暗道，江哥，我这也是为了施月好，您老人家在九泉之下，别生气。

施月一直僵硬地立在原地，周许话说完半天，看她还没有反应，扶额："怎么，还是太土了吗？"他苦笑，"或许该提前问问你的意见的，但就怕演戏太烂，被你发现。"

"不是。"施月看着苏超，怔怔道，"我以为是你给淼淼表白。"

苏超捧腹大笑："我和淼淼，早八百年前就表过无数遍了，还差这个？"不过说完，他立刻对着李淼淼表忠心，"淼淼你要是喜欢，我也可以即兴给你来一个。"

李淼淼笑闹着解释："月月你别怪我们骗你啊，谁叫你整天窝在家里，不用这个理由你肯定不会出来！"

"所以……"施月已经隐隐明白了前因后果。

"嗯。"周许点头轻笑，没隐瞒，"是我让苏超帮我个忙，不让你知道也是我的主意，怕你知道就不来了。"

"所以，"周许边打开饰品盒，边开口，"你愿意戴上这条项链吗？"

众人大笑着起哄，集体鼓掌，一口一个："答应他，答应他，答应他。"

周许突然觉得这种场合请那么多人围观实在不合适，不是怕施月拒绝他没面子，而是怕无形中给施月压力。

施月静静地立着。半晌，回头看着苏超和乐川，"所以，是只有我一个人记得江四哥哥，对吗？"

苏超和乐川的笑倏然消失，浑身僵硬地杵着。

一直到施月退出房间，再礼貌地帮他们合上门，屋子里的众人依旧没有回过神来。

这个世界这么热闹，却和江四哥哥没有半点关系。施月一口气跑下三层楼，回头一看，苏超家里还是寂静一片。

冷风灌进衣领里，她忽然又冷静下来。浑身的劲儿忽然像是被人抽走一般，整个人又恢复了恹恹的状态。

她突然理解了林望舒，爸爸刚去世那会儿，她也是这样，如果不是有她，估计林望舒早就跟着去了吧。她也是如此，如果不是挂念着林望舒，她也早就撑不下去了。

施月埋着头，正要离开，扭头的时候，惊觉蓝楹树旁站着一个人。

高瘦，穿着风衣，黑色的身影在雪里格外引人注目，陈仙童从树后走出来："我以为你会答应。"

答应什么？施月眼底闪过一丝困惑。

陈仙童望了一眼楼上，少年的表白声势浩大、落落大方，他立在楼下听得一清二楚，这样的阳光开朗大概是 Sun 一辈子也不会拥有的东西。

陈仙童看着施月："想不想见江肆一面？"

明知自己大半夜跟着陌生男人离开是很危险的事，但在陈仙童说出江肆的名字的时候，施月依旧二话不说地跟他走了。

到达楼下的时候，施月的腿还是软的，在路上，陈仙童把该说的不该说的通通都告诉了施月。

他很诚实，没有丝毫遮掩 Sun 的身体情况，他解释："已经组建了最好的医疗团队，最晚三个月，一定能研究出特效药。"

她这句话为施月打了一剂强心针，可是紧接着下一句，却让她如堕万丈深渊。

"只是，Sun 已经开始拒绝进食了，今早吐了血，不知道还能撑几天。"

到达江肆新居所的时候，陈仙童停在了门口。希望他能赌对，他将生的希望全副寄托在施月身上。

施月缓缓推门。

这个点护工已经下班，整个房间漆黑幽暗，客厅的电视亮着，她没有开灯，循着亮光走过去。

江肆听见了声响，淡淡开口："不用特意过来，我不会想不开。"声音沙哑，有气无力。

施月听出他的强弩之末，忍着眼泪走到他身边。

电视投放的画面是她在淮大参加活动的视频，这个角度该是偷拍的，但是画面异常清晰，始终追着她的脸。

“很好看是吧？”江肆今天难得多话，他看着影像，淡淡道，“从前她就说过，喜欢大学的社团、图书馆，喜欢淮大的湖，还喜欢那里落满树叶的长街。”

施月捂着嘴，不只是因为江肆的话，还有此刻他蜷缩在地上的模样。眼前的人身材佝偻。

他的脸在光影下缓缓露出，脸色惨败，胡茬也是许久没有修理。即便是当初在职工院被所有人欺负时，她也没见过他这么狼狈的样子。

施月呜咽着，啜泣。

发觉不对，江肆迟疑着抬头。下一秒，一股温暖入怀，他下意识抬手，立刻拥住。

施月哭着看他：“这么多天，你知不知道我有多想你。”尤其陈警官说他时常躲在淮大附近看她，施月更是心痛得连呼吸都感觉困难。

江肆沉默半晌，轻轻拍了拍背，哄她：“我没死，我好好的，就在你身边！”

两个人许久不见，但相拥的动作熟稔得像从未分开过。施月大力地点头，大颗的泪成滴掉落，滚进他的颈窝：“我就知道，我就知道你会回来的，江四哥哥，我知道你不会丢下我一个人。”

江肆心里一紧，埋进她脖子里，嗅到那股淡淡梅花香味时，他整个人都放松了下来。他叹息：“是啊，我怎么会丢下你。”

施月哭着看他，每看一眼，眼泪就多几分。他太瘦了，像陈警官说的一样，整个人几乎没有了生机。

江肆见不得施月哭，伸手摸着她的脸，电视画面一帧一帧闪过，江肆缓缓地凑近。

施月闭着眼，任由泪珠刮过脸颊，双手揪住江肆胸口的布料，倾身，吻上他的嘴。她从没这么主动过，搂着他的脖子，蛮横地攻城略地，亲到他发疼，不由自主地张口接纳。

施月顺势将他压倒，电视慌乱中被禁了音，房间再次恢复安静。

江肆睁着眼睛，口腔充斥着施月的气味，大掌扣紧她的肩膀，眼底挣扎。在推开与迎合之间来回徘徊。

她姿态笨拙，跨在他身上，专心亲吻。此刻的她什么都不想，也不愿去做，就想好好吻他一回。

她亲得投入，身子不断向下滑，眼看着就要到底。江肆臂弯一捞，重新把她揽进怀里，眼底一抹红，终于克制不住，再次沉溺于她的温柔。

一直到屋子里最后一点亮光消失，陈仙童才从楼下离开。一直到刚才他才意识到，或许他早该让施月回到江肆身边。她就是他最好的良药。

陈仙童欣慰地看着那扇窗户，祝祷："Sun，但愿你的月亮能一直爱你，永远不变。"

江肆睡醒的时候，房间里只有他一个人。

窗帘被人拉开，阳光落在被褥上，他坐起身，有细碎的光穿过枝叶缝隙，晃在他的脸上。

眯着眼掀开被子。

厨房里一阵乒乒乓乓的声音，江肆刚握上门把手，转念一想，折身进浴室洗漱。

镜子里，他的眼窝深陷，弯腰佝偻，头发也不如以往有光泽。他摸了摸右眼，因为浑身憔悴，反倒让残疾的右眼不那么突兀，像个正常人。

他打开淋浴，脱掉睡衣，缓缓走进水里，感受温水在身体流淌。

许久没有睡得这么舒坦，他觉得身体状况好了不少。可是施月昨晚明显睡不安稳，隔半个小时就会弹坐起来，大声道："别走。"

她这次吓惨了，任江肆怎么哄怎么抱都不肯闭眼，最后只能睁着眼看他到天亮。

他也想就这样看着自己的月亮，看一辈子都不会腻。

正洗漱着，听见厨房啪嗒一声响，伴着施月惊呼一声，江肆猛地睁眼，大手一伸，把水关了的同时捞起睡袍。

施月蹲在地上，面前好几块碎瓷。她很少下厨，刚切好的蒜泥就这么洒在地上，正要动手去捡，一旁横伸出一双大手，握住施月的手腕。

江肆蹲在她旁边，三两下把瓷片捡起扔进垃圾桶，施月拦住。“我把它包起来，免得扎人。”她接过瓷片，小心地放在洗理台上，又回头对他说：“你去把地扫了。”

他抬眼，施月已经背过身去，小心地处理那些碎瓷片。

“怎么了？”她见他不动。江肆摇头，去阳台把扫把拿来。

护工中间来了一趟，被施月打发走。她说她会照顾好他。护工半信半疑，但看江肆的状态，明显比之前好了太多，只好离开。

施月手艺虽差，但胜在速度够快，没几下就做好了三菜一汤。

清炒藕片、干煸四季豆、炝炒莲花白和一道番茄鸡蛋汤，几道菜整齐地摆放在餐桌上。

她摆放好筷子，叫他：“过来吃饭。”

施月语气很淡，眼神几乎不会落在他身上，更加没有昨晚趴在他身上哭的影子，整个人淡淡的，和往常一样。

江肆从阳台过来。

米饭泛着浓稠的香味，不闻不觉得，一闻才发现他好像真的很饿。几乎很长时间他都没怎么好好吃过东西，他坐在施月对面，端起碗猛刨两口，吞咽的时候忽然顿住，神情怪异。

施月抬头看他：“怎么了？”

江肆缓缓摇头，继续埋头吃饭，喉头泛起一阵腥气，被他强行压下。

施月不再说话，默默吃完碗里的饭，她吃完的时候，江肆也吃得差不多了。

两人极有默契地收碗，倒菜。洗理台前，一个人洗一个人冲，画面十分和谐。

江肆话少，施月也不开口，就这么慢慢地做着手里的事。等碗洗了大半，她才问："需要吃药吗？还是陪你去医院？"

江肆把碗从水里捞起来，语气很轻："药在抽屉里，一会儿再吃。"施月哦了一声，没多说什么。

江肆动作停住，侧头看她。她低着头，冷白纤细的手在水里荡漾，皮肤在阳光下泛着微光，整个人温温柔柔又清清冷冷。

陈警官的用意他明白，江肆缓缓走到施月身后，将她圈进怀里。

"我会好好吃饭，好好睡觉，好好爱自己。"

"因为爱自己，就是爱你。"

病房窗帘被护士拉开，阳光透过玻璃窗。

换好手术服的江肆坐在窗边，姿态散漫，手里拿着一张照片。男人的眼神很是温柔。

陈仙童拿着水壶进来，看他一身憔悴，把水壶放下，倒了杯热水叮嘱："躺会儿吧，手术时间很长。"

江肆放下照片，接过水杯捏在手里，目光透过那扇玻璃窗，视线落在遥远的地方。

"今天月月开学，我没告诉她，她会不会生气？"

陈仙童把水杯从他手里拿出来立在桌上，干脆坐到他对面，语气淡淡："生不生气我不知道，我只知道如果你醒不来，她一定会恨死你。"

江肆低笑了声。

"手术前两天还跑出去买东西，简直是找死。"陈仙童骂了两句，忍不住好奇，问他，"买的什么？"

"一条项链。"江肆补充，"很早前就想送她了。"

陈仙童哽了下，然后盯着江肆把水喝了，隔几分钟，医生护士一大批人涌入病房。

为首的老教授把手里的资料递给江肆："江先生，手术保证书您签一下。我们需要您了解的是，抑制剂是半成品，手术风险很大，我们会竭尽全力救治，不过您仍然有百分之五十的可能性是会醒不过来，请您认真思考。签下这份保证书后，我们将立刻为您进行手术。”

面前的这些人都是来自世界各地的医学界尖端人才，这些人醉心研究，不管是用钱还是用权都很难请到。

巧合的是，江肆身上的病毒正是他们研究的课题一种。一般来说，同时注射三倍剂量的药就能致人死亡，但江肆不仅没死，还保持清醒这么久。有这么个活人给他们实验，简直求之不得。

陈仙童劝他三思：“你现在状态不错，再等个十天半个月不是问题，那时候说不定抑制剂已经研究出来了。”医疗人员面面相觑。

江肆从他们脸上看到了不可能，苦涩一笑，接过保证书，抬手一签。他脸色白得像纸，看向陈仙童的时候，眼神透着坚定：“我不会死。”

医疗人员接过保证书，专家离开病房前往手术室准备，护士过来搀扶江肆去做术前检查。

冰凉的仪器在江肆身上标注，他缓缓闭上眼睛，耳边响起滴答滴答的仪器声。

江肆能明显感觉到浑身的血不停地被抽走再送回，有知觉的地方都像是被针扎过。渐渐地，麻醉剂在身上起了作用，生与死之间，江肆思绪越飘越远，像是回到1998年，他跟着江兵和赵美云搬进职工院的时候。

从城北到城南，一路上数不清的人站在路边看他们讥讽。站在职工院门口的时候，他瞧见几个小孩在一起打雪仗。

那年淮序下了好大一场雪。

院子里白雪和红梅，和画报上一样好看。他迷了眼，迎面被江兵揣进一脚。江兵破口大骂：“还不快搬东西？跟个二愣子一样，傻傻的赔钱货。”

他又抬头去看赵美云，她喝着酒靠在门口，媚眼如丝地打量路过的每一个人，看到他被打，半分维护都没有。

他们一家就这么搬进职工院那间据说死了人的屋子。

习惯黑暗里的人，是不会渴望阳光的，但如果阳光蛮横地闯进他的世界，他毫无拒绝之力。

职工院的小施月就像个太阳，在所有人孤立他的时候，只有她会护着他。

陪他上学，陪他堆雪人，陪他吃饭。

他永远忘不了2001年冬至，他亲手将她送走。远走的汽车，暖阳，冬梅。

他在门口等了一日又一日。那种沐浴过阳光又被抛弃的滋味，比让他一直身处黑暗还要难受。

以至于后来每一次午夜梦回心痛难忍时他都会想，如果当初她不靠近他，他是不是就不会这么难过？他开始恨她，自暴自弃。

次年三月，她始终没有回来。有人来帮她们把东西搬走，他拼命去拦，拼命打听她的消息，大街上贴寻人启事。

在职工院的人眼里，他俨然成了疯子。他们一家，赌鬼，酒鬼和疯子，真是可笑。

同年，他离开职工院，跟在贺兴邦身边，做忠心耿耿的跟班。

他只是想，只要她还活着一天，只要他没死，他总有机会和月亮重逢。他吃不着饭很苦，被人当狗一样踢来踢去也很苦；贺霓杉时不时找他麻烦，更苦。

他有被蜡烛滴在手上，有被贺霓杉一刀插进小腹泄愤，有被关进黑屋和狗争食。可这些苦和见不着施月比起来，微不足道。

做跟班做惯了，也想做做人。

他想，如果月月真回来了，总不能让她见着自己这个样子，所以他开始筹谋，推翻明楼主事让自己上位。

2007年是他最意气风发的时候，明楼把他的话奉为圭臬，贺霓杉不敢对他动辄打骂，贺兴邦也开始忌惮他的实力。他被手底下一帮人拥护。

人们的眼里充斥着惧怕，他拥有的东西越来越多，仿佛从最底层一跃到了顶端，没人再敢欺负他。

他想，现在你该回来了吧。

施月躺在床上，被子蒙住半张脸。宿舍的灯开着，室友在宿舍转来转去，程珊珊妆画好了，衣服换来换去，催促她好几遍。

“再不起床，真的赶不上了。”她比画着一条绿色连衣裙，转过身问她，

“好不好看？”

施月侧过头，穿过床栏看她的新衣服，声音沙哑：“好看。”

室长把东西放好，还是叮嘱她早点起床，当代大学生，整天赖床像什么话。

等施月慢悠悠晃去活动中心的时候，现场一片沸腾。

周许正在给部门的学妹示范活动展架的摆放要求，他立在人群里像是会发光，连阳光都偏爱长得帅的人。

瞧见施月，周许唤了她一声，她笑着上前帮忙。活动后两人聚在一起。部门对他俩经常开小灶的行为见惯不惯，招呼了几声就陆陆续续离开。

施月抱拳，对寒假的事表示抱歉。

周许笑着摆手：“是我唐突了，你别怪苏超他们。”

她微笑着，神情和以往完全不同。

周许呆愣片刻，恍惚间明白了什么，猜测：“他回来了？”

施月“啊”了一声，很快就反应过来了：“他一直都在。”

“难怪。”周许说，“之前很纳闷，有一次陪你在图书馆看书，去洗手间回来的时候发现书里被人夹了纸条。有人告诉我，你喜欢吃糖果，但是你牙齿不好不能给你多吃，你喜欢喝鲜榨果汁，但是又怕酸，所以只能榨苹果、甘蔗那些。你喜欢堆雪人，但是身体不好，容易感冒。喜欢花花草草，但是最爱的是红梅。如果你难过，给你一颗糖，你就会很开心。”

周许一字一句地把纸条内容背出来：“像是有人匆忙之中留下的，把你的喜好几乎都罗列上去。那时我就知道，我有一个强劲的竞争对手。”

看见施月微笑着但眼眶湿红，他恍然大悟：“就是江先生吧？”

施月点头，这世上再没有人比他更清楚她的喜好，比她自己更了解她。

“果然是他，学妹，看你幸福，我也安心了。”初入学校的时候，施月眼里总透着忧郁，即便是笑着也是心事重重；可现在，她光站着原地不动，都能让人察觉到她雀跃的心情。

施月很感激他的照顾，认真道：“谢谢你，学长！”聊了几句，周许又被部门的同学叫走，他温和地笑，转过身，毫不留恋，潇洒地大步迈开。

“学长，今天这么累，你不表示表示？”

周许眉目舒展，笑着应承：“好，一品居，我请客。”

“咦，施月怎么走了？”

施月在远处倒退着招手，脸上笑意盈盈：“我还有事，你们玩！”

一直到施月离开，周许才敢回头看一眼。

施月忙着回去看江肆，今天开学报到，她不得不离开一天，走之前看他精神状况很好，所以不太担心。但在外面的时间越长，她心里就越空落落的。

思前想后，她回家找林望舒拿户口本。

刚要出门买菜的林望舒被她拦住，施月张口就说：“妈妈，我谈恋爱了。”

林望舒惊呆：“谈恋爱你谈就谈，告诉我做什么？”

施月也同样惊呆：“你不好奇他是谁？”

“不好奇。”林望舒看她，“除非你打算和他结婚。”

乎是没有停顿，施月小鸡啄米似的点头：“想结，马上就结。”

她给江肆打电话，连续好几下都没通，又转而给陈仙童打电话。陈仙童告诉她，江肆刚被转出手术室，手术很成功，现在还没醒。

江肆醒来时，阳光明媚，窗台放着一捧白百合，估计是刑警队送来的。

枕边有人靠着，长发柔顺，不用看都知道是谁。施月睡得很香，浅浅的呼吸声喷洒在他脖颈一侧，他撑着上半身坐起，才发现两人的手腕被扣在一起。手铐蹭亮，尺度被调到最小，牢牢的。

他一动，锁铐牵动着她，施月揉了下眼睛，直起身。

两人对视，他分明从她眼里看到了嗔怪。施月扑进他怀里，语气闷闷地：“还好你醒了，不然我这辈子都不会原谅你。”

江肆吓了一跳，紧接着松口气，伸手搂住她。他问：“你把我铐起来做什么？”话音刚落，病房门打开。

林望舒从外面进来，手里拎着水壶。

江肆不动声色地松开施月。但两人交握的手刚松了些，又被施月追上握紧。

林望舒瞧见病床上交叠在一起的两道人影，眼睛亮了，欣慰地看着施月：“小肆醒了，我这就去叫医生。”说着放下水壶，快步离开。

“怕你逃跑。”施月没觉得有什么，晃了晃连着两人的锁铐。意识到江肆对林望舒的态度十分微妙，她默默解释："我告诉了我妈你的事。"

施月补充："我妈同意我俩结婚了，就今天，你能下床吗？"

"什么？"江肆不敢相信自己的耳朵。

"不愿意？"

"不是。"

"那就是愿意了。"施月扣紧他的手，这辈子她铐定他了。

比医生来得更早的，是苏超和乐川。

是施月通知他们的，两个人一直为那天的事愧疚，好几次去家里找施月，都没遇上人。

乍然接到施月的电话，接通瞬间就噼里啪啦地说了一连串的对不起。他说他不是忘了江哥，而是知道，如果江哥在天有灵，一定不愿意施月那么孤单。

江哥临走前给过他一大笔钱，还有他名下所有的资产证明，交代自己一定要守好施月。苏超问，能不能出来一趟，他把江哥的遗产转交给她。

结果施月淡淡回答："江四哥哥在医院，你可以自己把东西还他。"

苏超最先反应过来，他赶到医院，错开施月怔怔地往里看。走到最里面时，吓得扑通跪在地上。李淼淼也吓了一跳，三步并两步走到他身边，弯腰拉人的时候同样瞥见病床上的江肆。

她倒是没跪，但嘴唇已然发颤。

人人都知道江肆在一次缉毒行动中失踪，想着要是江肆没死，肯定早就回来了。

这半年，苏超和乐川偷偷给江肆烧了多少次香，谁能想，这人还能活生生站到他们面前。

"我的妈呀。"李淼淼躲到施月身后，上下齿打架，"月月，他真的回来找你了。"

苏超哭着爬到江肆身边，趴在病床边，一个大男人像个小孩一样乱号："江哥，你真的回来了！"

乐川也听见声音，从外面冲进来，看见江肆，先是吓得一跳，而后立刻反应过来，跟着苏超一起冲过去抱着他："江哥，你没死啊！"

江肆被两人搂着，双手扶在他们肩上。他从不与人亲近，这两个也是第一次这么不管不顾地往他身上贴。

江肆看着施月，无奈地笑。施月红着眼，指着苏超："他帮别人出主意给我表白，江四哥哥，等你好了一定要打他！"

"月月你也太不够意思了！"苏超和乐川心虚得离江哥超远。

有了空位，施月笑吟吟地扑进江肆怀里。

短暂的重逢过后，江肆让苏超拿着自己的卡，去银行把他保险柜里的戒指拿过来。

施月这才知道，原来他早有所图。

丈母娘那关，施月没丢给江肆，自己就搞定了，这一路都是江肆努力朝她身边走，最后一步，她想朝他跨出去。

林望舒的疑虑施月一一给她分析。

要钱，江肆多的是。要颜，比江肆好看的她没见过。要家世，不好意思，家世好的未必看得上她。

林望舒满心震撼，最后一个担忧是："他未必能陪你长久啊。"

施月笑了，"爸爸也没陪我们一辈子，您有后悔过和他结婚吗？"

施月说："不会有人比他更爱我。"况且，年少被人惊艳了时光，往后的岁月，再不会有人能走进她心底了。

江肆听完施月叙述的内容，慢慢收拢五指，十指紧扣。

她回头看他："你这么好，我妈妈有什么理由不答应，改天让我见见赵阿姨，我这么好，她也没理由不喜欢我。"

江肆摇头，没说赵美云早已死在了那场缉毒行动里。只是在施月疑虑的目光中淡淡回答："她很喜欢你。"

死生契阔，与子成说。

执子之手，与子偕老。

正文完

番外一

甜蜜夏日海岛

爱妻生性活泼，您见谅

从江肆住院开始，一日三餐一直是林望舒负责。

外面的东西不卫生，她是这样说的，反正闲着也是闲着，过来看看他心里会安心些。

这些苏超乐川都看在眼里，感动之余，也感慨江哥终于有了个家。

陈警官时常过来走动，一开始是单纯关心 Sun 的恢复情况，到后面偶尔会提起一两句新案子。

Sun 的关注点永远那么新奇，只短短几句话就能指出核心问题，再复杂的案子在他这都简单得像一加一似的。

陈仙童高兴极了，办案的同时几次向他递来橄榄枝，想着要是队伍里有 Sun 这样心思缜密的人才，何愁不能将犯罪分子绳之以法。

但没想到的是，江肆拒绝了，而且态度很坚定。

陈仙童明白他的想法，没勉强，只是每次见面或者通电话还是有聊不完的案情。江肆几乎成了他幕后的军师。

出院之后，江肆对施月说起，自己还有另外几项工作，本来是很早之前投资的海洋产业，这些年收益不错，反正闲着也是闲着，不如去实地看看。

这是施月第一次参与到他的工作来。以前经营明楼的时候，有太多不可告人的秘密不敢让她窥见，而今，他终于可以牵着她立于阳光之下，把自己的所有都奉于她眼前。

请好假期，把林望舒安排好，江肆带着施月正式登上以月亮命名的轮船上。

辽辽无际的海域，天空湛蓝，海平面宽广。

江肆在游轮里和公司的人谈事，施月知道他忙，乖乖地跑到甲板上玩。

这是她第一次出海，有太多没见过的新奇事物。

海面上风很大，不客气地将她的裙摆翻来卷去，偶尔还会卷起几颗水星子往她脸上扑腾。

施月拿着相机，拍拍对面，再拍拍自己，兴奋地给李森森开视频，说自己看见了海豚喷水。

李森森在那边也同样兴奋，要不是赶着回学校报到，她也是可以跟着施月出海去玩的。

施月忙安慰她："没事没事，下次一定带你。"话音刚落，她又看见了远处整整齐齐游过一群粉色海豚，夸张地"哇"了一声，把镜头对准它们。

江肆坐在里面，隔一会儿就听见施月惊叹的叫声。吩咐人出去帮她加防晒霜，顺便催她把水喝了。

投资这些产业的时候他本人没有出过面，姓名和受益人都填的施月。

此刻职业经理人就站在江肆身侧，一本正经地把公司年度报告、盈收项目报告交给江肆。

这些项目金额庞大，又涉及许多个行业领域，不认真看根本不知道在说些什么。

果然，职业经理讲了半天，发现投资人的注意力根本没在这上面，顺着江肆的视线，职业经理看见了在甲板上跳得老高的少女。施月实在欢脱过头了，在他这个五十来岁的中老年人眼里不免有些聒噪。

见江肆久久没有回神，职业经理忍不住清咳两声。

他这才收回目光，把视线放在报告上。

职业经理继续汇报。

没过两秒，甲板上活跃的人突然不见了。

江肆起身找她，就看着她抱了条鱼冲进来，小跑着到江肆身边，献宝似的把手里的东西展示出来：“看！江四哥哥，我网的鱼！”

江肆拉着她坐下，帮她把满脸的汗水擦干。

江肆擦干手心的水，浅笑了声：“抱歉，爱妻生性活泼，您继续。”

职业经理尴尬地点头，过了一会儿，施月又出现在甲板门口，歪着头，悄悄看向里面。

职业经理愣了一下，很快就懂了，随即笑着道：“江董您来第一天，不该和您谈工作的，您先去海边吹吹风放松一下，明天咱们再继续。”

等人走后，江肆好笑地看着施月，施月朝他招手。他起身，被她拉着一起上了甲板。海风微咸，吹在身上难得的凉爽，施月张开手，感受风柔柔地从脸颊抚过。江肆搂着她的腰，也跟着她一起享受这安静的下午。

看着蓝天、白云，看着城市在她们眼里越来越小，看着远处的海鸟和网里的鱼。这是属于他和她的时刻。

施月转身回抱着他，轮船越行越远，过了一会儿，停靠在一座小岛旁。这超出了施月知道的行程范畴，她惊讶地看着江肆。

轮船的工作人员不知道何时已经架好了通往小岛的台阶。翻滚的海浪声里，江肆搂着她沿着小岛往里走。

施月看见越来越多的玫瑰花，从一开始零星的几株，变成密密麻麻的，几乎栽满了整座小岛。

她看向江肆，后者的嘴角扬起淡淡微笑，眼神一如既往地坚定。

他抱着她，沿着预留的花路一路走到小岛中心，那里有一幢二层别墅。

江肆把她放下，在她嘴角轻轻落下一吻：“欢迎到家，江太太。”一个他为她特意打造的，只属于他们两个人的地方。

施月忽然想起她说过的，想要有人送她玫瑰，然后，他就送来了漫山遍野，怎么也数不清的花海。

江肆牵起她的手道：“我带你看看？”

施月点头，从别墅门口开始，踏过石子路，进到里面，从一楼到二楼。

整间屋子没有一点生活痕迹，如今他领着人回来，这里的一桌一椅也好似有了温度。

江肆带着她看了前庭后院，再看过书房和衣帽间，这里几乎和施月幻想过的家居装饰一模一样。

最后，来到了卧房前。

江肆躬身把施月抱起，抬脚，他抱着她大步往里走："知道接下来做什么吗？"

施月红着脸，小声叫了句："不要。"

可他低头的时候，看见眼前的人又情不自禁闭眼配合，她红了耳根："大白天的。"

江肆靠近说："新婚燕尔，不分白天黑夜。"

往卧室里走了几步，施月被放在床上，他顺势俯下身去，施月害羞地把头埋进他怀里，他的胸膛很暖，能听见扑通扑通的心跳声，伴着酥麻的震动，下一秒江肆大掌直接扶着她的腰，低头噙住施月的唇。江肆唇角勾起，带着她的手四处游走。

施月紧闭着眼，跟随着江肆，去点火焚烧。

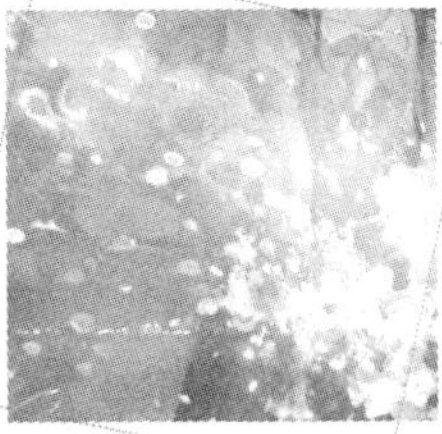

番外二

夏日恩爱婚礼

祝你一生幸福

施月领着江肆回老家探亲。中午时间，林家人一起去了林家祖坟，施卫国那边没什么亲戚，再加上他身份多有不便，林望舒便在林家祖坟旁给他立了个衣冠冢。

碑上没有加名字。等她老了，和他共葬一块无名碑。

江肆握着施月的手，两人比平时穿得略微正式了些。他穿着黑衬衫，手里捧着一束白菊，身形挺拔修长，微微逆着光，阳光从他身后穿过，影子投在墓碑上。

江肆弯腰把花放下，袖管半卷，露出劲瘦有力的手臂。

起身的时候，视线从无字碑由下到上扫过，幽黑深邃的瞳孔如夜幕降临，像墨汁般浓稠得化不开。

今天来看父亲，施月特意穿得素雅干净，乌黑的头发在后脑盘起，再别上一朵小白花。

她蹲下身，轻轻抚去墓碑上为数不多的落叶。这座山墓碑很多，只有施卫国的最干净，可以看出林家人常来打理。

她把江肆放下的鲜花摆正，拿出祭品端端正正地摆在正前。

“爸爸，我来看您了。”她呜咽着，眼噙着泪，“对不起，这么长时间没来，您还好吧？”

林望舒听不得这些，别开脸去擦眼泪。所有人都耐心等在身后，等施月慢慢和施卫国聊天。

她们父女俩统共没在一起生活几年，但从小施卫国就是施月心底最厉害的人，是大英雄。

以前她最盼望的就是，逢年过节他能回来看看她和妈妈。时间流逝，转眼间，林望舒都已经快五十岁了，眉目间芳华不再。而施卫国，永远停留在年轻时候。

“月月你别太难过。”大姨林望云见不得她这样，轻轻拍了拍她的背。

施月点头。回头看向江肆，他立刻上前，把手里的香蜡纸钱拿出来。

林家人想象中的祭祖都是象征性绕着祖坟走一圈，烧烧纸钱。没想到，临走之前江肆倏然跪下，在施卫国墓碑前郑重地磕了个头。

身后一行人整个愣住，林望舒和施月好不容易憋回去的眼泪又一次决堤。

施月跟着跪在江肆身边，双手抓着他的胳膊，声音又奶又哑还带着哭腔：“谁让你跪了。”

爷爷奶奶，外公，施月爸爸，这些墓碑都建在一处。拜过林家各个长辈，施月说，抽个时间去看看江叔叔、赵阿姨的。

江肆眸光微闪，没说什么。在她面前，他一直表现得江家和气一片，除了小时候打他那次，施月从不知道他的爸妈是什么样的人。

她晃着他的袖口：“好不好？”

江肆淡淡“嗯”了一声。深埋在心底的事忽然被翻出，他想起临死前的赵美云，再看看眼前一脸期盼的施月。他忽然松了口气，仿佛突然明白为什么一贯自私自利的赵美云愿意为自己送死。

老太太没上山，她已经十几年没参与过祭祖的活动，每次都是一个人在家里等着。

下山的时候，大姨林望云招呼：“山路有点滑，大家牵着点儿，别绊了！”

施月终于找找机会正大光明牵江肆的手了！

就在大姨说完话的后一秒，江肆低垂着的手向后张开掌心，同一时间，施月把自己的手送了上去。十指紧扣，那种偷偷的快乐，只有两个人能感觉到。

忽然他们之间出现第三个人。

小石头握着江肆的手腕，小小的个子抬起头：“叔叔，牵我好不好？小姑姑都是大人了，可以自己走路！”

施月咬牙：“小石头，你信不信我把你踢下山去！”

江肆低笑，对外人一向寡淡冷漠的人突然对小石头迁就起来。他握施月的手更紧了，但是换了个方向，把小石头牵在他的右手边。

他牵着两人，步伐稳定从容地往山下走。

施月侧过身子弯腰，冲着小石头做了个鬼脸。小石头不明所以，但是牵到了他心目中最厉害的超人叔叔，他笑得甜甜的，小小的手掌拽江肆拽得很紧。

到了山下，大家回家都还有事，约好一起去老宅吃晚饭后各自离开。林望舒要跟着去老大家看看大嫂家里的老人，也在山脚下和她们分开。

施月原本还想跟去，看着她红红的眼，林望舒叹气：“好好回家休息，要做新娘子的人了，哭成这样多难看。”

说着，她去坐了大姨儿子的车。施月望着她们离开。

林望舒去大哥家逛了一趟还比施月江肆俩回来得早。到家之后见到屋子里就老太太一个人，想着一直没回来的两人，她担心道：“不会找不到路吧？小肆的车停的位置太偏僻了。”

老太太让她安心。那小子一看就聪明，不像是会迷路到找不到家的人。可这样说，林望舒还是担心得不行。家里晚上要来客人，她又不好出门去找人。

老太太乐了：“那条路又没有豺狼虎豹，就算真找不到路，也出不了事！”

林望舒在门口探了许久，最后还是强迫自己放下心，去厨房准备吃的。没等进屋，身后突然出现一大批人。

为首的那个个子不高，笑眯眯的，见她就叫："阿姨，我是苏超。"

苏超是谁？没等林望舒说什么，苏超招呼人放下一堆东西。

"阿姨，这是江哥吩咐我们送来的，海地最新鲜的烹饪食材。您拿来随便煲个汤炒个菜，保管好吃。"

老太太也吃了一惊："小肆好端端叫人送东西来干吗，这得多贵啊？"

苏超又带人放了好些已经煮好了的菜品，琳琅满目，整整齐齐地放在桌上。

"江哥说了，您老人家做饭辛苦，这些天林家的饭菜由专人来准备，这是样品，你们尝着什么好吃就让大厨做什么。"说完他弯腰看向老太太，"婆婆以后您想吃什么，也可以叫人给您送来。"

老太太忙不迭摇头，她这么大把岁数，下馆子的次数都屈指可数，哪里敢让什么大厨特意上门给她做菜。

苏超在明楼办事惯了，江哥三分意思他要表达八分，尤其这种大事，保管把场面给江哥撑得体体面面。

他说林姨一个人做饭太累，让送点现成的菜品过来，好让她不用一个人做十几个人的菜量。

苏超干脆就把乌溪市最豪华的餐厅包下来，把大厨接上门，专为林家做饭。反正江哥有钱，随便弄。

他探头往里面喊："江哥，小月亮，我来了！"

林望舒面色尴尬，被他吓得一愣一愣的，半晌才解释："他们不在。"

苏超可惜地"哦"一声，没等说什么，大厨已经进到厨房开始准备。

林望舒："快进来坐！"

苏超摇头，领着乐川径自离开。

乐川始终跟在苏超身边，他对苏超就像是苏超对江肆。年少时就认准的老大，即便是时过境迁，那份忠诚和信任怎么都湮灭不了。

苏超走了几步，忽然笑出声："听陈警官说，老大做线人那会儿，代号是 Sun。"

乐川怔怔地点头，不明白苏超怎么突然提起这个。过去明楼的日子，就像是已经被尘封的旧时光，那个别人嘴里恭恭敬敬喊着的小川哥离他很近，又似乎很远。

他们很难想象老大在和贺兴邦虚与委蛇的时候，背地又是如何密谋筹划，短时间击溃一个连警方都头疼几十年的神秘组织。

时隔这么久，苏超才后知后觉地想起端倪。那个一夕之间在淮序破产的陈家，估计也是江哥的手笔。

乐川提起江肆时，眼里会闪烁崇拜的光。苏超和他的观察点完全不同，他觉得有趣，拍着乐川的肩膀道："代号 Sun，你看江哥哪里像太阳了？明明阴沉得不得了。"

他觉得这个代号和江哥一点都不符。笑了两句，他突然想起什么，脑海里有一道弦被崩断。

太阳、小月亮。热情和冷漠。

太阳的光越炙热，月便会越明亮。在江哥的世界里，月月就是他的太阳。

原来那一声声"Sun"，叫的竟不是江哥，是江哥活下去的信念。若想和她在一起，就必得站在光明之下。

苏超像是突然窥探到了江哥内心，又激动又兴奋，拼命寻求乐川的认同。乐川不置可否，他现在回想起当初的事只觉得庆幸，看着苏超由衷感叹："幸好咱们当初跟的是江哥，要换作旁人，可能现在蹲大牢的就是我俩了。"

警方也没上门来找过他们。

苏超的笑容渐渐收敛。当初他求江哥放他出明楼时还不知道实情。哪有什么一击即中，推倒百乐门是一夕之间，但在那之前，江哥不知道筹谋了多少个日日夜夜。算算时间，那时正是他和贺兴邦博弈最关键的时刻，在那样危急存亡的关头，行差踏错便会殒命。

可他真的放他走了，不顾是否会引起贺兴邦的怀疑，不仅如此，还洗刷了他在明楼的所有痕迹，给他一大笔钱。让他即便离开明楼，也能生活得很好。

他想起江哥为他出头找陈浩南打架，贺兴邦发火时会主动替他揽下责任。江哥他其实一直都对他们很好，他也不完全是表面的那么冷漠。

乐川也是这么想的。两人对视一笑，苏超勾着乐川的肩膀，两人勾肩搭背，向夕阳走去。

“所以说啊，老子跟江哥是跟对人了，我得缠着江哥，跟他一辈子。”

“江哥有月月姐了，不让咱们跟。”

“那我不管，就算结婚，我也得住江哥对门。”

乐川笑出声：“行了吧超哥，江哥买的别墅咱买不起！”

声音逐渐飘远。

翌日一早，江肆起床。拉开窗帘后才踱步到床前，低着头叫她。

施月应了一声，抬手勾着江肆的脖子，哼哼唧唧不肯起来。他提醒：“要出发了。”

“不走。”她勾着他的肩膀耍赖，唇角擦过他的耳郭，迷迷糊糊又睡过去。

春夏，是所有生物都会犯懒的季节。

江肆叫她的声音卡住，顺着她这个姿势，毯子裹在人身上，弯腰把她从床上抱起。

今天离家，同回来时一样，一大家子人聚在堂屋。热热闹闹的，像过年。

一群人的笑声把施月吵醒。她睁开眼，看见眼前的情况发现还不如不醒！简直窒息。她尴尬得五指蜷紧，索性闭着眼睛往江肆怀里缩。施月压低声音装死：“救救我救救我，好尴尬！”

他抱她上车，车门宽度有限，江肆笑着提醒：“宝贝，手收一下。”

她悄悄收了手，尴尬得想死！

除了小石头，其余人都一脸欣慰地看着施月，为她高兴。

小石头整个难过死了，奶音夹杂着哭腔问他妈妈：“为什么超人叔叔不去打怪兽，天天围着小姑姑转啊？”他觉得他心底的英雄形象崩塌了一大半。

大家伙乐得不行，大堂姐弯腰点点他的额头，笑着解释：“因为超人叔叔只是小姑姑一个人的超人呀！”

小石头“哇”地哭出声。大伙儿又笑了，就看着小石头被爸妈牵着走到车前，边哭边道：“姑婆，小姑姑，小姑父，呜呜呜，再见呜呜呜。”

小石头很喜欢江肆，回家这些天总和她争着和江四哥哥玩，一大一小时不时就为了谁和江四哥哥坐一起“吵架”。

听着小石头带哭的声音，施月装睡的表情怎么也绷不住了，“扑哧”一声笑出来。坐起，娇横地看着小娃娃：“我赢了！”。

石楠：“哇——”他妈揍他的时候都没哭这么大声。

车开得很慢，大家伙把她们送到镇口才离开。老太太看着远走的车影，感叹：“真好，真好！”

大姨笑出泪花：“是啊，真好。”

人老了，背井离乡自然触景生情，尤其看着年迈拄着拐杖的老母亲送别自己，林望舒忍不住鼻尖酸涩。顾不上晕不晕车，只觉得心塞。

江肆不擅长安慰除施月之外的人，在后视镜看到林望舒啜泣，把着方向盘轻声开口：“林姨，以后我常带你回来看看，月月她很喜欢这里。”

林望舒“嗯”了一声，转而问他：“你呢？”

他收敛了眉眼，眸子里没什么喜欢和讨厌，只是简单陈述：“她喜欢我就喜欢。”

黑车在山间行驶，走到一半，林望舒忽然问他：“改口红包的话，我包八千，会不会太少？”她的语气平静得像春天的湖水。

江肆僵住，蓦地抬眸，透过后视镜意外地看着林望舒，骇人的灰眸此刻满是不可置信。

“是这样的。”林望舒解释，“你和月月已经扯证了，也都见了咱们家人。你到现在还喊我林姨，我想着是不是得按习俗封个改口红包——”她的话停住，因为她透过后视镜看见了江肆微红的眼。

“我以为——”他闭口不语。

林望舒也是第一次以丈母娘的身份和他对话，双方都有些不自然。在她的印象里，江肆一直很苦，人苦，命苦，是苦到她都不忍心朝他说重话的那种。

职工院时他就经常被人欺负，狼狈、旧伤未好又添新伤。她自然愿意月月和他做朋友，但在此之前，林望舒从没想过让两人更进一步。

当施月告诉她自己想和江肆结婚的时候，她只觉得天都要塌了。辛苦娇养起来的宝贝要跟着一起吃苦，受人白眼，她不愿，也不舍得。

但听她说江肆线人的事，林望舒沉默。他所做的事，正是亡夫立志要完成的任务，换句话说，江肆用自己的命去弥补了施卫国的遗憾。

回忆往昔，林望舒的眼里透着心疼："这些年，辛苦你了。"

江肆直视前方，语气比林望舒想象得要淡漠很多："不苦。"更多的时候，他都是在为迎接她做准备。

人总是经历过后就忘了疼，现在回头去想，只要确定她最终会回到他身边，即便是再等一万年，也不觉得辛苦。别人觉得他可怜，但他甘之如饴。

江肆开口："妈，谢谢你把她带回来。"

林望舒抿唇，终于泣不成声。

过了几天，两人携手去栖霞寺。上次她是和王清远走的前山捷径，这一回，施月死活拉着江肆走后山。

一步步台阶上去，江肆面色不改，施月累得不行。

看她的眼神他就知道她打什么主意，向前两步，他低笑："想我背你？追上来再说。"

施月气得跳脚，不知道哪里来的力气，居然真的追着江肆跑了起来。

两人打打闹闹，没一会儿就到了山顶。

施月脸色绯红，气喘吁吁。江肆扶着她，眼底藏不住的笑意。那年的橘子树还立在菜地里，只是时节不对，现在已经没了果实。

想到那个味道，施月舔舔嘴皮："橘子好甜啊，后面都没吃过那么甜的橘子了。"

三省师父刚做完早课回来，路过后门时远远地就看见立在那里的两人。少女比起之前的青涩多了几分妩媚，此刻正垂涎地盯着果树，江肆视线始终落在她身上。

"江先生，施小姐。"三省师父高兴地叫了一声，确认真的是他俩，忙不迭跑到故人面前，“你们怎么来了？”

施月转过头，见到是三省师父，乐呵呵地从江肆拎着的袋子里掏出喜糖。“我请了个假，特意来看看你们，这个给你。”

三省师父接过喜糖，先是没当回事，不经意扫了一眼，礼盒正中描着大大的一个“囍”字，瞬间换了个调子：“结婚啦？”

三省师父的视线落在两人十指交扣的手掌上，又惊又喜：“去年，我见你一个人来，还以为，”他拍拍额头，“我早该知道，江先生和施小姐是前世修来的缘，今生再怎么蹉跎，终究是会在一起的。”

施月笑眯眯地听他奉承，过后才说：“我想去上个香。”三省师父退出半步，帮她带路，“这边请。”

到巍峨的佛堂前，施月虔诚地跪下，对着金身郑重地磕了三个头。檀香插进香炉，她回头问江肆：“江四哥哥，你不拜拜？”

江肆立在门口，灰色的眸子扫过佛祖金身，顷刻摇头：“我别无所求。”“若真有，求你就行，求佛祖有些舍近求远。”

施月笑颜如花，拉着他的胳膊轻晃：“你想求我什么？”

他难得故弄玄虚，视线从施月脸上略过佛祖金身，再看向殿外蓝蓝的天，缓慢道：“不可说。”

六月初。

湛蓝的天如水洗般清澈透净，微风送着花香，淮序的蓝楹花密密麻麻开满枝头，整个城市都变成梦幻蓝紫色。

施月和江肆的婚期定在六月初六。

江肆家庭简单，江家那边没有亲戚，零星几个关系近的，当初都被江兵借钱借怕了，这些年几乎老死不相往来。

婚礼大小事宜全都依照林家这边的习俗。只要是林望舒提出的，江肆立马照办，半点不耽搁。

苏超见不得他江哥孤家寡人一个，高兴归高兴，为了给他江哥撑场子，居然找了十几二十个保镖壮排场，当场就被李淼淼劈头盖脸一顿痛骂。保镖也退回去了。

婚礼当天一切跟着婚庆公司的安排来。

施月家小区门到楼下的距离停满黑色婚车，红毯延伸到单元楼梯口。每隔三米就有一棵矮树被系上红绸，红色玫瑰摆满路的两旁，从一楼到家门口的楼梯扶手上都用正红色缎带系满了鲜花。

老小区，邻里好说话，林望舒人缘也好，婚礼虽然办得简朴，但各家各户都派了人来凑热闹。

大家立在婚车两侧，眼瞅着新郎怎么还不下来。

这时，江肆逆着光从婚车上下来，手里拿着玫瑰捧花。初升的太阳在镜头里折射出光晕。摄影师跟拍的画面里，江肆面色朦胧，从模糊到清晰。

苏超、乐川也换上了西装。

江肆默许他俩跟在身后，乍一看，三人西装革履，走路生风，不像来接亲，倒走出了当年明楼叱咤风云的气势。

下车时，不知谁喊了一声："新郎来了！"

现场气氛高涨，礼炮齐鸣，彩带在空中炸开花。

江肆避开人群，加快步伐往楼上走。宾客们说好了似的，从四面八方拥过来，团团将人围住。

他立在人群里，面上多了几分笑意："大姑，大姨，拜托给个方便！"

被叫到的亲戚笑着拦他："想接亲可不容易，新郎先过我们这关！"

江肆摇头，又看向不远处的大姐夫二姐夫，招呼了声："帮帮忙。"

曾经被为难过的女婿瞬间正义感爆棚，两人拨开人群帮江肆开路，苏超和乐川挡在江肆背后，乐川嘴上讨饶，苏超负责扔红包。

"拦什么人，接着，红包来了！"

"抢红包呀！"

"咱江哥的都是大红包，站好了，谁不抢谁是傻子。"

有这两个搅和的人在，有人想拦新郎都没法。原本还有人没当真，直到有人拆开一个："卧槽！两百？"

苏超又扔了一把："嘿嘿，还有更大的哟。"场面再度沸腾，还拦啥人啊，抢红包才是正事！

“哈哈哈，再来一点，再来一点。”苏超手里的扔完了，从乐川手里拿了些过来，挨个分发到宾客手里。“不要急，咱一个一个来。”

红包发了，人也散得差不多了。等他俩上楼，发现江肆还被拦在大门口，苏超挠了下脸，表情无奈。

苏超上前拍门：“叔叔阿姨，咱来接新娘啦！”没人回应，屋子里有人低笑。

乐川也上前怼着门缝诱惑：“哥哥姐姐们，谁开个门，咱们有大红包！”

这招对林家人明显没用。

思衬片刻，江肆上前敲门，清冷的声音在门外响起：“妈，我来接月月回家了。”

苏超扶额，无奈地看着自家江哥。用这招能开门才怪了。

下一秒，门口传来“啪嗒”一声，林望舒红光满面地立在门口，身上穿着红色旗装：“乖儿子，妈给你开门！”

门外的人没想到，门里面的人更没想到。

大堂姐嗔怪：“二姨，你就这么轻易放妹夫进来啊？”都说接新娘这几关越难，说明新娘越难娶，以后的日子，新郎就会对新娘越好。

她这倒好，她们还没开始为难人，二姨就把人放进来了。

林望舒笑眯眯地领着江肆到婚房门前：“你们可别想为难我女婿。”

她朝着江肆，眼角眉梢都带着笑意，压着声音暗示：“小肆啊，月月在里面，快哄她给你开门。”

大姐夫羡慕地看着江肆：“当初我娶你大姐差点被折腾掉一层皮。”

大堂姐挖他一眼：“怎么着？后悔了？”

众人大笑，笑后发现，江肆立在婚房门口，颀长的身影愣是没敢往前跨出半步。

苏超愣了，推搡着江肆：“江哥，快过去呀。”江肆睨了他一眼，再看向婚房大门时，连指尖都在发颤。

本来新郎接新娘是要被刁难好一阵的，可是江肆往门口一站，施月比他还紧张。

“怎么还不敲门？”

“他来了吗？”

“你们没锁门吧？”

“我还有什么要做的吗？”

李森森也急，这还是她头一回当伴娘，忙来忙去手忙脚乱。

程珊珊安抚她：“月月你先别急，咱们安安心心等着。”

施月“嗯”了一声。此时的她俨然是个端庄的新娘模样，精致的妆掩盖了她平时淡雅的素气，少了仙气飘飘，多了几分坠入红尘的味道。

婚纱是江肆亲手设计的，层层叠叠的轻纱弥漫，红色玫瑰的刺绣缀满裙摆，长纱拖地，拖尾上玫瑰刺绣栩栩如生，让人如置身于玫瑰花海。

珠绣精致，面料妥帖，昂贵的王冠插入盘起的墨发里。李森森帮她把白色珍珠项链戴上，白皙的皮肤有了珍珠衬托更加润亮。

江肆刚一敲门，施月立马兴奋地喊了一声江四哥哥，提着裙摆就要过去，被程珊珊拦下。

事先说好的不做游戏，不折腾人，但不代表她不能出题考新郎呀。“月月你老实待着，我得杀杀江肆威风！”

婚房的门被打开，伴娘们齐齐挡在江肆面前。

施月坐在床上，带刺绣的白纱铺满，床沿四角都挂着用红色绸缎系成的花朵，墙上贴了囍字。

程珊珊笑得张牙舞爪：“婚闹不行，咱们文闹，关于新娘的四个问题，回答对一道，咱就让一个人，回答错了，新郎您就喝一杯旁边的浓缩柠檬汁，保证纯手工鲜榨的，没加一滴水！”

江肆抿唇，她话音刚落，他就点头。

第一题！

程珊珊瞥了一眼施月，笑得贱兮兮道：“新郎请说出新娘的身高、体重、三围是多少！”

施月保守得要命，平时和她们一起洗澡都不愿意，程珊珊打心眼儿里觉得她和江肆应该不太有肢体上的接触。

这柠檬汁啊，他喝定了！

众人屏息看着江肆。施月悄悄抬眼看他，江肆的眸光落在她身上，淡淡一扫，眼里藏着极浅的笑意。

“身高 168 厘米，体重 42 公斤，三围是——”他停顿了下。

施月红着脸，扯了扯程珊珊的裙摆，低声道：“他知道的。前段时间改婚纱尺寸，他陪我去过。”

程珊珊附耳，施月悄悄说了一串数字。“76、59、81。”

大家看她们打了老半天哑谜，嚷嚷：“对不对啊？怎么是新娘自己回答的？”

程珊珊羡慕嫉妒恨，咬牙道：“第一道题姑且算你过了。”

“第二题，和新娘第一次见面是什么时候，第一次对新娘动心是什么时候？”

江肆顿了下，眸光黯淡了一瞬，声音一如往常的平淡：“中心医院的家属区，我第一次见到月月。”

“也是在那里，我对她动心。”

小孩子哪里分得清情和爱，他只是潜意识把月月当成了唯一的寄托。有她在一天，他就多一分期盼，就有了活下去的勇气。真正意识到动心，是在十七岁那年，他撞破红园打手私下偷偷看片。

光线黑暗，加上角度问题，他其实什么都没看见，只听见男男女女难耐的喘息。被人发现，他面无表情地关门离开。

可就在大门重新扣上的一刹那，画面里朦胧的人影居然自动在他脑海里替换成了施月的脸。

从此以后，他夜夜臆想着她长大的模样，臆想她脱去稚气，臆想自己在阳光下亲吻拥抱她。

他烂得像块淤泥，却妄想沾染月亮。分不清自己何时从开始存了那份心思，只知道重逢后的每一夜于他而言都是煎熬。

忍着不见她，却日日挂念她。

苏超怕人不信，赶忙跳出来澄清：“这个我做证啊！江哥一直在悄悄寻找小月亮，因为小月亮还跑过好几趟乌溪，就是没找到人。”

有人证在，程珊珊算他过关。

“第三题，考验新郎浪漫指数的时候到了。请问新郎，私下都怎么称呼新娘。”程珊珊放下问题卡，视线贼溜溜地在两人身上逡巡。

江肆脸不红气不喘，面无表情直言：“月月。”

就这公事公办的表情？简直糟践了“月月”两个字！施月笑得直不起腰。现在的江四哥哥就像个没有感情的答题机器，这个画面实在说不出哪里好笑，但施月就是笑得不行。

程珊珊不甘心：“还有呢？”

答题机器继续回答：“小月亮。”

程珊珊来了兴致，虽然鸡皮疙瘩掉落一地，可就是瘾大，继续问他：“还有呢？”

江肆轻飘飘地瞥了程珊珊一眼，后者陡生出一种被警告的错觉，缩了缩脖子，初生牛犊不怕虎，继续问道：“就这几个？没别的了？”

他还是没说实话。

施月眯着眼，其实他私下大多叫她“宝贝”，还有情到深处脱口而出的“宝贝”“宝宝”“月月宝”，他都喊过，一遍接着一遍，能叫到她心尖上。

最后一题是询问新娘生日。程珊珊觉得这个压根儿就不用问，索性自作主张，把最后一题换成了新郎新娘接吻。

小石头被赶出房间。

江肆屈膝跪在施月面前，微仰着头看她：“月月。”

施月接过捧花，倾身，鼻尖交错。就这么短暂触碰一瞬，摄影师赶紧抓拍成像。

江肆勾唇，帮她把鞋穿好。起身的时候，裙摆舒展，那一刻，玫瑰的美真正绽放。

林望舒立在门口，提醒着：“时间差不多了，咱们赶紧出发吧。”

“出发喽！”

江肆弯腰把施月抱了起来，欢声笑语里，大家伙簇拥着新郎新娘离开。

典礼在露天广场举行，墨绿色梭枝点缀着红色玫瑰，枝叶散开，郁郁葱葱。

四周坠着星月形状的挂饰，如同在云山的夜。

意外的是，栖霞寺好几位师父居然也到了婚礼现场，坐在观礼台最后一排，乐呵呵地看着他们。

观礼台的人比计划多出许多，陈仙童领着刑警队的人也来凑热闹。加上老家亲戚，职工院的邻居，密密麻麻，欢声笑语。

伴奏声响起，林望舒扶着施月越过亲朋好友，一步一步把她带到江肆面前。

众人注视下，江肆执起施月的手虔诚宣誓。

礼炮“砰砰砰”地炸开，在空中绽放出道道绚烂光华。

祝你一生幸福！